Hannes Niepold
Die phantastische Serie

Edition Medienwissenschaft

Hannes Niepold (PhD) hat Kunst sowie Dramaturgie/Drehbuch studiert und an der Bauhaus-Universität Weimar promoviert. Er lebt und arbeitet als Künstler, Autor und Dozent in Berlin.

Hannes Niepold

Die phantastische Serie

Unschlüssigkeit, Bedeutungswahn und offene Enden: Verfahren des Erzählens in Serien wie »Twin Peaks«, »Lost« und »Like a Velvet Glove Cast in Iron«

[transcript]

Diese Arbeit ist entstanden im Rahmen meiner Ph.D.-Arbeit an der Bauhaus-Universität Weimar (Fakultät Gestaltung, Promotionsstudiengang Kunst und Design), eingereicht im September 2013, freundlich unterstützt durch die Graduiertenförderung des Landes Thüringen. Ich danke meinen Mentoren und Gutachtern, allen voran Prof. Dr. Wolfram Bergande, sowie Prof. Samuel Nyholm, Prof. Dr. Frank Hartmann und Prof. Georg Barber. Darüber hinaus danke ich Prof. Dr. Jason Mittell, Prof. Dr. Kerstin Stutterheim, Sarah Paar, Anne Glossmann, Dr. Nina Weller, Frank Treibmann, Dr. Christina Junghanß, Tobias Kipp, Wulf Niepold und Tatiana Belova sowie allen anderen, die mir mit Rat und Tat zur Seite standen.

Bibliografische Information der Deutschen Nationalbibliothek
Die Deutsche Nationalbibliothek verzeichnet diese Publikation in der Deutschen Nationalbibliografie; detaillierte bibliografische Daten sind im Internet über http://dnb.d-nb.de abrufbar.

Umschlaggestaltung: Kordula Röckenhaus, Bielefeld, und Hannes Niepold, Berlin.
Umschlagabbildung: Die Verwendung der Abbildung aus dem Vorspann der ersten beiden Twin Peaks-Staffeln (David Lynch und Mark Frost, USA 1990-91) geschieht mit freundlicher Genehmigung der Paramount Pictures/Sony DADC Germany GmbH.
Satz: Hannes Niepold, Berlin
Printed in Germany
Print-ISBN 978-3-8376-3423-5
PDF-ISBN 978-3-8394-3423-9

Gedruckt auf alterungsbeständigem Papier mit chlorfrei gebleichtem Zellstoff.
Besuchen Sie uns im Internet: *http://www.transcript-verlag.de*
Bitte fordern Sie unser Gesamtverzeichnis und andere Broschüren an unter: *info@transcript-verlag.de*

Inhalt

1. Einleitung

Mit dieser Arbeit untersuche ich Möglichkeiten und Erscheinungsformen einer Verbindung der Struktur des Phantastischen mit der Form des offen-endigen, fortlaufend seriellen Erzählens. Hierbei folge ich der sogenannten *minimalistischen*, vor allem durch Tzvetan Todorov repräsentierten Betrachtungsweise des Phantastischen, nach der die wesentliche Eigenschaft der Phantastik im Aufrechterhalten einer *Unschlüssigkeit (hésitation)*, in der Verweigerung einer Auflösung vermeintlich wunderbarer Geschehnisse bis über das Ende einer jeweiligen Erzählung hinaus besteht. Hierin liegt eine grundlegende Verwandtschaft der Phantastik mit der *serialen*[1] Erzählweise, welche sich im Wesentlichen dadurch auszeichnet, dass sie fortlaufend erzählt, die Auflösung der Geschehnisse auf die

---

1 | Um nicht immer wieder von *fortlaufend seriell* oder *Fortsetzungsserie* sprechen zu müssen, gleichzeitig aber exakt zu bleiben, benutze ich hier und im Folgenden zum Teil die englische Bezeichnung *serial*, für die es im Deutschen leider keine adäquate Übersetzung gibt. Das Nomen Serial sowie das Adjektiv serial (beides im Folgenden nicht kursiv geschrieben) meinen hier also fortlaufend-serielles Erzählen in Episoden-übergreifenden Spannungsbögen, im Gegensatz zu den in mehr oder weniger abgeschlossenen Einzel-Episoden erzählenden Formaten *procedural* und *series*. Ersteres bezeichnet vor allem Serien in denen pro Folge jeweils ein (z.B. Kriminal- oder Krankeits-) Fall erzählt wird, der Begriff *series* bezeichnet generell im Gegensatz zur Serial nicht-fortlaufende Serienformate, wird aber oft auch als Überbegriff für serielle Erzählungen verwendet (so auch in etlichen hier zitierten englischsprachigen Texten).

jeweils nächste Episode (bzw. nächsten Episoden) verschiebt und somit jeweils unaufgelöst abbricht. Aus dieser Eigenschaft ergeben sich besondere Möglichkeiten, um in einem offen-endig fortlaufenden, improvisierend voranschreitenden Spiel mit der Kohärenzerwartung *serial-phantastisch* zu erzählen.

Wenn es auch sicher falsch wäre, hier von einer häufig anzutreffenden Art des serialen Erzählens zu sprechen, so lassen sich doch einige der bedeutendsten Fortsetzungsserien der letzten Jahrzehnte dieser Verbindung zurechnen, so etwa *Lost*, Lars von Triers *Riget*, David Lynchs *Twin Peaks* und *Mulholland Drive*[2] ebenso wie die im Comic-Bereich nicht weniger wichtigen Serials *Like a Velvet Glove Cast in Iron* oder *Ed the Happy Clown*.[3]

Die gemeinsame Dynamik dieser, Mitte der 80er Jahre allmählich in Erscheinung tretenden Erzählform[4] beschreibe ich als künstlerisches Verfahren und Erzählmodus/*narrative mode*. Hierfür betrachte ich zunächst die spezifischen Strukturen und Funktionsweisen des phantastischen Erzählens. Diese stelle ich anschließend in Relation zur serialen Form, untersuche die sich hieraus ergeben-

2 | *Mulholland Drive* ist natürlich streng genommen keine Fortsetzungsserie, wurde aber zunächst als solche konzipiert und produziert, und anschließend in einen Kinofilm umgestaltet. Durch diese Entstehung ist *Mulholland Drive* für diese Untersuchung sogar besonders interessant.

3 | In dieser Untersuchung kommen hauptsächlich Comic- und Fernsehserien zur Sprache, weil dies die Medien sind, in denen zeitgenössisches seriales Erzählen hauptsächlich stattfindet. Da im Mittelpunkt dieser Arbeit nicht die Beispiele stehen, sondern der Versuch, eine grundlegende, generelle und mehr oder weniger medienübergreifende Struktur und deren Möglichkeiten zu beschreiben, werde ich auf die Besonderheiten der jeweiligen Medien Comic und Film nur am Rande eingehen.

4 | Hiermit möchte ich nicht ausschließen, dass es auch schon sehr viel früher ähnliche Formen gegeben haben könnte. Die Bedeutung der serialen Form in Hinblick auf vermeintlich wunderbare Elemente und den Spannungsaufbau etwa in Gothic novels, Penny Dreadfuls etc. wäre eine äußerst interessante, hier allerdings nicht behandelte Frage.

den Aspekte anhand verschiedener Ansätze der Erzähltheorie, erörtere die Möglichkeiten und Schwierigkeiten einer Verbindung des Phantastischen mit der Form des offen-endigen, fortlaufend seriellen Erzählens und betrachte abschließend konkrete Ausformungen und einige Besonderheiten dieser Verbindung.

Da ich also erst gegen Ende meiner Arbeit ausführlicher auf konkrete Beispiele eingehen werde, möchte ich im Folgenden, zur Veranschaulichung der Thematik und Fragestellung dieser Arbeit, die genannten Werke und die sich an diesen zeigenden zentralen Aspekte vorab kurz vorstellen.[5]

Ed the Happy Clown
(Chester Brown, Kanada 1983-89/92)

Ed the Happy Clown war die erste längere Geschichte des Kanadiers Chester Brown, der später mit sehr viel ernsteren, zumeist autobiographischen Werken in Erscheinung trat.[6] Sie erschien von 1983-1989 in den ersten 18 Ausgaben seiner Heftreihe *Yummy Fur*[7], und dann 1992 um etwa fünf Episoden gekürzt und mit einem veränderten Ende versehen als Graphic Novel.[8] 2002 begann Brown,

5 | Hierdurch kommt es zu einigen wenigen, kaum vermeidbaren Wiederholungen von bestimmten Aspekten der untersuchten Werke und von Zitaten der Autoren. Ich habe mich dennoch für diesen Aufbau entschieden, um ein besseres Verständnis dieser Arbeit zu ermöglichen.

6 | Von 1994 bis 97 versuchte Brown sich noch einmal in einer ungeplanten serialen Erzählung namens *Underwater*, welche er nach elf eher negativ rezipierten und kommerziell erfolglosen Episoden unvollendet abbrach.

7 | Brown, Chester: *Yummy Fur*, Hefte 1-18 (Toronto 1983-89).

8 | In diesem, *The Definitive Ed Book* (Toronto 1992) genannten Buch erschienen die Episoden, welche ursprünglich jeweils betitelt waren, als namenlose Kapitel/*chapters*. Des Weiteren werden hier die in den *YF* Heften 1, 2 und 3 veröffentlichten kürzeren Geschichten als *Introductory Pieces* vorangestellt, die erste längere Ed-Episode aus *YF* Heft 3 wird zu *Chapter* nachdem er eine Idee für ein wieder anderes, diesmal definitives Ende gehabt hatte, die Geschichte noch einmal komplett neu zu zeichnen, was er 2004 jedoch schließlich aufgab.[9]

EtHC entstand aus der offen improvisierenden Parallelisierung und Zusammenführung ursprünglich unverbundener, getrennt entstandener (und zum Teil bereits veröffentlichter) Einzelgeschichten.[10] Die Ursprünge der Serie gehen auf das Jahr 1982 zurück, als Brown, unzufrieden mit seiner Produktivität als Comiczeichner, beschloss „to care less about being brillant and more about just creating".[11] Aus dieser Motivation heraus und beeinflusst durch die surrealistische Praxis der *écriture automatique* zeichnete er den ersten *EtHC*-Strip ohne vorherige Planung oder Vorskizzen[12] und ursprünglich auch ohne den Plan einer Fortführung der Geschichte oder der Charaktere. Unter dem Veröffentlichungsdruck seiner

---

One, aus *YF* Heft 4 zu *Chapter Two*, u.s.w.. Schließlich wird die Episode aus *YF* Heft 17 gekürzt und als *Chapter Ten* eingeschoben, und nach der *YF* Heft 12 Episode (*Chapter Eleven*) ein eigens hierfür gezeichnetes *Chapter Twelve* (welches eine Kombination und Abwandlung der Ed-Episoden aus *YF* 17 und 18 darstellt) angehängt.

9 | Stattdessen wurde von 2005 bis 2006 die *Definitive*-Version mit neuen Covern und neuen und ausführlicheren Erläuterungen (*Notes*) noch einmal als neunteilige Heft-Serie herausgebracht, welche 2012 wiederum gesammelt als *Ed the Happy Clown. A graphic novel* erschien (vgl. Brown, Chester: *Notes*, in: *Ed the Happy Clown, issue nine of nine* (Montreal 2006), S. 205).

10 | Vgl. Brown, Chester: *Preface*, in: *The Little Man, short strips 1980-1995* (Montreal 1998), S. VII.

11 | Brown, Chester: *Notes*, in: *The Little Man, short strips 1980-1995* (Montreal 1998), S. 160.

12 | Vgl. Brown, Chester: *Notes*, in: *Ed the Happy Clown, issue one of nine* (Montreal 2005), S. 24. Zu dieser Vorgehensweise bemerkt Brown an selber Stelle: „Embracing surrealistic spontaneous creation gave me an artistic direction at a time when, to be frank, I had nothing to say." (ebd.)

ab 1983 laufenden Heftreihe *Yummy Fur*[13] (Abb. 1) kamen weitere *EtHC*-Geschichten hinzu, und er beschloss, Ed zum Hauptcharakter einer improvisierenden, fortlaufenden Geschichte zu machen und andere, bereits veröffentlichte oder auch unfertig abgebrochene Einzelgeschichten mit der *Ed*-Story zu verweben. Brown griff damit

Abbildung 1: Ed, auf dem Cover der vierten Ausgabe von Chester Browns Heftreihe Yummy Fur

13 | Auch zu diesem Titel wurde Brown vom Surrealismus inspiriert: „I'd intended the title to be surrealistically allusive - - an odd juxtaposition of two unrelated words. I also had in mind Merit Oppenheim's fur-covered teacup" (Brown, Chester: *Notes*, in: *Ed the Happy Clown, issue one of nine* (Montreal 2005), S. 25).

eine von ihm bereits in früheren Stories praktizierte, ebenfalls surrealistisch inspirierte Technik auf, die darin bestand, mehrere aus diversen Comics zufällig ausgewählte Einzelbilder zu einer neuen Erzählung zu verbinden.[14] Hieraus entwickelte sich eine abstruse, zwischen etlichen Strängen hin und her springende Narration, welche immer wieder in Rückblicken und multiperspektivischen Überschneidungen erzählt und überall Zusammenhänge und Verwicklungen behauptet. Bei der allmählichen Hervorbringung dieser Geschichte ging Brown planlos improvisierend vor:

„Most of the ED Story was made up as I went along. I kept coming up with plot ideas and then changing directions when I sat down to draw."[15]

Entsprechend ändern sich die Ziele und Schwerpunkte, Ablenkung folgt auf Ablenkung, jede Antwort bringt etliche neue Fragen mit sich, und eine wirkliche Auflösung der Geschehnisse rückt in immer weitere Ferne. Entsprechend ist auch eine Zusammenfassung dieser grotesk verworrenen, von skatologischem Humor und ungeklärt bleibenden Begebenheiten durchzogenen Geschichte nahezu unmöglich:

Eines Morgens findet Ed, der bis auf sein Clownsein völlig eigenschaftslose und passive Protagonist, eine abgetrennte Hand unter seinem Kopfkissen. Er bringt sie zur Polizeiwache, wo er sofort inhaftiert wird. Die Hand wird ihrem Besitzer, einem Krankenhausangestellten namens Chet, wieder angenäht, bleibt aber leblos, weshalb Chet, getrieben von religiösen Wahnvorstellungen, seine Geliebte Josie während des Beischlafs ersticht. Josie kommt neben Ed in der Kanalisation wieder zu sich, grade rechtzeitig, um diesen vor der Kastration durch zwergwüchsige Pygmäen zu retten. Scheinbar hat sich während Eds Flucht aus dem durch Fäkalien-

14 | Vgl. Brown, Chester: *Notes*, in: *The Little Man, short strips 1980-1995* (Montreal 1998), S. 160.

15 | Brown, Chester: *Notes*, in: *Ed the Happy Clown, a graphic-novel* (Montreal 2012), S. 218.

überflutung auseinanderbrechenden Gefängnis ein sprechender Kopf auf dessen Eichel gebildet, den die Pygmäen für eine lang erwartete Gottheit halten. In Wahrheit handelt es sich um den Präsidenten eines Parallel-Universums, welcher durch einen Vorfall bei der Abwasserentsorgung – durch ein Tor zwischen den Dimensionen, was auch zur Überflutung des Gefängnisses geführt hatte – zu Eds Penis wurde. Ed und Josie flüchten aus der Kanalisation und begeben sich auf die Suche nach Chet, um sich zu rächen. Währenddessen macht sich ein Forschertrupp des Parallel-Universums auf die Suche nach dem Präsidenten und somit nach Ed.

Brown gelingt es, diese nacherzählt völlig unverständlich und albern wirkende Geschichte spannend und nachvollziehbar zu erzählen, bis sie, an einem meiner Meinung nach klar auszumachenden Punkt, ihren Antrieb verliert, jedoch nicht endet. Die Serie, die ursprünglich nach Chester Browns Aussage auf die Dauer seiner gesamten Karriere angelegt war[16], schleppt sich danach schwerfällig und zunehmend beliebig wirkend durch etliche weitere Episoden, und endet schließlich relativ abrupt und ohne wirklich einen Schluss gefunden zu haben.

Ed the Happy Clown gilt dennoch zurecht als eines der einflussreichsten und bis heute wichtigsten Werke der Comicliteratur und stellt zugleich einen der langlebigsten und interessantesten Versuche des serial improvisierenden Erzählens dar. Seine Publikationsgeschichte, mit ihren zahlreichen unterschiedlichen Veröffentlichungen, bietet zudem die seltene Gelegenheit, einem Autoren direkt bei der Durchführung eines narrativen Experimentes zuzusehen, wie dies ausserhalb der serialen Form zumeist nur posthum möglich ist.

16 | Vgl. Brown, Chester: *Notes*, in: *Ed the Happy Clown, issue nine of nine* (Montreal 2006), S. 204.

Like a Velvet Glove Cast in Iron
(Daniel Clowes, USA 1989-93)

> „I like the Idea of clues and mysteries, but I hate the solution in a detective story; I find it always very dull, but I like the mystery of it. I like the beginning of any detective story, and I think it's analogous to writing stories the way I do, because you come across some idea and you don't know where it comes from."
> Daniel Clowes[17]

Auch *Like a Velvet Glove Cast in Iron* von Daniel Clowes stellt die erste längere Geschichte eines zuvor nur mit kurzen Einzelgeschichten in Erscheinung getretenen Autors dar. Sie erschien 1989-93 als zehnteilige Comicserie in Clowes Heftreihe *Eightball*[18], und wurde 1993 als Graphic Novel veröffentlicht.[19]

Auf die Frage nach der Inspiration zu *Velvet Glove* antwortete Clowes 1993, die Erzählung basiere „on two or three dreams I had had at the time, and one that my ex-wife had had recurring throughout her life."[20] Hiervon ausgehend ging Clowes' bewusst planlos vor.[21] Seine Motivation hierfür beschreibt er im gleichen Interview wie folgt:

---

17 | Daniel Clowes 2001 im Interview mit Rudy Lementhéour, in: *PLG#37* (2002), wiederveröffentlicht in: Parille, Ken und Cates, Isaac (Hrsg.): *Daniel Clowes: Conversations* (Mississippi 2010), S. 118.

18 | Clowes, Daniel: *Eightball*, Hefte 1-10 (Seattle 1989-93).

19 | Clowes, Daniel: *Like a Velvet Glove Cast in Iron* (Seattle 1993).

20 | Daniel Clowes im Interview mit Gary Groth, in: *The Comics Journal* 154, (Seattle 1992), S. 46.

21 | Vgl. etwa die folgende Interview-Aussage: „Originally, with the first episode, it was gonna be a three-part story... just this little story. And the

Abbildung 2: Einzelpanel aus Daniel Clowes' Like a Velvet Glove Cast in Iron

„It would be really hard to mystify my audience when I knew exactly what was going to happen. So I've been trying to write it while keeping myself mystified as much as the readers ...trying to see what kind of images and ideas excite me and scare me and affect me emotionally... And I'm also trying to write an honest narrative, a narrative that works by its own rules and goes under its own steam rather than ...contriving things..."[22]

---

whole idea was to make it up as I went along [...] It was just something that took on a life of its own after a couple of issues." (Daniel Clowes 1999 im Interview mit Austin English, in: *Indy Magazine* (1999), in: Parille: *Daniel Clowes*, a.a.O., S. 88).

22 | Daniel Clowes im Interview mit Gary Groth, a.a.O., S. 46.

Ausgelöst wird die Handlung/Erzählung durch einen zwielichtigen Film (namens *Like a Velvet Glove Cast in Iron*), in dem der Protagonist Clay seine verschwundene Frau wiederzuerkennen glaubt. Auf seiner Suche nach der Produktionsfirma des Filmes wird er mit etlichen scheinbar irgendwie zusammenhängenden Situationen und Begebenheiten konfrontiert, die sich zunehmend zu einer diffus bedrohlichen Verschwörung um ein gottähnliches, im Wasser beheimatetes Wesen verdichten, in die Clay zunehmend hineingezogen wird.

Diese Geschichte wird zunächst aus einer sehr begrenzten und subjektiven Perspektive erzählt. Der Autor scheint die dargestellte Welt durch die Augen seines Protagonisten zu erkunden, welcher mehr oder weniger passiv eine alptraumartige Aneinanderreihung von Situationen durchquert. Darüber hinaus erfahren wir nichts. Diese konsequent personale Erzählweise wird ab dem vierten Kapitel zunehmend zugunsten eines Hin- und Herschaltens zwischen mehreren parallelen Erzählsträngen verlassen.

Clowes gelingt es schließlich, die Erzählung zu einem befriedigenden Ende zu bringen, ohne die Unklarheit der Geschichte (und von deren realitätssystemischer Verortung) aufzulösen, indem er sie auf einer die eigene Form reflektierenden Meta-Ebene enden lässt. Das Funktionieren dieser Meta-Ebene gelingt Clowes nicht zuletzt durch eine Übertragung und Erweiterung der *innerliterarischen* Unschlüssigkeit auf eine Unschlüssigkeit *dem Werk gegenüber*, also dadurch, dass auch in dieser Hinsicht bis zuletzt offen/unklar bleibt, wie das Ganze zu lesen ist.

TWIN PEAKS
(David Lynch und Mark Frost, USA 1990-91)

MULHOLLAND DRIVE
(David Lynch, USA 1998/2001)

> „In a continuing story, not knowing where this is all taking you is thrilling. Seeing and discovering the way is a thrill. That's why I like the idea of TV, to go on a continuing who-knows-where story."
> David Lynch[23]

Twin Peaks, konzipiert und maßgeblich geschrieben von David Lynch und Mark Frost, wurde 1990 zunächst von Zuschauern und Kritik gleichermaßen gefeiert, 1991 dann aber nach einer wenig erfolgreichen zweiten Staffel (und insgesamt 30 Folgen) vorzeitig abgebrochen.[24] Dies hing eng mit der Auflösung der zentralen Frage nach dem Mörder der 17-jährigen Laura Palmer zu Beginn der zweiten Staffel zusammen, einer Auflösung, die auf Druck der Zuschauer, des Senders und gegen den Willen Lynchs erfolgte. Für Lynch fungierte diese zentrale Frage in erster Linie als Aufhänger, um immer tiefer einsteigen zu können in die Beziehungen, Geheimnisse und zunehmend abseitigen Verwicklungen der Bewohner jener idyllisch zwischen Wäldern gelegenen Kleinstadt.

Twin Peaks basierte insofern auf der Verbindung zweier sich widersprechender Prinzipien: der streng teleologischen Form der Detektivgeschichte mit einem offenen, offen-endig angelegten, So-

23 | David Lynch im Interview mit Chris Rodley, in: Rodley, Chris (Hrsg.): *Lynch on Lynch* (London 2005), S. 281.

24 | Ein Jahr nach Abbruch der Serie erschien mit *Twin Peaks - Fire walk with me* (David Lynch, USA 1992) ein wenig erfolgreicher Kinofilm, welcher die Vorgeschichte der Serienhandlung zum Inhalt hat.

ap-Opera-artigen Format. Diese Verbindung stellte für Lynch den eigentlichen Reiz der Serie dar. Entsprechend enttäuscht war er über die Entwicklung und das Ende der zweiten Staffel:

„The progress towards it, but never getting there, was what made us *know* all the people in Twin Peaks: how they all surrounded Laura and intermingled. All the mysteries. But it wasn't meant to be."[25]

Hierbei wurden Handlung und erzählte Welt *nach und nach* entwickelt, und einige wesentliche Elemente der Geschichte entstanden aus Zufällen am Set. So wurde etwa die Idee zur Figur des in der zweiten Staffel zentralen Antagonisten und Gestaltwandlers Bob erst während der Dreharbeiten geboren, als ein Setdresser in einer Einstellung versehentlich im Spiegel zu sehen war (Abb. 3).[26]

Nach der Offenbarung des Täters, die zudem mit einer Verortung der Geschehnisse in einem wunderbaren Realitätssystem einherging, war das Interesse an den noch offenen und neu hinzutretenden Geheimnissen und Verwicklungen eher gering, und die Serie wurde nach weiteren 15 Folgen eingestellt.[27]

---

25 | Lynch in: Rodley: *Lynch on Lynch*, a.a.O., S. 180 (vorhergehendes Zitat siehe unten auf S. 98).

26 | Vgl. Lynch in: Rodley: *Lynch on Lynch*, a.a.O., S. 163f.

27 | PS: Im Oktober 2014, also nach Abschluss dieser Untersuchung, wurde bekannt, dass David Lynch und Mark Frost – fast 25 Jahre nach dem Ende der zweiten Staffel – an neuen Folgen arbeiten, welche die Handlung nach einer ebenso langen Unterbrechung wieder einsetzen lassen. Hierbei diente ihnen nach Aussage Frosts die Szene der letzten Folge als Ausgangspunkt, in der Laura Palmer (bzw. eine Erscheinung derselben) gegenüber Agent Cooper verkündet: „I'll see you again in 25 years": „That suddenly seemed like an entry point", so Frost, „Everything flowed from there." Die dritte Staffel, geschrieben von Lynch und Frost und realisiert unter der Regie von David Lynch, wird voraussichtlich 2017 auf *Showtime* anlaufen. Ob und wie es danach weitergeht, scheint laut Mark Frost auch diesmal offen zu sein: „The proof will be in the pudding. If we have a great

Abbildung 3: Standbild aus der Pilot-Episode von Twin Peaks. *Im Spiegel: Bob*

Betrachtet man *Twin Peaks* im Gesamtkontext des Werkes David Lynchs, so wird deutlich, wie eng die Entwicklung seiner Erzählweise mit *Twin Peaks* und der serialen Form verbunden ist. Lynch selber hat diese Art des intuitiven Arbeitens später wiederholt als Ideal seiner Arbeitsweise beschrieben.[28]

time doing it and everybody loves it and they decide there's room for more, I could see it going that way". (Mark Frost zitiert nach Itzkoff, Dave: *,Twin Peaks' to Return to Television on Showtime*, in: *ArtsBeat.blogs.nytimes.com* (New York, 6. Oktober 2014, URL siehe Verzeichnis), sowie nach: Littleton, Cynthia: *,Twin Peaks' Revival to Air on Showtime in 2016*, in: *Variety.com* (Los Angeles, 6. Oktober 2014, URL siehe Verzeichnis)).

28 | Vgl. umseitiges Zitat (S. 20 dieser Arbeit); vgl. ebenfalls: „[...] I've never liked having to bend my movie scripts to an end halfway through [...] On a series you can keep having beginnings and middles, and develop story forever" (Lynch in: Friend, Tad: *Creative Differences*, in: *The New Yorker* (New York 30.8.1999, URL siehe Verzeichnis)).

Während für *Twin Peaks* noch, zumindest was die zentrale Frage anging, ein vorgefasster Plan existiert hatte, anhand dessen improvisiert wurde, sollte sich das ursprünglich als Serial geplante *Mulholland Drive* sieben Jahre später komplett ungeplant aus sich selbst heraus entwickeln. Aufgrund der Unklarheit des Pilot-Filmes und der Weigerung David Lynchs, konkrete Angaben über den Fortgang der Geschichte zu machen, wurde das Projekt jedoch vom produzierenden Fernsehsender *ABC* eingestellt. Der bereits gedrehte Pilot-Film (USA 1999) wurde nie ausgestrahlt, war aber inoffiziell bis Anfang 2012 in einer von Lynch als „terrible" bezeichneten[29] Schnittfassung im Netz erhältlich.[30] Lynch hatte dem Sender gegenüber vorgegeben einen Plan zu haben, diesen jedoch nicht verraten zu wollen. Heute gibt er an, dass er selbst nie wusste, wie die Geschichte nach dem Pilot-Film hätte weitergehen sollen.[31] Genau das habe für ihn den Reiz ausgemacht, es noch einmal mit einer Fernsehserie zu versuchen.

„[...] the cool thing about a continuing story - for me anyway - is that when the pilot is finished, then you can feel it. There it is, right in front of you - all the mood, all the characters, and all the things you've learned by doing it. Only then are you really able to see where it wants to go. It's so much fun. Then you react to that, and you get ideas through the doing. It's pulling you into a mystery. You can say a lot of things up front, but some of those things may never happen and a whole new thing might happen instead. It's so beautiful not knowing where it's going at first, and to discover it through action and reaction. It would be great if you could work like that all the time."[32]

---

29 | Lynch in: Rodley: *Lynch on Lynch*, a.a.O., S. 283; vgl. ebenfalls S. 280f.

30 | Besagte Version des Pilot-Filmes war bis zum 19.1.2012 im Internet verfügbar, hier finden sich jetzt nur noch einzelne Szenen, sowie David Lynchs Drehbuch des Pilot-Filmes (URLs siehe Verzeichnis).

31 | Vgl. Friend: *Creative Differences*, a.a.O.; vgl. ebenfalls Lynch in: Rodley: *Lynch on Lynch*, a.a.O., S. 275 (Zitat siehe unten auf S. 169).

32 | Lynch in: Rodley: *Lynch on Lynch*, a.a.O., S. 275 ff.

Nachdem das Projekt zunächst als gescheitert galt, bekam Lynch wenig später von der französischen Produktionsfirma *Canal Plus* das Angebot, *Mulholland Drive* als Kinofilm zu realisieren. Lynch sagte zu, zunächst noch ohne zu wissen, wie er aus dem Pilot-Film einen halbwegs abgeschlossen wirkenden Kino-Film machen sollte.

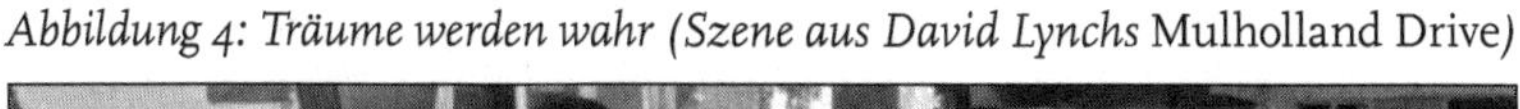

Abbildung 4: Träume werden wahr (Szene aus David Lynchs Mulholland Drive*)*

Die Handlung des Pilot-Filmes ließe sich wie folgt zusammenfassen: Ein Autounfall rettet eine namenlos bleibende dunkelhaarige junge Frau davor, in den Hollywood-Hills von ihren Fahrern erschossen zu werden. Verletzt schleppt sie sich in die Stadt und schließlich in ein ihr fremdes Apartment, während die Besitzerin die Koffer hinausträgt. Hier begegnet ihr deren grade erst in Hollywood angekommene Nichte, Betty. Diese versucht nun, der unter Amnesie leidenden Dunkelhaarigen, in deren Handtasche sich 125.000 Dollar und ein blauer Schlüssel befinden, bei der Aufklärung ihrer Identität und der Umstände ihres Unfalls zu helfen. Parallel folgen wir zwei Polizisten bei der Aufklärung des Falles, sowie einigen der kriminellen Unterwelt angehörenden, konkurrierenden Gestalten bei der Suche nach der Dunkelhaarigen, wobei ein „schwarzes Buch“ eine zentrale Rolle zu spielen scheint. Eine weitere Ebene bilden die erfolgversprechenden Versuche Bettys, als Schauspielerin an Rollen zu kommen. Im Rahmen dessen begegnet Betty einem Regisseur namens Adam, und eine amouröse Beziehung scheint sich anzubahnen. Derweil versucht eine undurchsichtig bleibende mafiöse Organisation, die Besetzung des Filmes, an dem Adam dreht, nach ihren eigenen Vorstellungen zu entscheiden. Daneben gibt es zwei Szenen mit einer furchteinflößenden, hinter einem Restaurant im Müll lebenden, verwahrlosten Gestalt. In der ersten begleiten wir einen Mann, der von Alpträumen über diese Gestalt geplagt wird und ihr daraufhin nachspürt, ihr begegnet und an diesem Schock verstirbt (Abb. 4). Der Pilot-Film endet mit einer erneuten, diesmal nächtlichen Kamerafahrt auf diese Gestalt, mit einer Nahaufname des Gesichts.

Der Pilot-Film besteht also serien- bzw. serial-typisch aus einer Aneinanderreihung etlicher, lose zusammenhängender und zunächst offen bleibender Erzählstränge, die David Lynch als „open-ended fragments“ beschreibt:

> „With *Mulholland Drive* I had a whole bunch of a certain type of fragment – open-ended fragments. So they needed a certain type of idea to come in and tie them all together. That was the trick.“[33]

Die Version, in der *Mulholland Drive* schließlich 2001 als Kinofilm veröffentlicht wurde, erklärt die bereits bestehende, ursprüngliche Geschichte (also den nur leicht veränderten Pilot-Film) zum Traum der Protagonistin (so zumindest die nächstliegende und verbreitetste Deutung) und verwandelt *Mulholland Drive* in eine tragische lesbische Liebesgeschichte, die in einer (mittlerweile) Lynch-typischen Identitätsvertauschung und Möbius-Zeitschleife endet.

Wie ich versuchen werde zu zeigen, bezieht *Mulholland Drive* einen Großteil seiner Faszination und Einzigartigkeit aus dieser ursprünglich serialen Entstehung. Anhand dessen werde ich auch

---

33 | Lynch in: Rodley: *Lynch on Lynch*, a.a.O., S. 284 (dieses Zitat ausführlicher unten in Fußnote 288).

der Frage nachgehen, warum hier die nachträgliche Erklärung einer Einzel-Episode/Pilot-Folge zum Traum so hervorragend funktioniert.

RIGET
(LARS VON TRIER, DÄNEMARK 1994-97)

> „Am meisten Spaß hat es gemacht, alle Geschichten miteinander zu verflechten und in verschiedene Richtungen zu führen. Vor der dritten Staffel wartet eine Höllenarbeit auf uns. Es gibt dutzende von Strängen, die miteinander verflochten sind und irgendwie wieder aufgelöst werden müssen. Das beste wäre, eine Bombe unter dem Krankenhaus zu legen und es in die Luft gehen zu lassen."
> Lars von Trier[34]

Riget (*Hospital der Geister*[35]) ist eine Serie des Regisseurs Lars von Trier (geschrieben gemeinsam mit Niels Vorsel), die 1994 und 1997 in zwei Staffeln mit insgesamt elf Episoden[36] für das dänische Fernsehen produziert wurde.

34 | Lars von Trier im Interview mit Stig Björkman, in: Björkman, Stig (Hrsg.): *Trier über von Trier* (Hamburg 2001), S. 150.

35 | *Riget* wird im deutschen Sprachraum sowohl unter seinem Originaltitel als auch unter dem Titel *Hospital der Geister* oder nur *Geister*, geführt. Ich entscheide mich in dieser Arbeit für *Riget*.

36 | *Riget* existiert darüber hinaus in hiervon abweichenden Schnittfassungen. Die erste Staffel lief zunächst in einer in vier Segmente unterteilten Langfilmversion auf den Filmfestspielen in Venedig 1994, und auch die zweite Staffel existiert in einer längeren, vierteiligen Version. Ebenfalls

Von Trier wurde nach eigener Aussage u.a. von David Lynchs *Twin Peaks*, an welchem er vor allem die Spontanität und Unberechenbarkeit bewunderte, zu *Riget* inspiriert.[37] *Riget* stellt eine Veränderung in von Triers Arbeitsweise, hin zu einer offeneren, zum Teil improvisierend vorgehenden Form dar, die sich auch im *Dogma 95* und späteren Filmen von Triers wie etwa *Die Idioten* niederschlagen sollte.[38]

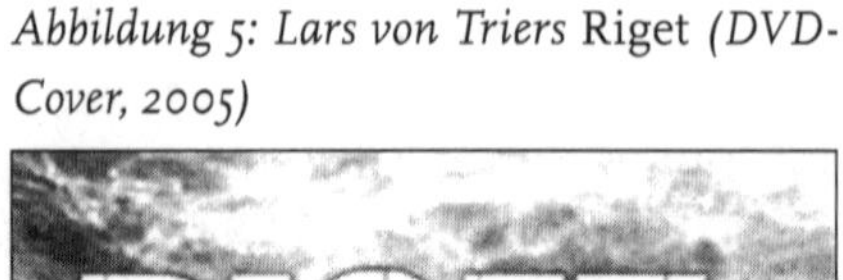

Abbildung 5: Lars von Triers Riget *(DVD-Cover, 2005)*

als eine solche, insgesamt achtteilige Serie wurde *Riget* 2005 auf DVD veröffentlicht.

37 | Vgl. Stevenson, Jack: *Lars von Trier* (London 2002), S. 76.

38 | Vgl. von Trier in: Björkman: *Trier über von Trier*, a.a.O., S. 147; vgl. ebenfalls Stevenson: *Lars von Trier*, a.a.O. S. 78.

„[...] ich habe die Kontrolle aufgegeben und gegen etwas eingetauscht, das ein Spiel der Zufälle sein kann."[39]

Riget spielt fast ausschließlich im Königlichen Reichskrankenhaus von Kopenhagen, auch „Riget" („das Reich") genannt. Hier sehen sich die Mitarbeiter und Patienten mit etlichen scheinbar übernatürlichen Phänomenen konfrontiert, welche größtenteils unaufgelöst bleiben. Bereits im immer gleich bleibenden Vorspann jeder Episode wird das Thema der Serie, der Widerspruch zwischen Wissenschaft/rationaler Weltsicht einerseits und dem Wunderbaren/ Spirituellen andererseits betont. Hier heißt es, das Krankenhaus, wo heute Wissenschaft und Technik herrschten, stehe „auf uraltem Sumpfland", auf dem einst „in ewigen Nebel" gehüllt Bleicher ihrer Tätigkeit nachgegangen seien. (Die Bleicher sind eine Anspielung auf die Adresse des Krankenhauses, Blegdamsvej, deren konkrete Bedeutung aber unklar bleibt.)

„Die Bleicher wichen den Ärzten und Forschern, den klügsten Köpfen des Landes, mit ihrer hochmodernen Technologie. Zum krönenden Abschluss nannten sie das Krankenhaus ‚das Königreich'. Von nun an sollte gemessen und gezählt werden, auf dass nie mehr Aberglaube und Unwissenheit die Bastion der Wissenschaft erschüttere. Aber vielleicht wurden sie zu anmaßend in ihrer hartnäckigen Leugnung der spirituellen Welt, denn es ist als wären Dampf und Kälte zurückgekehrt. In dem so modernen und scheinbar soliden Gebäude werden allmählich erste kleine Ermüdungs-Risse sichtbar."[40]

Die Handlung der ersten beiden Staffeln wird in etlichen seifenopernhaft verwobenen Strängen erzählt und lässt sich dementsprechend schwer zusammenfassen. Im Mittelpunkt steht zunächst die Frage nach der Existenz und der Geschichte der geisterhaften Erscheinung eines kleinen Mädchens, der die mit seherischen Fä-

39 | Von Trier in: Björkman: *Trier über von Trier*, a.a.O., S. 155.

40 | Voice-over im Vorspann sämtlicher *Riget* Episoden (Ausschnitt).

higkeiten begabte Patientin Sigrid Drusse nachgeht und schließlich auf den Grund kommt. Diese Erscheinung geht offenbar auf die Ermordung des unehelich geborenen Mädchens durch ihren Vater, einen Arzt namens Age Krüger zurück, welcher wiederum durch satanistische Rituale wiederbelebt wurde, und offenbar der Vater von „Brüderchen“ ist, dem rasant wachsenden Säugling einer Assistenzärztin der Klinik. Auch darüber hinaus beinhaltet die Serie etliche phantastische Elemente, etwa einen immer wieder nächtens auftauchenden geisterhaften Krankenwagen, sich zeichenhaft formierende Blätter in der Umgebung des Krankenhauses, und nicht zuletzt zwei Tellerwäscher mit Down-Syndrom, welche scheinbar allwissend, nach Art eines griechischen Chores das Geschehen rund um das Krankenhaus kommentierend begleiten.

Riget bricht nach zwei Staffeln abrupt ab und lässt etliche Stränge unaufgelöst. Ursprünglich war eine dritte Staffel geplant und bereits geschrieben, diese wurde jedoch, offiziell aufgrund des Todes mehrerer Darsteller, nie produziert. 2004 wurde mit *Stephen King's Kingdom Hospital* eine US-Version der Serie ausgestrahlt, welche die Handlung nach 13 Episoden im Kampf gegen ein den Tod etlicher Kinder vergeltendes Erdbeben enden lässt. Ob und inwiefern hierbei von Triers Drehbücher der dritten Staffel Verwendung fanden, ist nicht bekannt.

Lost

(J.J. Abrams, Damon Lindelof, Carlton Cuse, Jeffrey Lieber, USA 2004 - 2010)

> „Basically, ‚Lost' is one of those things, where you have to appreciate the journey and try not to worry about the endpoint. We're not in control of the endpoint."
> Carlton Cuse [41]

Lost, die wohl inkohärenteste und meistdiskutierte Fernsehserie der letzten Jahre, wurde von 2004 bis 2010 in sechs Staffeln/121 Episoden ausgestrahlt. Konzipiert und geschrieben wurde sie maßgeblich von J.J. Abrams, Damon Lindelof und Carlton Cuse[42], ausgehend von der Aufgabenstellung des produzierenden Fernsehsenders *ABC,* eine an die Reality Show *Survivor,* den Roman *Herr der Fliegen* und den Spielfilm *Cast Away* angelehnte seriale Erzählung zu kreieren.[43]

Lost erzählt die Geschichte der Überlebenden eines Flugzeugabsturzes auf eine zunächst unbewohnt scheinende tropische Insel im Pazifik. Hier sind sie gezwungen, sich untereinander und mit ihrer Situation zu arrangieren. Dabei werden sie immer wieder mit unerklärlichen Erscheinungen konfrontiert, so etwa mit einem aus schwarzem Rauch bestehenden Lebewesen, mit Eisbären im Dschungel und dem Auftauchen eigentlich toter Personen. Zu-

41 | Carlton Cuse zitiert nach O'Hare, Kate: *Indefinite Stay,* in: *The Spokesman Review* (Spokane, Washington, 11.1.2006, URL siehe Verzeichnis).

42 | Jeffrey Lieber, welcher den ersten, vom Sender allerdings abgelehnten Entwurf des Pilot-Filmes schrieb, wird ebenfalls als *co-creator* der Serie aufgeführt. Darüber hinaus arbeiteten, wie in derartigen TV-Produktionen üblich, etliche weitere Autoren an der Serie.

43 | Vgl.: Bernstein, David: *Cast Away,* in: *Chicago Magazine* (Chicago, August 2007, URL siehe Verzeichnis).

gleich wird deutlich, dass die Überlebenden keineswegs alleine auf der Insel sind.

Die sich hieraus entwickelnde Handlung wird anhand wechselnder Protagonisten und aus jeweils sehr subjektiven, begrenzten Perspektiven erzählt. Die in Rückblicken erzählten Vorgeschichten gewinnen zunehmend an Bedeutung, wobei die einzelnen Folgen sich in der Regel auf die Vorgeschichte jeweils eines Protagonisten konzentrieren und so auf zwei Zeitebenen spielen. Später kommen die Erzählebene der Zukunft, sowie eine – alternative Handlungsentwicklungen verfolgende – parallele Erzählebene hinzu. Dabei werden unerwartete Verbindungen der Überlebenden untereinander immer deutlicher, und zunehmend scheint alles mit allem schicksalhaft zusammenzuhängen.

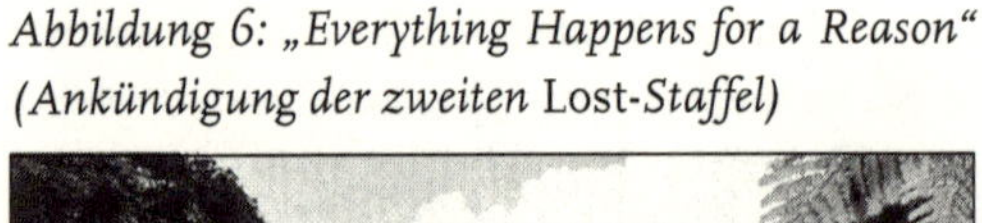

Abbildung 6: „Everything Happens for a Reason" (Ankündigung der zweiten Lost-*Staffel)*

Dieser Verdacht beschleicht auch einige der Überlebenden, und der Konflikt zwischen rationaler Weltsicht/Zufall einerseits und Schicksalsgläubigkeit/Bestimmung andererseits bildet die Kernfrage der Erzählung. Diese fiktionsintern in Frage stehende Kohärenz und Sinnhaftigkeit der Geschehnisse bestimmte zunehmend auch die Rezeption und Diskussion der Serie selbst: Zunächst gefeiert, grade auch für die Uneindeutigkeit und Rätselhaftigkeit der erzählten Welt, schlug die Stimmung der Zuschauer und Kritiker immer stärker um in Ungeduld und Zweifel daran, dass es angemessene Antworten auf die zentralen Fragen geben könne, und in den Verdacht, die Autoren wüssten womöglich selber nicht, worin die Geheimnisse und Zusammenhänge der Handlung bestünden, diese sei vielmehr *made up as it goes along*, also improvisiert. Die beiden Hauptschreiber der Serie, Carlton Cuse und Damon Lindelof, beantworteten Fragen nach den zugrunde liegenden Geheimnissen und der Planung der Serie mit ausweichenden, zum Teil widersprüchlichen Aussagen und räumten zunehmend ein, dass es auf einige der wesentlichen Fragen keine Antworten geben könne und solle.

„The bigger questions, we recognize, are not answerable. We feel that demystifying some of the things we do on *Lost* is like the magician showing you how the trick is done, and we don't want to do that."[44]

In Bezug auf die Vorausplanung der Handlung wurde von den Autoren wiederholt auf die Produktionsbedingungen offen-endiger Fernsehserien verwiesen, die ein längerfristiges Planen weitgehend unmöglich machten. Zum Ende der dritten Staffel wurde mit dem Sender vereinbart, die Serie mit der sechsten Staffel zu beenden, wodurch es den Autoren erstmals möglich wurde, konkret auf ein Ende hin zu planen. Dieses mit Spannung erwartete Ende warf allerdings mehr Fragen auf, als es beantwortete, indem eine Erklä-

---

44 | Carlton Cuse (und Damon Lindelof) im Gespräch mit Sean Carroll in: Pearlstein, Joanna: *Full Interview: The Island Paradox*, in: *Wired* (New York, April 2010, URL siehe Verzeichnis).

rung durch die Behauptung eines jetzt eindeutig wunderbaren Realitätssystems versucht wurde, welches allerdings in sich ebenfalls keinerlei Kohärenz erkennen ließ.

2. Aspekte des phantastischen Erzählens

Neben der fortlaufend und offen-endig seriellen Form besteht die wesentliche Gemeinsamkeit der genannten Beispiele in einer die Erzählung antreibenden, bis über deren Grenzen hinaus bestehen bleibenden Unschlüssigkeit in Bezug auf die Kohärenz der erzählten Welt und die dort gültigen Gesetzmäßigkeiten. Hierdurch lassen sie sich als *phantastische* Erzählungen beschreiben.

Bevor ich auf den Zusammenhang zwischen phantastischer Struktur und serialer Form bzw. Entstehung näher eingehe, betrachte ich in diesem Kapitel zunächst die für diese Arbeit relevanten Aspekte des phantastischen Erzählens und die diesbezüglichen Diskurse. Dies ist nicht ganz einfach, da kaum Einigkeit darüber besteht, wie sich das Genre des Phantastischen definieren ließe, noch nicht einmal darüber, ob es sich hierbei überhaupt um ein Genre, oder nicht vielmehr um ein Element bzw. eine Struktur handelt.

Das Adjektiv *phantastisch* selbst leitet sich von *Phantasie* ab. Diese Ableitung erfolgt über den Begriff des *Phantasten*[45], welcher einen Menschen bezeichnet, „der zwischen Wunschtraum und Wirklichkeit nicht unterscheiden kann."[46] Wenn man so will, sind in

45 | Vgl. Wünsch, Marianne/ Krah, Hans: Artikel *Phantastisch/Phantastik*, in: Barck, Karlheinz u.a. (Hrsg.): *Ästhetische Grundbegriffe, Band 4* (Stuttgart 2010), S. 799.

46 | Eintrag des Artikels *Fantast, Phantast, der*, in: *Duden online* (URL siehe Verzeichnis).

dieser Begriffsbildung bereits die beiden wesentlichen Richtungen des Phantastik-Diskurses angelegt:

Einer lange vorherrschenden, und auch heute noch verbreiteten Auslegung zufolge ließen sich sämtliche Narrationen, die sich selbst nicht in der „Realität" verorten, oder in denen eindeutig nicht als real interpretierbare Begebenheiten eine Rolle spielen, zur Phantastik zählen, so etwa auch die Gattungen Zaubermärchen, Science Fiction und Fantasy. Dieser, später als *maximalistisch* bezeichneten, weiten Verwendung des Phantastik-Begriffes steht die *minimalistische* Definitionsweise gegenüber, welche das Zweifeln und die Unschlüssigkeit bezüglich mehrerer, sich gegenseitig negierender Deutungsmöglichkeiten der (scheinbar wunderbaren) Ereignisse als wesentlichen Aspekt des Phantastischen betrachtet. Hierdurch lässt sich die Phantastik etwa von den genannten Gattungen Zaubermärchen, Science Fiction und Fantasy abgrenzen, welche zumeist kohärente wunderbare Realitätssysteme, d.h. innerhalb der jeweils erzählten Welten gültige Gesetzmäßigkeiten behaupten. Diese Einschränkung wurde maßgeblich durch Tzvetan Todorov formuliert.

Da die Inkohärenz und Unschlüssigkeit gegenüber der erzählten Welt den für diese Arbeit zentralen Aspekt der Phantastik darstellt, beziehe ich mich im Folgenden vor allem auf Tzvetan Todorov und verwandte minimalistische Definitionen.[47] Hierdurch lässt sich die Menge an Positionen und Diskursen ein wenig einschränken, dennoch bleiben etliche sich zum Teil widersprechende Aspekte bestehen, die ich hier versuchen werde darzustellen, ohne den Anspruch auf Vollständigkeit oder auf Klärung dieser Widersprüche.

---

47 | Vgl. für eine eine ausführliche Besprechung der Definitionsgeschichte und der Unterscheidung in minimalistische und maximalistische Auslegungen: Durst, Uwe: *Theorie der phantastischen Literatur* (Berlin 2010), insbesondere S. 17-47.

Minimalistische Definitionen der Phantastik

Tzvetan Todorovs *Einführung in die fantastische Literatur*[48] (1970[49]), in welcher er als zentralen Aspekt die *Unschlüssigkeit* (*hésitation*[50]) als konstitutiv für das Phantastische postuliert, stellt bis heute den wichtigsten Text und Bezugspunkt des minimalistischen Phantastik-Diskurses dar.

Theoretische Texte, welche die Unschlüssigkeit anhand mehrerer, sich gegenseitig negierender Deutungsmöglichkeiten ins Zentrum der Betrachtung rücken und somit der minimalistischen Phantastik-Definition ähnliche Positionen vertreten, findet man, wie auch Todorov anmerkt, jedoch bereits vorher. Er bzw. andere Autoren nennen in diesem Zusammenhang etwa Maupassant (1883), Wladimir Solowjew (1899), M.R. James (1924)[51] oder auch Roger Caillois (1965), der das Phantastische als „Riss in der anerkannten Ordnung", als „Einbruch des Unzulässigen inmitten der unveränderlichen, alltäglichen Gesetzmäßigkeit" beschreibt.[52]

Auch Sigmund Freuds Aufsatz über *Das Unheimliche* (1919), in dem er sich vor allem auf E.T.A. Hoffmanns *Der Sandmann* bezieht, ließe sich hier einreihen. Dort schreibt Freud, zur Erzeugung des Unheimlichen habe der Autor „ein Mittel zur Verfügung":

„Es besteht darin, daß er uns lange Zeit über nicht erraten läßt, welche Voraussetzungen er eigentlich für die von ihm angenommene Welt gewählt

---

48 | Beide Schreibweisen, *F*antastisch und *Ph*antastisch sind im Deutschen möglich. Ich habe mich für die Schreibweise mit *Ph* entschieden.

49 | Todorov, Tzvetan: *Einführung in die fantastische Literatur* [1970] (Frankfurt am Main 1992).

50 | Todorov: *Fantastische Literatur*, a.a.O., S. 26.

51 | Vgl. Todorov: *Fantastische Literatur*, a.a.O., S. 26; sowie Durst: *Theorie...*, a.a.O., S. 39f.

52 | Caillois, Roger: *Au coeur du fantastique* (Paris 1965), S. 161, zitiert nach und übersetzt durch Pinkas, Claudia: *Der phantastische Film* (Berlin 2010), S. 11.

hat, oder daß er kunstvoll und arglistig einer solchen entscheidenden Aufklärung bis zum Ende ausweicht."[53]

Genau hierdurch unterscheide sich das *Unheimliche* vom *Wunderbaren/ Märchenhaften*:

„Die Welt des Märchens z.B. hat den Boden der Realität von vornherein verlassen und sich offen zur Annahme der animistischen Überzeugungen bekannt. Wunscherfüllungen, geheime Kräfte, Allmacht der Gedanken, Belebung des Leblosen, die im Märchen ganz gewöhnlich sind, können hier keine unheimliche Wirkung äußern, denn für die Entstehung des unheimlichen Gefühls ist, wie wir gehört haben, der Urteilsstreit erforderlich, ob das überwundene Unglaubwürdige nicht doch real möglich ist, eine Frage, die durch die Voraussetzungen der Märchenwelt überhaupt aus dem Wege geräumt ist."[54]

Dies stellt, auch wenn Freud hier andere Begrifflichkeiten verwendet[55], bereits eine recht präzise und treffende Beschreibung[56] des minimalistisch Phantastischen dar.[57]

Tzvetan Todorovs Verdienst ist es, als erster eine ausführliche, systematische, in diesem Fall strukturalistisch geprägte Poetik die-

53 | Freud, Sigmund: *Das Unheimliche* [1919], in: Jahraus, Oliver (Hrsg.): Ders.: *'Der Dichter und das Phantasieren'* (Stuttgart 2010), S. 187-227, hier S. 225.

54 | Freud: *Das Unheimliche*, a.a.O., S. 223.

55 | Der Begriff *phantastisch* fällt zwar auch hier, jedoch benutzt Freud diesen höchst uneindeutig und zumeist gleichbedeutend mit *wunderbar*.

56 | Neil Cornwell spricht hier nicht ganz zu unrecht von einer „proto-theory of the fantastic" (Vgl. Cornwell, Neil: *The Literary Fantastic* (Hertfortshire 1990) S. 6).

57 | Freud betrachtet die von ihm hier beschriebene Erzählweise allerdings äußerst negativ, als „Täuschung" (S. 225) des Lesers im Dienste eines Rückfallens in überholte „animistische[n] Überzeugungen" (S. 221), „für überwunden gehaltenen Aberglauben" (S. 224), infantile Denkweisen und Komplexe (Freud: *Das Unheimliche*, a.a.O., S. 218ff.; vgl. hierzu auch Todorov: *Fantastische Literatur*, a.a.O., S. 134f.).

ser Phantastik-Auffassung formuliert zu haben. Dem Todorovschen Strukturmodell zufolge existiert das Phantastische ausschließlich an der Grenze zwischen dem Übernatürlichen, „Wunderbaren" auf der einen Seite und dem „Natürlichen" bzw. „Unheimlichen", welches sich letztlich jedoch stets rational erklären lässt[58], auf der anderen. Die Unschlüssigkeit des impliziten Lesers (und zumeist der handelnden Personen[59]) zwischen diesen beiden Erklärungsmustern stellt die wichtigste „Bedingung des Fantastischen" dar, entsprechend „währt das Fantastische nur so lange wie die Unschlüssigkeit".[60] Diese Unschlüssigkeit wird laut Todorov von beiden Seiten gleichermaßen bedroht. Daher sei das „unvermischt Fantastische"[61] selten, oft schlage es im Laufe der Erzählung um in eine rationale oder wunderbare Erklärung, und werde hierdurch aufgehoben, so etwa auch im Kriminalroman: Auch dieser basiere auf einer Unschlüssigkeit mehreren potentiellen, und z.T. wunderbar anmutenden Erklärungen gegenüber, welche sich letztlich jedoch stets rational erklären ließen.

Der Kriminalroman, so Todorov, kommt daher

> „dem Fantastischen nahe, aber er ist auch sein Gegenteil: bei fantastischen Texten neigt man doch immerhin eher zur übernatürlichen Erklärung; der Kriminalroman hingegen lässt sobald er zu Ende ist, nicht den geringsten Zweifel darüber, daß nichts Übernatürliches im Spiel gewesen ist."[62]

Ein weiterer Unterschied bestehe darin, dass „die Akzente in den beiden Genres verschieden gesetzt" seien. Während diese beim Kriminalroman auf der „Lösung des Rätsels" lägen, gehe es in phan-

58 | Todorov bezeichnet das zunächst eine Unschlüssigkeit Hervorrufende, dann aber rational Erklärbare als „unheimlich" (vgl. Todorov: *Fantastische Literatur*, a.a.O., S. 40).

59 | Vgl. Todorov: *Fantastische Literatur*, a.a.O., S. 31f.

60 | Todorov: *Fantastische Literatur*, a.a.O., S. 40.

61 | Todorov: *Fantastische Literatur*, a.a.O., S. 43.

62 | Todorov: *Fantastische Literatur*, a.a.O., S. 47f.

tastischen Erzählungen vielmehr um die „Reaktionen, die dieses Rätsel hervorruft“. Aus der „strukturalen Verwandtschaft“ beider Formen resultiere jedoch „nichtsdestoweniger eine Ähnlichkeit, die es hervorzuheben“ gelte.[63]

Eine weitere „Bedrohung“ des Phantastischen innerhalb eines Werkes sieht Todorov in der Nähe zu zwei „benachbarten Genres – der Poesie und der Allegorie“.[64] „Alles Fantastische“, schreibt er, sei „an die Fiktion und an die wörtliche Bedeutung gebunden.“[65] „Fiktion“ meint in diesem Zusammenhang den abbildenden, narrativen Charakter eines Textes; auf diesen Aspekt werde ich ab S. 42 noch näher eingehen. Von einer Allegorie wiederum ließe sich laut Todorov nur sprechen, „wenn man innerhalb des Textes explizite Hinweise darauf findet.“ Sonst „gäbe es keinen literarischen Text mehr, der nicht allegorisch wäre“[66] bzw. nicht als Allegorie interpretiert werden könne.[67]

Dass Todorov jenseits dieser formalen Einschränkung den meisten phantastischen Texten durchaus eine allegorische Bedeutung zuschreibt, wird in seiner Begründung des „Todes“ der Phantastik durch das Aufkommen der Psychoanalyse deutlich. Hier schreibt er u.a.:

---

63 | Todorov: *Fantastische Literatur*, a.a.O., S. 47f.

64 | Todorov: *Fantastische Literatur*, a.a.O., S. 55.

65 | Todorov: *Fantastische Literatur*, a.a.O., S. 69.

66 | Todorov: *Fantastische Literatur*, a.a.O., S. 68.

67 | Diese Bedingung findet sich etwa auch bei Marianne Wünsch: „Daß etwas nicht-wörtlich zu verstehen, oder als nicht-real gesetzt sei, dürfen wir selbstverständlich nur annehmen, wenn es nachweisbare *Indikatoren für Nicht-Wörtlichkeit* bzw. für *Nicht-Realität* gibt: andernfalls müßte jede willkürliche Allegorese des Textes als adäquate Interpretation akzeptiert werden.“ (Wünsch, Marianne: *Die Fantastische Literatur der Frühen Moderne* (München 1991), S. 41). Vgl. hierzu auch Wünsch/Krah, a.a.O., S. 802: „Dies heißt insbesondere auch, daß das Phänomen weder als rhetorische Uneigentlichkeit, noch als reiner Signifikant, als Bedeutungsträger eines sekundären Kodesystems – und damit als prinzipiell übersetzbar –, gesetzt sein darf.“

„Man hat es heute nicht mehr nötig, auf den Teufel zurückzugreifen, um über eine exzessive sexuelle Begierde sprechen zu können, wie man auch der Vampire nicht länger bedarf, um deutlich zu machen, welche Anziehungskraft von Leichen ausgeht." So existiere heute dank der Psychoanalyse eine größere Aufmerksamkeit und Offenheit gegenüber unbewussten/verdrängten Wünschen und Ängsten, wodurch die phantastische Literatur „überflüssig" geworden sei.[68]

Auf diese viel diskutierte These, und die mit dieser zusammenhängenden Themen des Phantastischen gehe ich hier bewusst nicht ein, da diese mich von meiner Thematik wegführen würden und es hier allein um strukturelle Besonderheiten der Phantastik gehen soll. Ich teile die Einschätzung Uwe Dursts, dass Todorov hier die ansonsten sehr klare Argumentation und strukturelle Ausrichtung seiner Arbeit verlässt und ihr sogar selbst widerspricht, indem er anhand von Themen und deren Deutung argumentiert, was er bis dahin klar abgelehnt hatte.[69]

Einen weiteren Grund für die „relativ kurze Lebensdauer" der Phantastik, welche Todorov mit Ende des 18. Jhdts. bis Ende des 19. Jhdts. angibt[70], sieht er in einer veränderten Einstellung gegenüber der Wirklichkeit und ihrer Darstellbarkeit. So sei es heute kaum mehr möglich, „an eine unveränderliche äußere Realität" zu glauben, „und ebensowenig an eine Literatur, die die Transkription dieser Realität wäre."[71]

Diese Einschätzung teilen etwa Marianne Wünsch und Hans Krah, allerdings wird hier der Zeitpunkt des „Todes" der Phantastik sehr viel später datiert:

> „Das Phantastische beruht auf einer historisch gewordenen Realitätserfahrung, beginnt mit der Aufklärung und läuft in der sog. Postmoderne aus."[72]

68 | Todorov: *Fantastische Literatur*, a.a.O., S. 143.
69 | Vgl. Durst: *Theorie...*, a.a.O., S. 273f.
70 | Todorov: *Fantastische Literatur*, a.a.O., S. 148.
71 | Todorov: *Fantastische Literatur*, a.a.O., S. 150.
72 | Wünsch/Krah, a.a.O., S. 798.

Dies begründen sie, ebenso wie Todorov, mit einem „im kulturellen Bewusstsein“ nicht mehr gültigen „Realitätsbegriff“, wodurch die „Voraussetzung einer phantastischen Grenzüberschreitung“ nicht mehr gegeben sei.

„Insofern Grenzen in ihrem Status als Grenzen nivelliert werden, evoziert ihre Überschreitung kein Ereignis und ist damit nicht mehr produktiv für eine phantastische Qualität.“[73]

Auch Thomas Broß sieht eine grundlegende Verwandtschaft zwischen Postmoderne und Phantastik, welche mit dem „*Klärungsbedürfnis* des Modernen Menschen“ spiele, diese Klärung ankündige, aber nicht liefere, wodurch der Leser „Bekanntschaft mit dem Axiom der Postmoderne“ mache.[74] Einen Tod der Phantastik prognostiziert Broß allerdings erst für eine Zukunft, in der dieser „notwendige Reiz“ des Klärungsbedürfnisses vollends einer „Bejahung des [...] Widersprüchlichen“ gewichen sein werde.

„Sollte dies [...] gelingen, wäre letztlich die Voraussetzung für Phantastik bzw. deren Lektüre – die Bestrebung, einen uneindeutigen Zustand zu überwinden – nicht mehr gegeben; phantastische Literatur wäre obsolet.“[75]

Diesem Zusammenhang zwischen Postmoderne und Phantastik stimme ich durchaus zu, allerdings ließe sich diese Argumentation auch umkehren und vielmehr als Argument und Begründung für die Vielzahl an zeitgenössischen Narrationen, in denen phantastische Unschlüssigkeit eine zentrale Rolle spielt, verwenden, da sich hierdurch Aspekte und Zustände des postmodernen Lebens thematisieren lassen. Eine massenhafte Verbreitung des von Broß beschriebenen Geisteszustands jenseits jedes Bedürfnisses nach Klärung

73 | Wünsch/Krah, a.a.O., S. 798.

74 | Broß, Thomas: *Literarische Phantastik und Postmoderne* (Essen 1996), S. 121, zitiert nach Durst: *Theorie...*, a.a.O., S. 279.

75 | Broß: *Literarische...*, a.a.O. S. 148f., nach Durst: *Theorie...*, a.a.O., S. 279f.

von Widersprüchen und Uneindeutigkeiten halte ich darüber hinaus derzeit für nicht gegeben und auch für die nähere Zukunft für sehr unwahrscheinlich. Die anhaltende Bedeutung dieses Klärungsbedürfnisses, und das weiterhin vorhandene Skandalpotential des Phantastischen lässt sich vielfach beobachten, etwa anhand der bereits erwähnten eindrucksvollen Reaktionen auf die Fernsehserie *Lost*.

Auch stellen beide Texte[76], in Analogie zu Todorov[77], die Möglichkeit und Wirksamkeit narrationsinterner Unschlüssigkeit in direkte Abhängigkeit von externen kulturellen Sichtweisen und Realitäten, was meiner Meinung nach die Eigenständigkeit und Eigengesetzlichkeit der Literatur in unzulässiger Weise unterschätzt.

An dieser Stelle setzt auch Uwe Dursts Kritik und Präzisierung des Todorovschen Schemas an. Während Todorov aus der Abhängigkeit von einem außerliterarischen Realitäts- und Wirklichkeitsverständnis einen Grund für den von ihm postulierten „Tod" der Phantastik ableitet, versucht Durst die Gegenüberstellung von natürlich/realistisch einerseits und übernatürlich/wunderbar andererseits durch die Frage nach dem binnenfiktionalen Realitätssystem zu ersetzen.[78] Demnach setze die Phantastik keine außerliterarischen

76 | Und ebenso auch die Ausführungen Wünschs, in der sie die Wichtigkeit des jeweiligen Realitätsbegriffes einer Epoche als „‚Historizitätsvariable', die in die Definition des Fantastischen [...] eingeführt werden muß, um ihre Anwendbarkeit für beliebige Epochen zu ermöglichen" betont, „denn von ihm hängt es offenbar entscheidend ab, ob ein Phänomen unter die ‚mimetischen' oder die nicht-‚mimetischen', insbesondere eben die fantastischen Strukturen fällt." (Wünsch, Marianne: *Die Fantastische...*, a.a.O., S. 18).

77 | An einer weiteren Stelle wird der von Todorov vertretene direkte Zusammenhang zur außerliterarischen Realität besonders deutlich: „In einer Welt, die durchaus die unsere ist, die, die wir kennen, eine Welt ohne Teufel, Sylphiden oder Vampire, geschieht ein Ereignis, das sich aus den Gesetzen eben dieser vertrauten Welt nicht erklären lässt." (Vgl. Todorov: *Fantastische Literatur*, a.a.O., S. 25).

78 | Ähnlich schreibt bereits Andrzej Zgorzelski (1975), Phantastik erscheine, „wenn die inneren Gesetze der fiktiven Welt zerbrochen werden"

Naturgesetze, sondern eine jeweilige „innerliterarische Normrealität in Zweifel".[79] Diese könne zwar ebenfalls entweder *regulär* und somit „sich selbst als wunderlos ausgeben[d]" oder aber offen *wunderbar* daherkommen[80], für die Existenz der Phantastik sei aber vielmehr die in Frage stehende Kohärenz der erzählten Welt aufgrund zweier konkurrierender Realitätssysteme ausschlaggebend.

Die Phantastik sei das „Genre, worin die traditionelle Kohärenz der erzählten Welt aufgehoben, und durch die Konkurrenz zweier gleichberechtigter Realitäten ersetzt ist, die sich gegenseitig negieren."[81] Zwischen diesen beiden Realitäten, dem regulären und dem wunderbaren Realitätssystem, sieht er die reine Phantastik in einem Nichtsystem angesiedelt, welches sich durch seine Inkohärenz auszeichnet.[82]

> „Sobald der Text die besondere Position des Nichtsystems verlässt und die erzählte Welt in die Kohärenz eines R [regulären] oder W [wunderbaren] Systems überführt, wird das Phantastische unweigerlich aufgehoben."[83]

Diese Betonung der innerliterarischen Inkohärenz halte ich gegenüber einer Phantastikdefinition, welche sich am außerliterarischen Realitätsverständnis orientiert, für beständiger und sehr viel geeigneter, Strukturen und Wirkungsweisen des Phantastischen zu beschreiben.[84]

---

und „sollte als Bruch der inneren literarischen Gesetze und nicht der Gesetze der objektiven Realität [...] gesehen werden. (Zgorzelski, Andrzej: *Zum Verständnis phantastischer Literatur*, in: Zondergeld, Rein A. (Hrsg.): *Phaicon 2* (Frankfurt am Main 1975), S. 61).

79 | Durst: *Theorie...*, a.a.O., S. 100.

80 | Durst: *Theorie...*, a.a.O., S. 116.

81 | Durst: *Theorie...*, a.a.O., S. 13.

82 | Vgl. Durst: *Theorie...*, a.a.O., S. 116.

83 | Durst: *Theorie...*, a.a.O., S. 117.

84 | In ihrer Inkohärenz und Betonung einer Instabilität, Subjektivität und zentralen Ungewissheit stellen die von Thomas Elsaesser beschriebenen *Mindgame Movies* zwar eine der Phantastik eng verwandte Form dar, unterscheiden sich jedoch in dem entscheidenden Punkt der *Enträtselbar-*

Meiner Ansicht nach ist diese Struktur und Wirkungsweise keinesfalls auf die Literatur beschränkt. Da sich jedoch die hier besprochenen Positionen und ein Großteil des minimalistischen Phantastikdiskurses explizit auf die Literatur beziehen, möchte ich im Folgenden kurz, und insbesondere in Hinblick auf die Medien Film[85] und Comic der Frage nachgehen, welche medialen Grundvoraussetzungen zur Vermittlung des Phantastischen erforderlich sind.

---

keit, der Möglichkeit der Herstellung einer Kohärenz. Wie Hans Holländer schreibt, unterscheiden sich Rätsel und Geheimnis folgendermaßen voneinander: „Das Geheimnis ist nur dann eines, wenn es nicht enthüllbar ist und dem Verständnis sich entzieht. Das Rätsel aber ist lösbar, wie kompliziert es auch sein mag. Es ist nach Regeln entworfen worden, die erkennbar sind. Das Geheimnis entzieht sich den Regeln, es ist zwar interpretierbar, aber keine Interpretation kann vollständig sein." (Holländer, Hans: *Konturen einer Ikonographie des Phantastischen*, in: Fischer, J.M. u.a. (Hrsg.): *Phantastik in Literatur und Kunst* (Darmstadt 1980), S. 389) Dieser Unterscheidung möchte ich mich anschließen und die Form des *Mind Game-* oder auch *Puzzle*-Filmes – etwa in Filmen wie *The Sixth Sense* oder *The Village* – tendenziell dem *spielerisch* Rätselhaften, das Phantastische tendenziell dem Geheimnisvollen zuordnen. Diese Unterscheidung ist nicht immer ganz eindeutig zu treffen, und es gibt hier etliche Überschneidungen. So bleiben etwa die von Elsaesser angeführten Filme *Lost Highway*, *Mulholland Drive* und *eXistenZ* bis über ihr Ende hinaus verworren und kaum auflösbar, umgekehrt weisen insbesondere viele klassisch-phantastische Erzählungen wie etwa *Young Goodman Brown* oder *La Vénus d'Ille* eher einen Rätsel-Charakter auf. Der Bezeichnung etwa von *Mulholland Drive* als Mindgame Movie möchte ich jedoch widersprechen, da diese eine vollständige Entschlüsselbarkeit impliziert (vgl. Elsaesser, Thomas: *Hollywood heute* (Berlin 2009), S. 237-262; vgl. ebenfalls Pinkas: *Der phantastische Film*, a.a.O., S. 136 ff.).

85 | In den Filmwissenschaften und in Bezug auf das Medium Film wird der Phantastik-Begriff bisher zumeist, einer maximalistischen Definition folgend, in einer sich in erster Linie an Themen und Motiven orientierenden Weise verwendet (vgl. Pinkas: *Der phantastische Film*, a.a.O., S. 8 f.).

Mediale Bedingungen des Phantastischen

Als wichtigste Grundlage des Phantastischen ist die Narrativität zu nennen. Marianne Wünsch macht diese mit Lotman am Eintreten eines *Ereignisses* fest, und schreibt:

„Wenn […] in jedem Falle die Manifestation eines ‚Außer-'/‚Übernatürlichen' ein ‚Ereignis' darstellt, dann konstituiert das Fantastische *immer* eine narrative Struktur und kann außerhalb einer solchen nicht existieren. […] nur ein Ereignis kann den Text zu einem fantastischen machen."[86]

Über diesen Zusammenhang kann wohl kein Zweifel bestehen, sehr wohl aber über die Frage, ob ein Ereignis/eine Narrativität zwingend die Darstellung eines Nacheinander erfordert, oder ob auch die Darstellung eines bereits eingetretenen bzw. eines sich ankündigenden Ereignisses, etwa in Skulptur oder Malerei, das Phantastische konstituieren kann.

Marianne Wünsch vermutet, „daß ein anderer Fantastik-Begriff als der, den man auf Literatur und Film anwendet, zugrunde liegt, wenn man von fantastischen Werken in diesen Kunstformen spricht."[87] Auch Uwe Durst steht in diesem Zusammenhang einer Übertragung des Phantastik-Begriffes etwa auf die bildende Kunst eher skeptisch gegenüber, da – wie er, ebenfalls in Anlehnung an Lotman, schreibt – eine narrative Struktur, welche immer aus einem *Ereignis*, „d.h. aus der Überschreitung jener Ordnung, die der Text sich zunächst als ‚normal' setzt", bestehe, „außerhalb der Literatur nur bedingt (wenn überhaupt) nachgeahmt werden" könne.[88]

86 | Wünsch: *Die Fantastische…*, a.a.O., S. 16; vgl. Lotmann, Jurij M: *Die Struktur literarischer Texte* (München 1972), Kapitel 8.

87 | Wünsch: *Die Fantastische…*, a.a.O., S. 16.

88 | Durst, *Theorie…*, a.a.O., S. 25.

Diese Aussage stellt meiner Meinung nach eine unzulässige Beschränkung des Phantastischen auf die Literatur dar.[89] Zumindest in Bezug auf bildliche Formen, welche ein narratives Nacheinander darzustellen in der Lage sind, wie etwa den von Wünsch selbstverständlich eingeschlossenen Film oder die sequentielle Kunst der Bildgeschichte/des Comics, lässt sich die Möglichkeit einer Narrativität und somit in dieser Hinsicht die Möglichkeit des Phantastischen nicht bestreiten.

Der hier wahrscheinlich gemeinten Ausgrenzung des *Einzelbildes* stehen Ansätze wie etwa die Hans Holländers, welcher das Phantastische als vor allem bildhafte Erfahrung beschreibt, entgegen. Holländer sieht in erster Linie *Bilder* als Träger des Phantastischen, diese jedoch respektierten „die Grenzen von Literatur und Malerei nicht“[90], seien in beiden Formen gleichermaßen zu finden, und eine Trennung existiere im Grunde „nur im Bereich der Sekundärliteratur“.[91] Grade die Ausschnitthaftigkeit des (Einzel-) Gemäldes sei einer phantastischen Wirkung zuträglich, da dieses hierdurch zumeist „in bezug auf das Erzählerische sehr allgemein“ und „vieldeutig“[92] bleibe, und der Betrachter sich so die Geschichte dazu denken müsse (während andersherum in der Literatur der bildhafte Spielraum stärker bestehen bleibe und der Leser sich die Bilder dazu denken müsse).

Grundsätzlich (und in beiden Formen) sei das „künstliche Fragment“ eine „Möglichkeit der Darstellung dessen, was nicht mehr darstellbar ist.“[93] Diesen Aspekt des (künstlich) Fragmentarischen halte ich für wesentlich, und werde hierauf und auf die hier be-

---

89 | Zudem steht sie im Widerspruch zu Aussagen Dursts in Bezug auf das filmische Erzählen (siehe unten, S. 49 dieser Arbeit).

90 | Holländer, Hans: *Das Bild in der Theorie des Phantastischen*, in: Fischer, J.M. u.a. (Hrsg.): *Phantastik in Literatur und Kunst* (Darmstadt 1980), S. 78.

91 | Holländer: *Das Bild...*, a.a.O., S. 55.

92 | Holländer: *Das Bild...*, a.a.O., S. 58.

93 | Holländer: *Das Bild...*, a.a.O., S. 68.

schriebene Methode des Abbruchs und des absichtlich „Fragmentarischen als möglicher Darstellungsform des Phantastischen“[94] im Folgenden noch näher eingehen.

Darüber hinaus würde auch ich das Einzelbild nicht grundsätzlich aus der Phantastik ausschließen wollen. Sofern es auf ein fragwürdiges, nicht eindeutig interpretierbares Davor und/oder Danach verweist, lassen sich die beschriebenen Kriterien auch hier umsetzen und anwenden, allerdings lässt sich ein Phantastisches hier weit weniger eindeutig ausmachen, eben weil Einzelbilder zumeist „in bezug auf das Erzählerische sehr allgemein“ und „vieldeutig“[95] bleiben. Dies dürfte auch der Grund sein, warum, wie auch Holländer bemerkt, kaum Theorien des Phantastischen existieren, die sich auf die bildende Kunst beziehen und warum „die interessanten Arbeiten zum Problem des Phantastischen“ die phantastische Literatur zum Gegenstand haben.[96]

Holländers eigene Ausführungen (und erst recht sein Versuch einer *Ikonographie des Phantastischen*[97]), welche auch Zaubermärchen, Fantasy und Science Fiction der Phantastik zurechnen, und in denen er das Phantastische als Eigenschaft, die selbst keine Eigenschaften hat[98], verstanden wissen will, sind allerdings, trotz einiger sehr interessanter Gedanken, insgesamt zu wenig differenziert und eher einem maximalistischen Phantastik-Verständnis zuzurechnen.

Dies gilt auch für Holländers Betrachtung der Lyrik/Poesie als „Quintessenz des Phantastischen“, „angesiedelt im handlungsfreien Grenzbereich zwischen Bild und Sprache“[99]. Hier bleibt unklar,

94 | Holländer: *Das Bild...*, a.a.O., S. 69.

95 | Holländer: *Das Bild...*, a.a.O., S. 58.

96 | Holländer: *Das Bild...*, a.a.O., S. 55.

97 | Vgl. Holländer: *Konturen einer Ikonographie...*, a.a.O., S. 387-403.

98 | „Das Phantastische hat keine Eigenschaften, es ist vielmehr selbst eine Eigenschaft. [...] Als Eigenschaft einer Sache kann das Phantastische eine ästhetische Kategorie sein, wie das Schöne, das Erhabene, das Häßliche.“ (Holländer: *Das Bild...*, a.a.O., S. 77).

99 | Holländer: *Das Bild...*, a.a.O., S. 65.

warum die richtigen Gründe, aus denen er etwa impressionistische oder auch abstrakte Malerei als grundsätzlich Phantastik-ungeeignet beschreibt, nicht auch für vergleichbare Textformen gelten sollten. Die phantastische Malerei, schreibt er, erfordere „einen hohen Grad von Abbildlichkeit“. Diese sei jedoch nicht gegeben,

„[...] wenn die Autonomie der Bildfläche, die Subjektivität der Wahrnehmung oder des Ausdrucks oder der Bildkonstruktion die abbildliche Wahrscheinlichkeit zurückdrängt, oder: wenn das Bild als ‚Gebilde‘ autonom wird und sich nicht mehr zugleich als Abbild verstehen läßt.“[100]

Eine solche Autonomie und „Verringerung der Abbildlichkeit zugunsten subjektiver Motivationen“[101] ließe sich ähnlich auch als Eigenschaft der Lyrik/Poesie beschreiben, weshalb diese Formen auch durch nahezu sämtliche Theorien der Phantastik ausgeschlossen werden.

Nach Ansicht Todorovs stellt „der repräsentative Charakter“ eines literarischen Textes eine Grundbedingung des Phantastischen dar. Hierdurch gehöre die Fantastik zu jenem „Teil der Literatur [...], den man bequemerweise mit dem Terminus *Fiktion* bezeichnen kann“.[102] „Alles Fantastische ist an die Fiktion und an die wörtliche Bedeutung gebunden“[103], schreibt Todorov. Daher könne etwa die Poesie, welche er als tendenziell „nicht deskriptiv“ von der Fiktion abgrenzt, nicht phantastisch sein. Das Phantastische könne „nur in der Fiktion leben“, „kurz gesagt, das Fantastische impliziert die Fiktion.“[104] Durst schließt sich dieser Sichtweise Todorovs an, wenn er in Bezug auf Texte des Surrealismus schreibt: [Deren]

100 | Holländer: *Konturen einer Ikonographie...*, a.a.O., S. 393; vgl. auch Wünsch/Krah, a.a.O., S. 804.

101 | Holländer: *Konturen einer Ikonographie...*, a.a.O., S. 392.

102 | Todorov: *Fantastische Literatur*, a.a.O., S. 56.

103 | Todorov: *Fantastische Literatur*, a.a.O., S. 69.

104 | Todorov: *Fantastische Literatur*, a.a.O., S. 57.

„Grad der Unausformuliertheit verdeutlicht den Bereich des Fiktiven, denn die letzte Konsequenz dieser Entwicklungsrichtung ist, so scheint mir, der hermetische Text, worin der narrative Vorgang tendenziell zum Erliegen kommt und eine Annäherung an den realitätsnegierenden Diskurs der Poesie erfolgt. Hier aber ist die Grenze der Fiktion und damit der Phantastik erreicht."[105]

Dem stimme ich voll zu, wenngleich natürlich auch zwischen Surrealismus und Phantastik einige Überschneidungen bestehen. Der Unterschied liegt auch für mich in der Narrativität, welche in den meisten Werken des Surrealismus zugunsten einer völlig grenzenlosen Phantasietätigkeit in den Hintergrund tritt, während im Phantastischen die Phantasie stets durch das Vergangene und das Antizipierte begrenzt und narrativ motiviert bleibt.

Auch der von Todorov als Bedingung für eine derartige Narrativität beschriebene, auf eine fiktive Realität verweisende „repräsentative Charakter" des Erzählens, lässt sich in den Medien Comic/Bildgeschichte sowie Film/TV umsetzen. Die von Wünsch/Krah geäußerte und nicht weiter ausgeführte Einschätzung, das Medium Comic sei, im Gegensatz zu Film und Literatur, zur Darstellung des Phantastischen ungeeignet, da dieses nur „in den Medien auftreten und in dem Maße Fuß fassen" könne, „wie diese in der Lage sind, ihren medialen Status", „ihre Medialität, die Ebene der Abbildung"[106] auszublenden und zu verschleiern, möchte ich an dieser Stelle als völlig haltlos und vermutlich lediglich den subjektiven/persönlichen Lese- und Sehgewohnheiten der Autoren geschuldet zurückweisen. Dem geübten Leser eröffnet sich die erzählte Welt eines Comics nicht weniger direkt, als ein filmisches oder literarisches Werk dies vermag.

Neben den genannten Grundvoraussetzungen spielt auch die Vermittlung der Erzählung durch eine Erzählerinstanz (oder auch mehrere Erzählerinstanzen) eine zentrale Rolle. Durst beschreibt

105 | Durst, *Theorie...*, a.a.O., S. 315.

106 | Wünsch/Krah, a.a.O., S. 805.

die „Zerrüttung" der Erzählinstanz als „die inszenatorische Grundlage der phantastischen Literatur."[107] Dies hängt eng mit der besonderen Rolle des Erzählers als Garant der jeweiligen erzählten Welt und ihrer realitätssystemischen Kohärenz zusammen. „[D]ie Rede der Personen etwa kann wahr oder falsch sein wie im alltäglichen Diskurs auch", schreibt Todorov, „tatsächlich entzieht sich allein das, was im Text im Namen des Autors [Erzählers[108]] gegeben wird, dem Wahrheitsbeweis."[109] Hieraus ergibt sich das besondere Potential einer Destabilisierung der Erzählerinstanz(en), wenn es darum geht, systemischen Zweifel und Instabilität zu erzeugen.[110]

Insofern ist hier die Wahl einer jeweils möglichst reduzierten Perspektive von Vorteil: Während etwa eine allwissende Erzählinstanz denkbar ungeeignet zur Erzeugung phantastischen Zweifels scheint, bietet vor allem die begrenzte Perspektive eines Ich-Erzählers Raum für etliche Unschlüssigkeiten, da es hier immer sein kann, dass dem Erzähler Entscheidendes entgangen ist, er getäuscht wurde, falsch liegt oder unter Sinnestäuschungen/Wahnvorstellungen leidet.[111] Die Auflösung des Geschehens als Täuschung oder Traum ist hierdurch potentiell möglich. Entsprechend ist die Ich-Erzähler-Form in

107 | Durst, *Theorie...*, a.a.O., S. 185.

108 | Hier meint er vielmehr: *Erzähler*, wie im weiteren Verlauf des Zitates deutlich wird.

109 | Todorov: *Fantastische Literatur*, a.a.O., S. 76.

110 | Hier bestehen Überschneidungen zu dem von Booth vertretenen Konzept des „unzuverlässigen Erzählers" („unreliable narrator"), zugleich aber auch klare Unterschiede. Grob gesagt ließe sich feststellen: Der „unzuverlässige Erzähler" gibt etwas Falsches vor, täuscht also den Rezipienten, der Erzähler im Phantastischen wird selbst getäuscht (vgl. Booth, Wayne C.: *The Rhetoric of Fiction* (Chicago 1983)).

111 | Hier besteht zusätzlich auch die Möglichkeit, anhand von in der Ich-Form vorgetragenen stilistischen Besonderheiten das Erzählte zusätzlich in Frage zu stellen, etwa indem die Art und Weise des Erzählens eine Verrücktheit/einen Wahn des Erzählers bereits impliziert (etwa durch Stottern, Lachen etc.).

der literarischen Phantastik die Regel, während, wie Todorov richtig bemerkt, etwa „in wunderbaren Geschichten selten die erste Person verwendet wird", denn „sie bedürfen dessen nicht, kein Zweifel soll ihr übernatürliches Universum aufhorchen lassen."[112]

Diese Tendenz ist nicht von der Hand zu weisen; allerdings ist eine Betonung der Subjektivität etwa durch Modalisation („es wirkte als ob."), um das Erzählte schon während der Äußerung zu relativieren, auch in der dritten Person möglich, und nicht „jedes wunderbare Ereignis, das von einem Er-Erzähler berichtet" wird, ist „automatisch gültig"[113], wie Uwe Durst anhand einiger Beispiele verdeutlicht.[114] In diesen ähnelt die Perspektive des jeweiligen Er-Erzählers der eines Ich-Erzählers, indem diese Perspektive „gleichfalls fokussiert und auf die Subjektivität einer einzelnen Person beschränkt" bleibt, und „auf Kommentare verzichtet, die eine Klärung der systemischen Situation bewirken könnten."[115] Durch die Nicht-Existenz einer die Gültigkeit oder Ungültigkeit der Ereignisse garantierenden autoritativen Erzählinstanz bleibt der Widerspruch mehrerer Lesarten des Geschehenen unaufgelöst. Die sich hieraus ergebende Verunsicherung beschreibt Durst gegenüber der labileren Ich-Erzähler-Perspektive sogar als noch effektiver, aufgrund des „traditionellen Vertrauens, das man in die kohärenzstiftende Potenz eines Er-Erzählers setzt".[116]

Das entscheidende Moment liegt also nicht in einer an die Sprache gebundenen, konkreten Personalform, sondern in der Begrenzung der (Erzähl-)Perspektive.

„Je begrenzter die Perspektive ist, desto geringer sind die Schwierigkeiten, den Erzähler zu destabilisieren und den phantastischen Zweifel

112 | Todorov: *Fantastische Literatur*, a.a.O., S. 76.

113 | Durst, *Theorie...*, a.a.O., S. 188.

114 | Hier bezieht er sich auf *Le locataire chimérique* von Roland Topor und *Young Goodman Brown* von Nataniel Hawthorne.

115 | Durst, *Theorie...*, a.a.O., S. 188.

116 | Durst, *Theorie...*, a.a.O., S. 188.

hervorzurufen, weil es immer Geschehnisse und Zusammenhänge geben kann, die sich seiner Perspektive entziehen. Es genügt, die Möglichkeit offenzuhalten, daß der Held betrogen wird [...], oder verrückt ist [...], um dem Wunderbaren die Gültigkeit zu verweigern und so den phantastischen Status zu wahren."[117]

Eine derartige Begrenztheit der Erzählperspektive ist insofern nicht an die Sprache gebunden und exklusiv auf die Literatur beschränkt, sondern lässt sich auch in anderen Medien herstellen.

Ebenso ist die Möglichkeit der Verteilung mehrerer Lesarten des Geschehens auf verschiedene perspektivisch beschränkte *Erzählerpersonen,* die sich gegenseitig widersprechen bzw. relativieren und so das Herauslesen einer kohärenten Fabula zusätzlich erschweren, auch – wenn nicht gar besonders effektiv – in den Medien Bildgeschichte/Comic sowie Film/TV möglich.

Dieses Potential sieht auch Uwe Durst:

„Die Funktion des Erzählers in phantastischer Literatur besteht [...] darin, in mindestens zwei gegensätzliche Erzählinstanzen zu zerfallen, die sich in ihrer jeweiligen gesetzlichen Beschreibung der erzählten Realität widersprechen. Die von vornherein dialogische Struktur des Dramas und des Film scheint gerade durch den Wegfall eines alle Ereignisse garantierenden Erzählers dergleichen Voraussetzungen erfüllen zu können, wobei der Dialog der Figuren und, im Falle des Films, der Einsatz der Kameraperspektive das Widereinander der Erzählinstanzen funktionell substituiert."[118]

Ähnlich sehen Marianne Wünsch und Hans Krah die wesentlichen Bedingungen des Phantastischen im Medium Film gegeben[119]:

117 | Durst, *Theorie...*, a.a.O., S. 189.

118 | Durst, *Theorie...*, a.a.O., S. 23.

119 | Zu diesem Schluss kommt in Bezug auf das Medium Film auch Claudia Pinkas: „Der phantastische Film", so die Überzeugung der Autorin, „lässt der Imagination des Rezipienten ebensoviel Spielraum wie vergleichbare Texte im Medium der Literatur und trägt über Lücken und

„Film erfüllt durch seine Medienspezifika sowohl die narrativen Voraussetzungen als auch die visuellen und kann diese durch ein komplexes System an Point-of-view-Strukturen zusätzlich auf eigene Weise verbinden."[120]

Ein derartiges „Widereinander der Erzählinstanzen" mittels subjektiv begrenzter Erzähl- und „Kameraperspektiven"[121] bzw. „Point-Of-View-Strukturen"[122] ist in verwandter Weise im Medium Comic möglich und – wie ich im Folgenden an konkreten Beispielen verdeutlichen werde – gängige Praxis.

Insofern sind die wesentlichen Grundvoraussetzungen des phantastischen Erzählens – die Möglichkeit einer Narrativität, Fiktionalität sowie einer Einschränkung/‚Zerrüttung' der Erzählperspektive – in den Medien Comic/Bildgeschichte sowie Film/TV erfüllt.

Das Phantastische als Genre, Element, Struktur oder Modus

Auch die Frage danach, ob das Phantastische minimalistischer Auslegung, vor allem angesichts seiner Zerbrechlichkeit, Flüchtigkeit und der Enggefasstheit des Begriffs, als Genre gelten kann[123], oder ob es sich hierbei vielmehr um ein *Element*, eine *Struktur*, oder einen *Modus* handelt, ist höchst umstritten und wurde immer wieder kontrovers diskutiert.[124] Bei näherer Betrachtung sind diese Wider-

Unbestimmtheitsstellen in der Narration dazu bei, die individuelle Einbildungskraft der Filmsehenden zu mobilisieren." (Pinkas: *Der phantastische Film*, a.a.O., S. 5).

120 | Wünsch/Krah, a.a.O., S. 810.

121 | Durst, *Theorie...*, a.a.O., S. 23.

122 | Wünsch/Krah, a.a.O., S. 810.

123 | „Gattung" und „Genre" werden von mir in dieser Arbeit deckungsgleich verwendet.

124 | Darüber hinaus will etwa Hans Holländer das Phantastische ebenfalls nicht als Genre, sondern vielmehr als „ästhetische Kategorie" versprüche jedoch weit weniger bedeutend als sie scheinen, und sie resultieren zu einem Großteil aus dem Kontext der Betrachtung und aus der Verwendung differierender Begriffe, die aber im Grunde, wie ich im Folgenden zu zeigen versuche, etwas Ähnliches meinen.

Todorov bezieht sich in seiner Theorie ausdrücklich „auf eine Variante der Literatur oder, wie man gewöhnlich sagt, auf eine literarische Gattung“[125], und versucht diese klar gegenüber benachbarten Gattungen abzugrenzen. Allerdings ist er sich durchaus bewusst, dass neben „unvermischt phantastischen“ Erzählungen das Phantastische auch als Teil (oder *Element*) einer Erzählung in Erscheinung treten kann, um dann in eine wunderbare oder rationale Erklärung zu münden, wie in den folgenden Ausführungen deutlich wird.

Das Phantastische, schreibt Todorov, „währt [...] nur so lange wie die Unschlüssigkeit“[126], und kann somit „ganz offensichtlich nur der Gegenwart angehören“[127], da es ansonsten Gefahr läuft, ins Unheimliche (Erklärbare) oder Wunderbare (eigenen Gesetzmäßigkeiten folgende) umzuschlagen.[128] In Analogie zur Gegenwart „als bloße[r] Grenze zwischen Vergangenheit und Zukunft“ beschreibt er das Phantastische als eine „stets verschwimmende Gattung“, deren Definition zufolge ein Werk „‚die Gattung wechseln‘ müsste,

---

standen wissen, „wie das Schöne, das Erhabene, das Häßliche.“ (Holländer: *Das Bild...*, a.a.O., S. 77) Eine solche Verwendung entfernt sich von der hier untersuchten Anwendung des Begriffs in Bezug auf narrative Kunstformen, und nähert sich der umgangssprachlichen Verwendung an.

125 | Todorov: *Fantastische Literatur*, a.a.O., S. 7.

126 | Todorov: *Fantastische Literatur*, a.a.O., S. 40.

127 | Todorov: *Fantastische Literatur*, a.a.O., S. 41.

128 | Dies dürfte auch ein Grund dafür sein, dass phantastische Erzählungen in der Regel nicht besonders lang sind. Auch Durst stellt fest, dass „die deutliche Mehrheit der hier zu behandelnden Texte nur die Länge von Kurzgeschichten hat.“ (Durst, *Theorie...*, a.a.O., S. 103). Vgl. hierzu auch Brooke-Rose, Christine: *A Rhetoric of the Unreal: Studies in narrative and structure, especially of the fantastic* (Cambridge 1981), S. 229.

aufgrund eines so simplen Satzes wie etwa des folgenden: ‚In diesem Augenblick erwachte er und erblickte die Wände seines Zimmers...'"[129] In derartigen Fällen plädiert Todorov dafür, auch „Teile des Werks für sich" zu betrachten, und „das Ende der Erzählung provisorisch in Klammern [zu] setzen":

„Von dem Augenblick an, da man die Teile des Werks für sich betrachtet, kann man das Ende der Erzählung provisorisch in Klammern setzen. Das erlaubt uns dann, dem Fantastischen eine weit größere Zahl von Texten zuzuordnen."[130]

Hier beschreibt Todorov darüber hinaus auch die Möglichkeit des absichtlich oder künstlich fragmentarischen, *abbrechenden* Erzählens zur Erhaltung des Phantastischen, anhand eines Beispiels von Charles Nodier (*Inès de las Sierras*), in welchem der Erzähler selbst über diese Möglichkeit reflektiert:

„Der Erzähler schwankt also zwischen zwei möglichen Fortsetzungen: entweder bricht er seine Erzählung an der Stelle ab (und bleibt damit im Fantastischen), oder er setzt sie fort (und gibt das Fantastische auf). Er selbst, so erklärt er seinem Publikum, zieht es vor aufzuhören und rechtfertigt sich folgendermaßen: ‚Jede andere Lösung wäre in meiner Erzählung fehl am Platze, denn dadurch würde sie ihre Natur ändern.'"[131]

Marianne Wünsch vertritt angesichts dieser Problemstellung, da der Todorovschen Definition folgend „wirklich im Extremfall der letzte Satz über die Klassifikation des bislang dargestellten" ent-

129 | Todorov: *Fantastische Literatur*, a.a.O., S. 41.

130 | Todorov: *Fantastische Literatur*, a.a.O., S. 41.

131 | Todorov: *Fantastische Literatur*, a.a.O., S. 42, Todorov zitiert aus: Nodier, Charles: *Inès de las Sierras* [1837], in: Ders.: *Contes* (Paris 1963), S. 697 (auf deutsch erschienen als *Inès de las Sierras. Eine Erzählung aus Spanien* (München 1922)).

scheide[132], den Standpunkt, das Phantastische sei nicht als Genre oder literarische Gattung, sondern als *Struktur* und integrierbares *Element* zu betrachten.[133]

„[...] das ‚Fantastische' ist nicht als *Texttyp*, sondern es ist als eine vom Texttyp unabhängige *Struktur*, die als Element in verschiedene Texttypen und Medien integriert werden kann, einzuführen."[134]

Phantastische Literatur als „Klassenbildung" ist für Wünsch demnach „keine elementare, sondern eine abgeleitete Größe: sie bezeichnet Texte, in denen das Fantastische *dominant* ist."[135] Ambivalent endenden Erzählungen, in denen das vermeintlich Wunderbare weder *„eindeutig* weginterpretiert noch *eindeutig* akzeptiert" wird, kommt laut Wünsch darüber hinaus ein „priviligierte[r] Status im Bereich des Fantastischen" zu.[136] Ähnlich möchte Christine Brooke-Rose „the pure fantastic" weniger als ein „evanescent *genre*" denn als ein „evanescent *element*" verstanden wissen: „the hesitation as to the supernatural can last a short or a long moment and disappear with an explanation."[137]

Uwe Durst hält eine Differenzierung zwischen Genre und Struktur ebenfalls für sinnvoll, und auch er bezeichnet die phantastische Literatur als „das Genre, in welchem die [...] Struktur des Phantastischen dominant ist."[138] Im Gegensatz zu Wünsch und

132 | „[...] etwa: ‚Und X erwachte, verwundert über seine albernen Träume'" (Wünsch: *Die Fantastische...*, a.a.O., S. 51).

133 | In ihrem gemeinsam mit Hans Krah verfassten Text ist sogar zu lesen, es bestehe ein „Konsens" darüber, „daß das Phantastische nicht als Gattung oder Texttyp aufzufassen ist." (Wünsch/Krah, a.a.O., S. 801).

134 | Wünsch: *Die Fantastische...*, a.a.O., S. 13.

135 | Wünsch: *Die Fantastische...*, a.a.O., S. 13.

136 | Wünsch: *Die Fantastische...*, a.a.O., S. 51.

137 | Brooke-Rose: *A Rhetoric...*, a.a.O., S. 63f.

138 | Durst, *Theorie...*, a.a.O., S. 26.

Brooke-Rose sieht Durst das Phantastische allerdings weniger als ein integrierbares Element denn als „strukturellen Rahmen“:

> „Der Begriff der phantastischen Literatur bezeichnet einen strukturellen Rahmen, so daß ein Text zugleich dem Genre der Phantastik und einem oder mehreren anderen Genres angehören kann [...]“[139]

Einer Ablehnung des Genre-Begriffes in Bezug auf die phantastische Literatur zugunsten des Struktur-Begriffes hält Durst entgegen, „daß jedes Genre eine Struktur haben muß und umgekehrt das Vorhandensein einer jeden Struktur zum Kriterium eines Genres erklärt werden kann.“[140]

Dieser strukturalistisch geprägte Genre-Begriff, den Uwe Durst hier in Anschluss an Todorov vertritt, unterscheidet sich stark von gebräuchlichen, historisierenden Genre-Konzepten, und vermutlich ließe sich ein Großteil der Kontroversen um das Phantastische als Genre, Struktur oder Modus auf diese Verschiedenheit der Genre-Begriffe zurückführen.[141]

Todorov unterscheidet zwischen *historischen*, wenn man so will real existierenden, und *systematischen*, theoretisch möglichen Gattungen. Die historischen Gattungen betrachtet er als den systematischen untergeordnet, als bloße Manifestationen der systematischen Gattungen, welche überzeitlich und unabhängig von realen Umsetzungen oder Klassifikationen bestehen.[142] Diesem Konzept nach spielt es also keine Rolle, ob oder in welchem Ausmaß sich eine Gattung in realen Werken manifestiert. Es sind somit also auch Gattungen denkbar, die ausschließlich theoretisch existieren, oder die nur einige wenige Werke hervorgebracht haben, wie etwa das Todorovsche *unvermischt Fantastische*.

---

139 | Durst, *Theorie...*, a.a.O., S. 396.

140 | Durst, *Theorie...*, a.a.O., S. 25f.

141 | Vgl. Pinkas: *Der phantastische Film*, a.a.O., S. 86.

142 | Vgl. Todorov: *Fantastische Literatur*, a.a.O., S. 22f.

Einem solchen deduktiv-systematischen Genre-Verständnis steht der in den Literatur- und Filmwissenschaften gebräuchlichere, historisierende Genre-Begriff gegenüber, welcher sich, zugleich historisch und systematisch vorgehend, vielmehr an realhistorischen Epochen und Traditionen orientiert, die sich durch gemeinsame Strukturen, Themen, Motive oder Zielgruppen klassifizieren lassen. Diesem Verständnis nach zeichnen sich Genres unter anderem auch durch im Rahmen ihrer Entstehung herausgebildete Genre-Konventionen aus, denen jeweils entsprechende Erwartungen der Zuschauer hinsichtlich des Aufbaus und Realitätssystems der jeweiligen fiktiven Welt gegenüberstehen.

Auf einen derartigen Genre-Begriff scheinen sich auch Wünsch und Krah zu beziehen, wenn sie feststellen, dass „die Etablierung von Genres selbst zu Genre-Erwartungen führt und somit die phantastische Qualität des Dargestellten mindert."[143]

Im Rahmen eines solchen Genre-Begriffes ist dieser Aussage voll zuzustimmen. Das minimalistisch verstandene Phantastische kann nicht als Genre im herkömmlichen Sinne funktionieren, da seine zentrale Eigenschaft darin besteht, eine Auflösung/Klärung anzustreben und anzukündigen, diese dann jedoch nicht zu liefern und somit die Erwartung des Zuschauers nicht zu erfüllen. Sobald aber dieses Nicht-Erfolgen einer Auflösung zur Genre-Konvention und somit -Erwartung würde, wäre der „notwendige Reiz" (Thomas Broß[144]), auf dem das Phantastische basiert, nicht mehr gegeben, und das Phantastische würde seine Wirkung verfehlen/verlieren. Daher ist im Gegenteil das Phantastische darauf angewiesen, zunächst nicht eindeutig als solches erkennbar in Erscheinung zu treten.[145]

---

143 | Wünsch/Krah, a.a.O., S. 799.

144 | Broß: *Literarische...*, a.a.O. S. 148f., zitiert nach Durst: *Theorie...*, a.a.O., S. 279f., vgl. S. 38 in dieser Arbeit.

145 | So lässt sich auch, etwa im Falle von *Twin Peaks* und *Lost* die starke Betonung anderweitiger Genre-Merkmale erklären, welche etwa auf ein Detektiv/Krimi- oder auch Abenteuer-Genre und somit wohl nicht zufällig

Dies halte ich für das zentrale Argument gegen eine Betrachtung und Bezeichnung des Phantastischen als Genre (zumindest außerhalb eines strukturalistischen Genre-Verständnisses).

Bevor ich nun auf die mögliche Alternative einer Betrachtung des Phantastischen als *Modus* zu sprechen komme, möchte ich noch kurz auf die Bemerkung von Wünsch/Krah eingehen, neben der Genre-Bildung stehe auch die „Serialisierung" dem Phantastischen entgegen, da diese „einem Phantastischen seine konstitutive Semantik des Abweichenden" nehme.[146] Diese vor allem in Bezug auf *The X-Files*[147] geäußerte Ansicht lässt sich nur damit erklären, dass es sich hierbei um eine dem *procedural*-Format folgende, also in jeweils abgeschlossenen Einzelfolgen (und -fällen) erzählende *series* handelt, und der Begriff „Serialisierung" hier offenbar nur diese Struktur bezeichnet.

Mit dieser Einschränkung stimme ich der Aussage zu, weshalb auch auf *The X-Files* in dieser Arbeit nicht näher eingegangen wird. *The X-Files* erzählt zwar in späteren Folgen auch episodenübergreifend, und beinhaltet generell etliche episodenübergreifende Erzählstränge – vor allem was die Beziehungen der Protagonisten angeht –, folgt aber dennoch vorwiegend der nicht-serialen Form.[148] In diesem Zusammenhang tritt das Phantastische zwar als zentrales Element, nicht aber als antreibende Struktur der Erzählung in Erscheinung.[149] Hierzu bemerken Wünsch/Krah richtig: „Statt Motor künstlerischer, origineller und originaler Betätigung zu sein, wird

auf traditionell stark teleologisch ausgerichtete und in der Regel rational aufgelöste Formen verweisen.

146 | Wünsch/Krah, a.a.O., S. 798.

147 | *The X-Files* (Chris Carter, USA 1993-2002, Fortsetzung in Planung).

148 | Dies gilt (mehr oder weniger) auch für die von Wünsch/Krah ebenfalls genannten Beispiele *Stargate*, *Angel* und *PSI Factor.* Ohnehin ist *Stargate* eindeutig der Science Fiction, *Angel* eindeutig dem Fantasy-Genre zuzuordnen.

149 | Gleiches gilt etwa auch für *Fringe* (J. J. Abrams, Alex Kurtzman und Roberto Orci, USA 2008-2013).

ein phantastisches Substrat serialisiert und zum unproduktiven Motiv innerhalb eines anderen, strukturdominierenden Genres, wie etwa in *Akte X* [*The X-Files*] dem des Kriminalgenres. Das Phantastische wird zur Fallgeschichte und in bekannte Muster integriert."[150] Dieser Einschätzung stimme ich zu. Die geschlossene Form der *series* läuft durch ihre formale Vorhersehbarkeit und Wiederholungsstruktur tatsächlich jeder phantastischen Unschlüssigkeit zuwider.

In Bezug auf fortlaufende, auf einer Poetik der Verschiebung basierende *seriale* Formate allerdings entbehrt ein solcher Ausschluss vom Phantastischen jeder Grundlage; im Gegenteil: Diese bieten, wie ich in dieser Untersuchung zu zeigen versuche, ein ideales Format, um in einer „Semantik des Abweichenden" zu erzählen.

Um sich von einem an Vermarktungsmechanismen und geschichtlichen Traditionen orientierten Genre-Begriff abzusetzen, findet vor allem in der neueren US-amerikanischen Film- und Literaturwissenschaft zunehmend der Begriff des *mode of narration/narrativen Modus* Verwendung.

Ein Modus – was sich auch als „Schreibweise" übersetzen ließe – bezeichnet eine genre- und epochenunabhängige narrative Struktur, welche, wie Klaus Hempfer formuliert, „das Gemeinsame an sonst unterschiedlichen historischen Gattungen meint".[151] Speziell in den Filmwissenschaften ist das Konzept der *narrative modes*, nicht zuletzt durch seine Verwendung durch David Bordwell sehr verbreitet.[152]

150 | Wünsch/Krah, a.a.O., S. 798.

151 | Hempfer, Klaus: Artikel *Schreibweise*, in: Müller, Jan-Dirk (Hrsg.): *Reallexikon der deutschen Literaturwissenschaft*, Band 3 (Berlin 2003), S. 391-393, S. 391, zitiert nach Pinkas: *Der phantastische Film*, a.a.O., S. 91.

152 | Vgl. etwa Bordwell, David: *Narration in the Fiction Film* (Madison 1985), S. 147ff.

Auch Claudia Pinkas betrachtet in ihrem Versuch, das Todorovsche Modell für den fiktionalen Spielfilm zu adaptieren, das Phantastische als Modus[153], wobei auch sie noch einmal feststellt, das Phantastische könne zwar „als ein erzählerisches Strukturprinzip [...] in Texte unterschiedlichster historischer Epochen, Medien und Genretraditionen integriert werden", von einem *phantastischen Film* oder *phantastischer Literatur* könne „jedoch nur dann die Rede sein, wenn die Struktur des Phantastischen dominant ist, d.h. wenn die Ambiguität hinsichtlich einer rationalen und einer irrationalen Erklärung des Geschehens ein konstitutives Element der Erzählung bildet und bis zum Schluss aufrechterhalten wird."[154]

In Übereinstimmung mit dieser Sichtweise des Phantastischen als Struktur, die, wenn sie dominant ist, einen Modus/eine Schreibweise bzw. ein Genre konstituiert – einer Sichtweise, über welche, wie wir gesehen haben, relative Einigkeit besteht – werde ich in dieser Arbeit seriale Erzählungen untersuchen, welche das Phantastische als Schreibweise nutzen, wodurch sich, insofern diese strukturdominierend in Erscheinung tritt, ein – auch hier zugegebenermaßen seltener – Modus der *serialen Phantastik* konstituieren ließe.[155]

153 | Vgl. Pinkas: *Der phantastische Film*, a.a.O., S. 90ff.

154 | Pinkas: *Der phantastische Film*, a.a.O., S. 93.

155 | Aus strukturalistischer Sicht ließe sich auch von einem Genre sprechen.

Weiterentwicklungen des Phantastischen

Einen umstrittenen Grenzfall und zugleich entscheidenden Bezugspunkt für Betrachtungen einer möglichen Weiterentwicklung der Phantastik stellt das Werk Franz Kafkas dar. Da im Zusammenhang dieses Diskurses einige Aspekte zur Sprache kommen, die auch für meine Fragestellungen und Beispiele bedeutsam sind, werde ich hierauf im Folgenden näher eingehen.

Nachdem Todorov die literarische Phantastik für tot erklärt hat, stellt er sich die Frage, was „im 20. Jahrhundert aus der Erzählung des Übernatürlichen geworden" sei.[156] Als „berühmteste[s]"[157] Beispiel einer solchen Weiterentwicklung führt er Franz Kafka an, und insbesondere dessen Text *Die Verwandlung*[158], welcher sich allerdings „von den traditionellen fantastischen Geschichten stark unterscheide[t]".[159] Wie Todorov zu Recht feststellt, tritt hier „das unheimliche Ereignis nicht nach einer Reihe indirekter Andeutungen ein, nicht als Höhepunkt einer stufenweisen Steigerung: es ist bereits im allerersten Satz[160] enthalten."[161] Während also die phantastische Erzählung „von einer vollkommen natürlichen Situation" ausgehe, „um beim Übernatürlichen zu enden", verlaufe die Entwicklung hier umgekehrt, die Erzählung nehme „beim übernatürlichen Ereignis ihren Anfang, um jenem dann im Verlauf der Erzählung ein immer natürlicheres Ansehen zu geben."[162] Hierbei fehle es zudem fast völlig an Zweifel oder Unschlüssigkeit auf Seiten der

156 | Todorov: *Fantastische Literatur*, a.a.O., S. 150.

157 | Todorov: *Fantastische Literatur*, a.a.O., S. 150.

158 | Kafka, Franz: *Die Verwandlung* [1915], in: Ders.: *Die Erzählungen* (Frankfurt am Main 1996), S. 96-161.

159 | Todorov: *Fantastische Literatur*, a.a.O., S. 152.

160 | „Als Gregor Samsa eines Morgens aus unruhigen Träumen erwachte, fand er sich in seinem Bett zu einem ungeheueren Ungeziefer verwandelt." (Kafka: *Die Verwandlung*, a.a.O., S. 96).

161 | Todorov: *Fantastische Literatur*, a.a.O., S. 152.

162 | Todorov: *Fantastische Literatur*, a.a.O., S. 152.

Protagonisten, „das Überraschendste" sei vielmehr „eigentlich das Fehlen des Überraschtseins angesichts dieses unerhörten Ereignisses".[163] Aus diesem Mangel an Unschlüssigkeit lasse sich jedoch keinesfalls eine Zugehörigkeit des Textes zum Bereich des Wunderbaren ableiten[164]: Während die Übernatürlichkeit der Ereignisse im Genre des Wunderbaren „nicht im geringsten beunruhigend" sei, da dieses impliziere, „dass wir in eine Welt versunken sind, in der Gesetze herrschen, die von denen unserer Welt vollkommen verschieden sind", handele es sich hier durchaus um ein „schockierendes, unmögliche Ereignis", welches „paradoxerweise jedoch am Ende möglich" werde.[165]

> „Das Übernatürliche ist nicht von der Hand zu weisen, und hört doch nicht auf, uns unannehmbar zu erscheinen."[166]

Todorov spricht hier von einem „verallgemeinerten Fantastischen"[167], welches die Dualität des Wunderbaren und des Unheimlichen in einer „Koinzidenz der beiden offensichtlich unvereinbaren Gattungen" überwinde[168], das Irrationale als „zum Spiel gehörig" behandele, und so zu einer „traumhaften, wenn nicht alptraumhaften, Logik, die mit dem Realen nichts mehr zu tun hat", führe.[169]

Gleichzeitig hätten derartige Erzählungen „ihren Antrieb darin, uns zu der Einsicht zu zwingen, wie nahe uns diese anscheinend

---

163 | Todorov: *Fantastische Literatur*, a.a.O., S. 151.

164 | Auch der Versuchung, *Die Verwandlung* allegorisch zu deuten erteilt Todorov eine klare Absage: Der Text enthalte „keinerlei ausdrücklichen Hinweis, der die eine oder andere von ihnen bestätigen würde." (Todorov: *Fantastische Literatur*, a.a.O., S. 153).

165 | Todorov: *Fantastische Literatur*, a.a.O., S. 153.

166 | Todorov: *Fantastische Literatur*, a.a.O., S. 153.

167 | Todorov: *Fantastische Literatur*, a.a.O., S. 155.

168 | Todorov: *Fantastische Literatur*, a.a.O., S. 153.

169 | Todorov: *Fantastische Literatur*, a.a.O., S. 154.

wunderbaren Elemente in Wirklichkeit sind“[170], und wie „bizarr, ebenso anormal wie das Ereignis selbst, das auf ihrem Boden geschieht“ im Umkehrschluss die beschriebene – der unseren nicht unähnliche – Welt im Grunde ist.[171] Hier bezieht sich Todorov auf einen Text Sartres, in dem dieser das Phantastische, ebenfalls in Hinblick auf Kafka, als veränderten Blick auf eine vertraute, nunmehr „in einem kalten und fremdartigen Licht“ erscheinende Welt beschreibt.[172]

Beiden Effekten auf den Leser stimme ich in Bezug auf *Die Verwandlung* durchaus zu. Die Wirkung besteht hier weniger in einer Unschlüssigkeit dem Ereignis gegenüber, als in einer Veränderung des Blickes auf die Welt, in der dieses stattfindet, und die kaum weniger (alp-)traumhaft erscheint als das Ereignis selbst.

Die Beziehung Kafkas zur phantastischen Struktur bleibt in den Todorovschen Formulierungen eines „gleichzeitig auf dem Wunderbaren und dem Unheimlichen“[173] basierenden „verallgemeinerten Fantastischen“[174] und einer „Koinzidenz der beiden offensichtlich unvereinbaren Gattungen“[175] aber äußerst unklar. Hier stößt das Todorovsche Strukturmodell an seine Grenzen.

Entsprechend – und um Kafka sowie verwandte Texte für die Phantastik zu retten – wurde in der Folge vielfach versucht, das Todorovsche Modell zu erweitern und offener auszulegen, ohne den zentralen Begriff der Unschlüssigkeit zu verwerfen.

So will etwa Cersowsky die phantastische Unschlüssigkeit weiter gefasst als „universelle“, nicht unbedingt nur realitätssystemi-

170 | Hierin sieht Todorov eine Ähnlichkeit zu den „besten Science Fiction Texte[n]“ (Todorov: *Fantastische Literatur*, a.a.O., S. 153).

171 | Todorov: *Fantastische Literatur*, a.a.O., S. 154.

172 | Sartre, Jean Paul: *‚Aminadab‘ oder Das Phantastische als Sprache* [1943], in: Ders.: *Der Mensch und die Dinge. Aufsätze zur Literatur* (Reinbek 1986), S. 93-106, hier S. 103.

173 | Todorov: *Fantastische Literatur*, a.a.O., S. 153.

174 | Todorov: *Fantastische Literatur*, a.a.O., S. 155.

175 | Todorov: *Fantastische Literatur*, a.a.O., S. 153.

sche Unschlüssigkeit „hinsichtlich der Deutung der dargestellten Welt“ verstanden wissen und somit etwa auch Kafka als zur Phantastik gehörig betrachten.

„Wenn die Möglichkeit erwogen werden muß, daß nicht für alle phantastische Literatur die Gegenüberstellung zweier divergierender Realitätsebenen konstitutiv ist, so darf auch die phantastische Unschlüssigkeit nicht von vornherein rigoros auf die einfache Ambivalenz zwischen natürlicher und übernatürlicher Auflösungsmöglichkeit begrenzt bleiben. Vielmehr müßte der Begriff generell das Moment der Ungewissheit von Figuren bzw. Leser hinsichtlich der Deutung der dargestellten Welt bezeichnen.“[176]

Schröder schlägt ebenfalls vor, auch Texte wie *Die Verwandlung*, in denen das Wunderbare gültig vorliege, der Phantastik zuzurechnen. Das Kriterium der Unschlüssigkeit, des Staunens der handelnden Personen, welches etwa im Falle Gregor Samsas in *Die Verwandlung* nicht erfüllt wird, sieht er hierbei als nicht zwingend an. Es lasse sich dies vielmehr grade als „Ausdruck der Etabliertheit eines Genres“ verstehen, „wenn auf den einen oder anderen früher unumgänglichen Genrecode verzichtet werden“ könne. „Denn die verbliebenen reichen aus ‚[...], um dennoch eine Genrezuordnung vorzunehmen.“[177]

Durst lehnt derartige Argumentationen als maximalistisch ab. Er wirft Cersovsky vor, „die wissenschaftliche Bedeutung der Todorovschen Poetik zwar anzuerkennen, die ihr zugrundeliegende Definition aber einem traditionellen, maximalistischen Konzept unterzuordnen und hierdurch zu negieren“[178], und auch Schröders

176 | Cersowsky, Peter: *Phantastische Literatur im ersten Viertel des 20. Jahrhunderts* (München 1989), S. 21f., zitiert nach Durst: *Theorie...*, a.a.O., S. 58.

177 | Schröder, Stephan Michael: *Literarischer Spuk: Skandinavische Phantastik im Zeitalter des Nordischen Idealismus* (Berlin 1994), S. 111f., zitiert nach Durst: *Theorie...*, a.a.O., S. 294.

178 | Durst: *Theorie...*, a.a.O., S. 58.

Ansicht ließe „sich nur mit einer maximalistischen Definition vertreten, die die massiven strukturellen Differenzen, die zwischen Kafka und der phantastischen Literatur bestehen, verdeckt."[179]

Da aber auch Durst die Todorovsche Argumentation zu Kafka für „nicht hinreichend" hält, „die spezifischen Eigenschaften Kafkascher Texte und ihr Verhältnis zur phantastischen Literatur zu klären"[180], schlägt er vor, in Bezug auf Kafka und verwandte Texte, in denen das Übernatürliche „nicht von der Hand zu weisen" ist, und „doch nicht auf[hört], uns unannehmbar zu erscheinen"[181], statt von einem „gleichzeitig auf dem Wunderbaren und dem Unheimlichen"[182] basierenden „verallgemeinerten Fantastischen"[183] sehr viel präziser und einfacher von einem *unausformuliert Wunderbaren* zu sprechen.[184]

> „Insofern das unausformulierte W [Wunderbare] kein kohärentes Realitätssystem *offenbart*, ähnelt es dem Phantastischen, das kein gültiges Realitätssystem *besitzt*, und bringt darum einen dem Phantastischen durchaus ähnlichen künstlerischen Effekt hervor."[185]

Auch wenn hier das Übernatürliche weitgehend als gegeben angesehen werden muss, ist die Erzählung von einer Suche nach gültigen Gesetzmäßigkeiten und von Unschlüssigkeit in Bezug auf die Kohärenz der erzählten Welt geprägt und motiviert. Die Ähnlichkeit dieses künstlerischen Effektes in der Wirkung auf den Leser erklärt für Durst auch „die leichtfertige Eingemeindung des Kafkaschen Oeuvres in die phantastische Literatur." [186]

179 | Durst: *Theorie...*, a.a.O., S. 294.
180 | Durst: *Theorie...*, a.a.O., S. 296.
181 | Todorov: *Fantastische Literatur*, a.a.O., S. 153.
182 | Todorov: *Fantastische Literatur*, a.a.O., S. 153.
183 | Todorov: *Fantastische Literatur*, a.a.O., S. 155.
184 | Vgl. Durst: *Theorie...*, a.a.O., S. 302ff.
185 | Durst: *Theorie...*, a.a.O., S. 311.
186 | Durst: *Theorie...*, a.a.O., S. 311.

Auch Wünsch, welche *Die Verwandlung* (und Kafkas Texte insgesamt) vor allem aufgrund des Fehlens eines intratextuellen „Klassifikator[s] der Realitätsinkompatibilität" (also etwa eines staunenden, unschlüssigen Protagonisten) aus der Kategorie Phantastik ausschließt, und als „literaturhistorisches Novum" bezeichnet[187], findet es „zwar nach wie vor nicht richtig, aber verstehbar, wenn Kafka heute gern der Fantastik subsumiert wird [...]"[188], und konkretisiert dies (in Wünsch/Krah) folgendermaßen: Texte Kafkas, „die zwar keine phantastischen Welten entwerfen", aber „mit normaler Realitätserfahrung inkompatibel sind und die daher eine ‚Übersetzung' erzwingen", ähnelten in dieser Eigenschaft bestimmten „hochwertige[n] Texten" der Phantastik:

„Das Erklärungsangebot postuliert die grundsätzliche Erklärbarkeit des phantastischen Geschehens, aber es löst dieses Postulat bewusst nicht ein. Indem die Erklärung unvollständig bleibt, wird ein unauflösbarer Rest von Geheimnis erhalten."[189]

Auch was die Gestaltung der Figuren/Helden angeht, bestehen deutliche Parallelen, da die jeweiligen Protagonisten hier gleichermaßen mit einem kaum vorhersehbaren und unauflösbaren System konfrontiert sind, dem sie mehr oder weniger machtlos gegenüberstehen. Hier sieht auch Durst eine weitere „gewisse Verwandtschaft zwischen Nichtsystem und unausformulierten W-Systemen".[190] So bilde in beiden Fällen „der handlungsunfähige Held, der hilflos in einem Ereignisstrudel mittreibe, ein erzählerisches Grundelement".[191] Ähnlich wie sich „wirkliche Handlungsmöglichkeiten [...]

187 | Wünsch: *Die Fantastische...*, a.a.O., S. 39.

188 | Wünsch: *Die Fantastische...*, a.a.O., S. 83.

189 | Wünsch/Krah, a.a.O., S. 809. Als Beispiele führen sie Kubins *Die andere Seite* sowie Meyrinks *Der Golem* an.

190 | Durst: *Theorie...*, a.a.O., S. 308f.

191 | Durst: *Theorie...*, a.a.O., S. 308. Hier bezieht er sich zustimmend auf einen Text Stephan Bergs (Berg, Stephan: *Schlimme Zeiten, böse* den Figuren nur in stabilen Realitätssystemen" eröffneten, biete auch das unausformuliert Wunderbare, „insofern es den Einblick in sein Regelwerk verweigert", den „unwissenden Figuren keinerlei Handlungsmöglichkeiten".[192] Dem ist zuzustimmen, und der handlungsunfähige, getriebene, z.T. auch passive Held/Protagonist bildet auch in den Beispielen dieser Arbeit eine Gemeinsamkeit und Konstante. Auch diese Parallele habe, so Durst, „in der Forschung immer wieder zu Gleichsetzungen" des unausformuliert Wunderbaren mit der Phantastik geführt.[193]

Diesen erteilt er jedoch eine klare Absage: Für ihn ändert die Unausformuliertheit eines Systems nichts an seiner Gültigkeit, in diesem Fall also des Wunderbaren.[194] Insofern plädiert Durst dafür, *Die Verwandlung*[195] (und ebenso auch *Ein Landarzt*[196]) aus dem Genre der Phantastik auszugrenzen. Stattdessen sieht er hier, vor allem durch die selbstverständliche Gültigkeit und Akzeptanz des Wunderbaren innerhalb einer ansonsten durch realistische Spolien geprägten erzählten Welt einen „evolutionären Schritt" zu einem neuen Genre vollzogen, dem des *Magischen Realismus*.[197]

Tatsächlich spielt die Opposition zweier Realitätssysteme in Texten des Magischen Realismus, etwa bei Borges (z.B. in *Die kreis-*

Räume: Zeit- und Raumstrukturen in der phantastischen Literatur des 20. Jahrhunderts (Stuttgart 1991) S. 158).

192 | Durst: *Theorie...*, a.a.O., S. 308.

193 | Durst: *Theorie...*, a.a.O., S. 309.

194 | Vgl. Durst: *Theorie...*, a.a.O., S. 305.

195 | Vgl. Durst: *Theorie...*, a.a.O., S. 296.

196 | Vgl. Durst: *Theorie...*, a.a.O., S. 312.

197 | Durst: *Theorie...*, a.a.O., S. 314; vgl. ebenfalls Durst, Uwe: *Begrenzte und entgrenzte wunderbare Systeme. Vom Bürgerlichen zum ‚Magischen Realismus'*, in: Schmeink, Lars; Müller, Hans-Harald (Hrsg.): *Fremde Welten. Wege und Räume der Fantastik im 21. Jahrhundert* (Berlin 2012), S. 66; vgl. darüber hinaus Durst, Uwe: *Das begrenzte Wunderbare* (Berlin 2008) S. 219-369.

förmigen Ruinen oder *Der Süden*[198]) eine eher untergeordnete Rolle. Zwar besteht hier eine Unschlüssigkeit bezüglich der jeweiligen realitätssystemischen Gültigkeit oder Kohärenz, diese Unschlüssigkeit ist aber weniger als Gegenüberstellung, Frage (oder Deutungsthese) formulierbar und stellt kein strukturdominierendes Element dar.

Renate Lachmann spricht in Bezug auf derartige Texte Kafkas oder Borges von *hermetischer* Phantastik.[199] Hier bleibe das Phantasma „ortlos [...], indem [der Text] ihm alle Koordinaten entzieht und damit auf sich selbst zurückverweist und hermetisiert", im Gegensatz zum *nicht-hermetischen* Text, „der dem Phantasma innerhalb eines Referenzrahmens einen, wenn auch prekären, Ort zubilligt".

> „Die im Akt des Lesens produzierten Deutungsmodelle, die das hermetische Phantasma nachgerade herausfordert, können sich auf keine innertextlichen Vorgaben berufen (z.B. Franz Kafka, Bruno Schulz, Vladimir Nabokov, Bioy Casares, Jorge Luis Borges, Flann O'Brien)."[200]

Entsprechend fehle es in dieser Variante der Phantastik auch an einer sich wundernden Helden- oder Erzähler-Figur. „Das schier Unmögliche, Grundlose und Unbegründbare wird erzählt und beschrieben ohne Zwischeninstanz des Staunens und des Zweifelns."[201] Auch Renate Lachmann spricht in diesen Fällen von einer Weiterentwicklung zur „Neophantastik"[202], und bezieht sich hierbei

---

198 | Borges, Jorge Luis: *Die kreisförmigen Ruinen* [1944] sowie *Der Süden* [1953], in: *Die unendliche Bibliothek* (Frankfurt am Main 2011).

199 | Vgl. Lachmann, Renate: *Exkurs: Anmerkungen zur Phantastik*, in: Pechlivanos, Miltos u.a. (Hrsg.): *Einführung in die Literaturwissenschaft* (Stuttgart/Weimar 1995), S. 224-229; vgl. Ebenfalls Lachmann, Renate: *Erzählte Phantastik* (Frankfurt am Main 2002).

200 | Lachmann: *Exkurs*, a.a.O., S. 225.

201 | Lachmann: *Exkurs*, a.a.O., S. 227.

202 | In Übernahme eines Begriffes von Jaime Alazraki, der in Bezug auf

auf Werke, die sonst als Magischer Realismus bezeichnet werden. Sie vertritt die Ansicht, dass dagegen „das hermeneutische Spiel erklärlich – unerklärlich (natürlich – übernatürlich) [der klassischen Phantastik] ausgereizt ist und sein innertextliches Spannungsmoment verloren hat".[203]

Dieser Auffassung tritt Durst entgegen[204], welcher unter Verweis etwa auf Roland Topors *Le locataire chimérique* (1964[205]) an einer Fortexistenz der (streng minimalistisch definierten) phantastischen Literatur festhält.[206] Allerdings sei dort, bei gleichzeitig eindeutiger Zuordnung zum Phantastischen, das Wunderbare höchst unausformulierter Natur. In derartigen Verwendungen „unausformuliert wunderbarer Systeme im Bereich der phantastischen Literatur"[207], zu welchen er etwa auch Gustav Meyrinks *Der Golem* oder H.P. Lovecrafts *The Music of Erich Zann* zählt, sieht Durst denn auch „eine der Erneuerungsstrategien des Genres in diesem Jahrhundert".

Autoren wie Julio Cortázar und Jorge Luis Borges von „neofantásticos" spricht (vgl. Lachmann: *Erzählte*, a.a.O., S. 11).

203 | Lachmann: *Erzählte*, a.a.O., S. 95.

204 | Und zwar sowohl der Auffassung, allein „[a]ufgrund der Existenz magisch Realistischer [Neophantastischer] Literatur" sei ein „Tod der Phantastik zu diagnostizieren" (Durst: *Theorie...*, a.a.O., S. 315) wie auch der Bezeichnung „Neophantastik" selbst, die er als „Irrweg der Theoriebildung" bezeichnet: „Ebensowenig sinnvoll wäre es, Gedichte, die statt vierzehn fünfzehn Zeilen umfassen und daher nicht das konstitutive Merkmal des Sonetts besitzen, als ‚Neo-Sonette' zu bezeichnen." (Durst: *Theorie...*, a.a.O., S. 296).

205 | Topor, Roland: *Le locataire chimérique* (Paris 1964). An dieser Stelle sei angemerkt, dass die deutsche Fassung dieses Romans (*Der Mieter* (Zürich 1976)) voller offensichtlicher Übersetzungsfehler ist und dringend einer überarbeiteten Neuauflage bedürfte.

206 | Vgl. Durst: *Theorie...*, a.a.O., S. 271.

207 | Durst: *Theorie...*, a.a.O., S. 306.

„Vielleicht ließe sich auch behaupten, daß Unausformuliertheit ein Merkmal der kunstwerten Produktion des Genres geworden ist, während triviale Werke zur Ausformuliertheit des Wunderbaren neigen."[208]

Dem stimme ich zu, und ich denke, eine Fortexistenz jener – der minimalistischen Definition entsprechenden – Form lässt sich etwa anhand der genannten Beispiele nicht leugnen. Auch die von Schröder, Lachmann und Durst beschriebenen Weiterentwicklungen des Phantastischen in Richtung hermetischer, unausformulierter, magisch-realistischer oder auch neophantastischer Ausprägungen stehen wohl nicht in Frage. In Bezug auf derartige Weiterentwicklungen und auf jenen erwähnten – den genannten Erscheinungsformen des Phantastischen gemeinsamen – „ähnlichen künstlerischen Effekt" (Durst[209]) halte ich eine Verwendung des Phantastik-Begriffes für legitim.

Dieser Effekt besteht nicht zuletzt auch in einer Aushebelung der gewohnten Wahrnehmungs- und Interpretationsmuster dem Geschehen gegenüber, welche Lachmann als „Desautomatisierung der im Rahmen der erzählten Welt geltenden Interpretationsmechanismen" beschreibt, ausgelöst durch eine „Brüskierung [des Erwartungshorizontes] durch das Unvorhersehbare, Plötzliche und Unerklärliche".[210] Hierdurch lässt sich das Aufkommen eines – um mit Karl Heinz Bohrer zu sprechen – „faktenschleppenden Bewußtseinsstromes"[211] verhindern, zugunsten einer zusätzlich gesteigerten Aufmerksamkeit der Rezipienten für die erzählte Gegenwart und die darin möglichen Entwicklungen, Bedeutungen und Zusammenhänge.

208 | Durst: *Theorie...*, a.a.O., S. 306f.

209 | Durst: *Theorie...*, a.a.O., S. 311 (ausführliches Zitat siehe oben auf S. 63).

210 | Lachmann: *Erzählte*, a.a.O., S. 132, ebenfalls Lachmann: *Exkurs*, a.a.O., S. 226.

211 | Bohrer, Karl Heinz: *Plötzlichkeit. Zum Augenblick des ästhetischen Scheins* (Frankfurt am Main 1981), S. 16.

In diesem Kontext, und in Bezug auf die Werke, auf die ich mich in dieser Arbeit beispielhaft beziehe, halte ich auch den Durstschen Aspekt der *Unausformuliertheit* für sehr geeignet und weiterführend. Grade der aus dieser Unausformuliertheit entstehende „Chaoseindruck", schreibt Durst, provoziere auf Seiten des Lesers die „Suche nach Ordnungsprinzipien außerhalb des Realitätssystems".[212]

„Die Unausformuliertheit des W macht das Realitätssystem zu einem verwirrenden Puzzle aus Elementen, die integriert werden müssen, um die verborgene Ordnung sichtbar zu machen. Dabei ist die Regel, nach der diese Integration ins W stattfinden soll, unbekannt und die Rekonstruktion der Ordnung ein vergebliches Bemühen des Lesers, weil der systemlogische Zusammenhang der W-Sequenzen unklar ist."[213]

Ähnliche Beschreibungen unausformulierter Systeme finden sich auch bei Hans Holländer (auf den auch Durst in diesem Zusammenhang verweist[214]). Unter Bezugnahme auf E. A. Poes *The Narrative of Arthur Gordon Pym of Nantucket*[215], und insbesondere auf das plötzliche Abbrechen der Erzählung, hebt er die aus der Unausformuliertheit sich ergebende „fragmentarische Struktur" hervor, „das heißt, entweder sind die einzelnen Elemente unvollständig, oder die Elemente sind zwar bekannt, aber das Bezugssystem unvollständig."[216] Die hierdurch entstehende Dynamik beschreibt Holländer als einen „horror vacui der Phantasie, [...] beharrlich be-

212 | Diese Suche erklärt für Durst auch die in seinen Augen „abwegige Forschungsneigung zur Allegorese und psychoanalytischen Deutung der Kafkaschen Texte" (Durst: *Theorie...*, a.a.O., S. 296).

213 | Durst: *Theorie...*, a.a.O., S. 305f.

214 | Durst: *Theorie...*, a.a.O., S. 302.

215 | Poe, Edgar Allan: *The Narrative of Arthur Gordon Pym of Nantucket* [1838] (London 1980). Jules Vernes veröffentlichte 1897 mit *Le Sphinx des Glaces* eine Fortsetzung dieser abbrechenden Erzählung Poes (Vernes, Jules: *Die Eissphinx* [1897] (Berlin 1999)).

216 | Holländer: *Das Bild...*, a.a.O., S. 69.

völkert mit Erfindungen dessen, was sich der Deutung zwar, aber nicht der Sichtbarkeit entzieht." Hierdurch werde „das Bild mächtiger als der Text, der denn auch nur noch unenträtselte Bilder und Wahrnehmungen zu beschreiben imstande" sei. Dies habe „den Vorteil eines von jedem Reglement freien Spielraums der Gedanken und Bilder".[217]

Hier ermöglicht also die Verbindung einer scheinbaren Sinn- und Zielorientiertheit der Narration mit der Möglichkeit des künstlich Fragmentarischen, des Abbrechens, eine Offenheit des Erzählens, eine Befreiung *des Autors* vom engen Korsett der Sinnhaftigkeit und Kohärenz. Der Autor gewinnt hierdurch die Möglichkeit, in Bildern und Szenen voll tiefer sinnfreier Symbolik zu schwelgen, ohne diese herleiten oder auflösen zu müssen, dies zudem im Bewusstsein eines nach Bedeutungen und Deutungsmöglichkeiten gierenden Publikums, das bereit ist, jeden Deus ex machina als notwendig aus dem Plot hervorgehende Wendung zu akzeptieren. Dieser Aspekt findet sich ähnlich ebenfalls bei Durst:

> „Weil auf die Ausformulierung eines Gesetzbuches verzichtet wird, das jedes Element in eine Ordnung integriert, ist es möglich, beliebige W [wunderbare] -Elemente zu versammeln, ohne zugleich eine erkennbare oder gar explizite Motivierung zu liefern."[218]

Gleichzeitig intensiviere „gerade das Fehlen erkennbarer Regeln die Behauptung eines übergeordneten, alle wunderbaren Elemente integrierenden Prinzips, wenngleich dieses selbst undurchschaubar"[219] bleibe.[220]

---

217 | Holländer: *Das Bild...*, a.a.O., S. 70.

218 | Durst: *Theorie...*, a.a.O., S. 306.

219 | Durst: *Theorie...*, a.a.O., S. 101.

220 | Hierfür, schreibt Durst, machten sich „derartige Texte den literarischen Bedeutungswahnsinn auf besondere Weise zunutze. Die Tradition realitätssystemischer Kohärenz, die in der narrativen Literatur wirksam ist, suggeriert trotz aller Unausformuliertheit, daß eine, wenngleich nicht

Diese Möglichkeit der narrativen Freiheit, Desautomatisierung und Aufmerksamkeitssteigerung durch Undurchschaubarkeit, Sinnbehauptung und -verschiebung halte ich für eine zentrale und spezifische Eigenart des phantastischen Erzählens.[221]

Hierdurch wird letztlich eine Ausweitung des zentralen Aspektes der phantastischen Unschlüssigkeit der Protagonisten und Rezipienten auf den Autor ermöglicht, womit sich zugleich eine Annäherung an improvisatorische Techniken ergibt. Die Bedingungen und Funktionsweisen einer solchen Schreibdynamik werde ich im nun folgenden Kapitel näher betrachten.

---

beschreibbare, Kohärenz dennoch vorhanden sei." (Durst: *Theorie...*, a.a.O., S. 306) Auf die hier angesprochene Bedeutung des „literarischen Bedeutungswahnsinn[s]", und generell des Aberglaubens und Pandeterminismus innerhalb des phantastischen Erzählens werde ich ab S. 118 näher eingehen.

221 | Eine Hervorhebung dieser besonderen narrativen Freiheiten findet sich bereits in der frühesten überlieferten Beschreibung des Phantastischen als Schreibweise/Mode of Writing, in einem Artikel Walter Scotts von 1827, hier allerdings eher als Vorwurf und Unterstellung denn als Qualität bzw. Möglichkeit. Scott bescheinigt dem Autor E.T.A Hoffmann „a disturbed train of thought", und urteilt: „This may be called the fantastic mode of writing, - in wich the most wild and unbound license is given to an irregular fancy, and all species of combination, however ludicrous, or however shocking, are attempted and executed without scruple. In the other modes of treating the supernatural, even that mystic region is subjected to some laws, however slight; and fancy, in wandering through it, is regulated by some probabilities in the wildest flight. Not so in the fantastic style of composition, which has no restraint save that which it may ultimately find in the exhausted imagination of the author." (Scott, Walter: *On the Supernatural in Fictious Composition; and particularly on the Works of Ernst Theodore William Hoffmann* [1827], in: Williams, Joan (Hrsg.): Ders.: *On Novelists and Fiction* (London 1968), S. 312-353, hier: S. 336 und S. 325).

„Imaginative Schreibart“: phantastisches Erzählen als Verfahren

Für Roger Caillois erweist sich das Phantastische „als dort am überzeugendsten, wo es nicht das Ergebnis der wohlüberlegten Absicht zu überraschen ist, sondern wo es gegen den Willen, wenn nicht ohne Wissen des Autors hervorzudrängen scheint.“[222] Hierfür, so schreibt er an anderer Stelle, bedürfe das Phantastische „des unfreiwilligen, des quälenden Zweifels, einer gleichermaßen beunruhigten wie beunruhigenden Frage, die unversehens irgendwoher aus dem Dunkel aufgetaucht ist und die der Autor so hat festhalten müssen, wie sie gekommen ist [...]“.[223]

Natürlich sind diese Aussagen als Kriterium des Phantastischen denkbar ungeeignet[224], als Beschreibung einer möglichen Form der Hervorbringung verweisen sie jedoch auf einen zentralen und besonderen Aspekt des phantastischen Erzählens, der Gegenstand meiner Untersuchung ist: die Möglichkeit einer Erweiterung der Unschlüssigkeit bezüglich der Beschaffenheit und der Gesetzmäßigkeiten der erzählten Welt auf den Autor. Dieser Komplex wurde bisher wenig untersucht, eine Ausnahme bildet Sophie von Glinskis Analyse des Phantastischen bei Kafka, in der die Autorin dessen Schreibweise als „Verfahren phantastischen Erzählens“ in den Mittelpunkt der Betrachtung stellt.[225]

Sophie von Glinski, die eine Anwendung des Phantastik-Begriffes auf Kafka unter Verweis auf Renate Lachmanns Unterscheidung

222 | Caillois, Roger: *Au cœur du fantastique* (Paris 1965), S. 169, zitiert nach Todorov: *Fantastische Literatur*, a.a.O., S. 35.

223 | Caillois, Roger: *Au cœur du fantastique* (Paris 1965), S. 46, zitiert nach Todorov: *Fantastische Literatur*, a.a.O., S. 35.

224 | Und werden als solche von Todorov scharf zurückgewiesen (vgl. Todorov: *Fantastische Literatur*, a.a.O., S. 35).

225 | Von Glinski, Sophie: *Imaginationsprozesse. Verfahren phantastischen Erzählens in Franz Kafkas Frühwerk* (Berlin 2004).

in hermetische und nicht-hermetische Phantastik bejaht[226], kritisiert, dass Todorov und auch die weitere Diskussion um Kafka und dessen Beziehung zur Phantastik sich fast ausschließlich auf *Die Verwandlung*, und somit eine eher Kafka-untypische Dichotomie von „Übernatürlichem und Alltag“ bezieht.

„Es ist ein Irrweg, die Frage nach dem Phantastischen oder Traumhaften in Kafkas Erzählungen ausschließlich auf das Verhältnis zwischen realen und irrealen Elementen der Geschichte zu fokussieren.“[227]

Vielmehr habe eine Analyse des phantastischen Erzählens bei Kafka „sich der besonderen Schreibweise zu widmen, die Kafkas Texte auszeichnet.“[228], welche sie als „imaginative Schreibart“[229] bezeichnet, und aus der das Phantastische als Rezeptionseffekt/Wirkung hervorgehe.[230] Auch „ohne daß auf der Ebene der Handlung etwas Übernatürliches geschehen müsste“[231], folge vielmehr die Schreibweise selbst einer – wie etwa auch Todorov sie den Kafkaschen Texten attestiert[232] – traumhaften/alptraumhaften Logik, indem hier, ähnlich dem Traum, „Erzählvorgang und das zu Erzählende gleichursprünglich auseinander hervorgehen.“[233], ohne einem vorab gefassten Plan zu folgen.[234]

226 | Vgl. von Glinski: *Imaginationsprozesse*, a.a.O., S. 11.
227 | Von Glinski: *Imaginationsprozesse*, a.a.O., S. 12.
228 | Von Glinski: *Imaginationsprozesse*, a.a.O., S. 12.
229 | Von Glinski (in Übernahme einer Formulierung von Walter Höllerer): *Imaginationsprozesse*, a.a.O., S. 15; vgl. ebenfalls S. 48.
230 | Vgl. von Glinski: *Imaginationsprozesse*, a.a.O., S. 14.
231 | Von Glinski: *Imaginationsprozesse*, a.a.O., S. 12.
232 | Todorov: *Fantastische Literatur*, a.a.O., S. 154, siehe auch oben, S. 60 in dieser Arbeit.
233 | Von Glinski: *Imaginationsprozesse*, a.a.O., S. 24.
234 | Vgl. von Glinski: *Imaginationsprozesse*, a.a.O., S. 21ff.

„Das Erzählen ist zugleich Hervorbringen, und zwar in einem ähnlichen Sinne, wie das Träumen ein produktiver Prozess ist, der einen narrativen Verlauf im Moment des Sich-Ereignens herstellt.“[235]

Dieser Eindruck einer bewusst „ungesteuerten, prozesshaften Textgenese“[236] wird durch manuskriptbasierte Untersuchungen der Werkgenese Kafkas gestützt. So schreibt etwa Malcolm Pasley, anhand der handschriftlichen Aufzeichnungen Kafkas zu *Das Schloss*[237]:

„Die Produktion und das Produkt, das Schreiben und das Werk, scheinen jedoch bei Kafka noch enger und auf untergründigere Art zusammenzugehören, als ich es bisher angedeutet habe, insofern als sein erzählerisches Werk einen Prozess des Suchens und Erforschens gleichzeitig darstellt und verkörpert. Der tastende Vorwärtsgang der Geschichte, in dem sie als Text fortlaufend durch den Schreibakt entsteht, bildet nicht etwa den tastenden Vorwärtsgang des fiktiven Helden nach, sondern läuft mit diesem parallel; es gibt zwei zusammenhängende Suchprozesse, und wir werden beim Lesen beider gewahr; der Held gräbt sich vorwärts, und sein schreibender Erfinder gräbt sich ebenfalls vorwärts, gemeinsam tasten sie sich vorwärts, etwa der Landvermesser K. und die Geschichte, in der er sich befindet; die beiden analogen Suchprozesse überschneiden sich, bedingen sich gegenseitig und scheinen sich manchmal verblüffend zu vereinigen.“[238]

Zudem bescheinigt Pasley den Handschriften einen „außerordentlichen Mangel an Indizien für eine nachträgliche Bearbeitung“:

---

235 | Von Glinski: *Imaginationsprozesse*, a.a.O., S. 24.

236 | Von Glinski: *Imaginationsprozesse*, a.a.O., S. 22.

237 | Kafka, Franz: *Das Schloss* [entstanden 1922, posthum veröffentlicht] (Frankfurt am Main 1996).

238 | Pasley, Malcolm: *„Die Schrift ist unveränderlich...“* (Frankfurt am Main 1995), S. 116.

„Die Texte weisen erstaunlich wenig Revisionskorrekturen auf, d.h. erstaunlich wenig Korrekturen, die nicht entweder bestimmt oder mit größter Wahrscheinlichkeit zum ursprünglichen Arbeitsgang gehören. Nur selten kann man von einer Korrektur sagen, daß sie aus einer späteren Sicht vorgenommen wurde, bei welcher der Text nicht mehr als etwas im Fluß des Entstehens Begriffenes empfunden werden konnte. [...] Alternativen werden grundsätzlich nicht stehengelassen; sämtliche Entscheidungen, die den Gang der Geschichte betrafen, mußten so schnell wie möglich unwiderruflich getroffen werden; nichts durfte für spätere Überlegungen in der Schwebe bleiben. Kafka empfand offenbar das Bedürfnis, den schon beschrittenen Weg einer Geschichte möglichst bald endgültig zu befestigen."[239]

Durch diese Form der allmählichen, ungeplanten, einmal Hervorgebrachtes nicht nachträglich verändernden Produktion verwendet Kafka, wie von Glinski schreibt, „Möglichkeiten textueller Imaginationsprozesse, die dem Träumen nahekommen, ohne den Vorgang des Träumens selbst zu thematisieren" und die der Autorin zufolge auch nicht mit der Niederschrift von Träumen verwechselt werden dürfen. Der Traum dient hier, wie von Glinski vor allem am Beispiel *Der Heizer*[240] erörtert, vielmehr als Vorbild und Modell eines „träumend-phantasierenden Schreibens, das sich in allmählicher Verfertigung entwickelt", und so „Verkettungen von Bildern" hervorbringt, „so wie die Phantasie des Träumers Bilderfolgen entstehen läßt."[241] So sei etwa *Der Heizer* „eine Geschichte die als Traum

239 | Pasley: *Die Schrift*, a.a.O., S. 112f.

240 | Kafka, Franz: *Der Heizer* [1913], in: Ders.: *Die Erzählungen* (Frankfurt am Main 1996), S. 61-95

241 | Von Glinski: *Imaginationsprozesse*, a.a.O., S. 273

erzählt ist, ohne doch eine Traumerzählung zu sein[242], und die wir lesen, als träumten wir sie."[243]

Hierfür, so von Glinski, sei eine in jeder Hinsicht eingeschränkte Perspektive von besonderer Wichtigkeit. Trotz der „Einführung eines Erzählers, der das Erleben des Helden als vergangenes in der dritten Person berichtet", wodurch „das Geschehen objektiviert." erscheine[244], werde „von einer subjektiven Position aus erzählt, als befände sich der Erzähler – und damit auch der Leser – in Karls Kopf", also im Kopf des Protagonisten der Erzählung.

„Was Karl nicht weiß, gibt es nicht. Was geschieht, geschieht ihm. Was er von der Realität sieht und wahrnimmt, ist alles, was von der Realität berichtet wird. Dieses Prinzip wird so radikal durchgeführt, daß die Aussagen des Erzählers immer auf dem augenblicklichen Stand von Karls Wissen sind. Erst wenn Karl gelernt hat, daß der Kapitän der Kapitän ist, benennt der Erzähler ihn auch entsprechend, vorher ist er das, was Karls Augen sehen: ‚der Herr mit dem Orden'. Diese konsequent personale Erzählweise ist von Friedrich Beißner zuerst beschrieben und als ‚Einsinnigkeit' bezeichnet worden. Kafkas Held sei – Friedrich Spielhagens Forderung gemäß – gleichsam das Auge, durch welches der Autor des Romans die Welt sehe."[245]

---

242 | Zugleich verweist von Glinski auf eine Traumnotiz, in der Kafka, wenige Wochen vor der Niederschrift der Erzählung *Der Heizer*, eine Szene im Hafen von New York beschreibt, die etliche Parallelen zu der Beschreibung der Einfahrt des Schiffes in *Der Heizer* aufweist, und die offensichtlich als Inspiration hierfür gedient hat (vgl. von Glinski: *Imaginationsprozesse*, a.a.O., S. 294f.).

243 | Von Glinski: *Imaginationsprozesse*, a.a.O., S. 16.

244 | Von Glinski: *Imaginationsprozesse*, a.a.O., S. 293; vgl. zu dieser Wirkung ebenfalls Durst, *Theorie...*, a.a.O., S. 188.

245 | Von Glinski: *Imaginationsprozesse*, a.a.O., S. 300.

Als solch ein „wandernde[s] Auge“ werde der Protagonist „auf den Weg durch das Schiff geschickt“, die Geschichte sei „der Bericht davon, was ihm dabei begegnet.“

Die Besonderheit dieses Berichts/dieser Geschichte sei hierbei, „daß sie erst entsteht, während und indem seine Schritte sie hervorbringen.“[246] Die hieraus hervorgehende traumartige, phantastische Wirkung beschreibt von Glinski ebenso als Resultat der allmählichen Verfertigung der Erzählung, wie umgekehrt die improvisierende Handlungsentwicklung aus einer traumartig-phantastischen „Existenz im Moment“[247] evoziert werde:

„Karls Existenz im Moment und sein Nicht-Wissen der Zukunft, noch nicht einmal des nächsten Schrittes, sind die Bedingungen dafür, daß diese Geschichte entstehen kann, denn daraus folgt die Notwendigkeit, von jetzt auf gleich zu reagieren, zu improvisieren. [...] In der improvisierenden Handlungsentwicklung bringt ein Schritt den nächsten hervor. Zugleich erweist sich jeder neue Schritt, von dem im Moment zuvor noch nicht voraussehbar war, in welche Richtung er führen würde, als Schritt in die richtige Richtung, denn dort wartet die nächste Tür, hinter der wiederum die Fortsetzung von Karls Geschichte bereits darauf wartet, entdeckt zu werden.“[248]

Nach Überlieferung Max Brods soll Kafka diese Schreibsituation und sein Ideal einer bewusst ungeplanten Hervorbringung folgendermaßen beschrieben haben: „Man muss wie in einem dunklen

---

246 | Von Glinski: *Imaginationsprozesse*, a.a.O., S. 300.

247 | Vgl. hierzu Todorov: „Was das Fantastische selbst angeht, so kann die Unschlüssigkeit, die dafür charakteristisch ist, ganz offensichtlich nur der Gegenwart angehören.“ (Todorov: *Fantastische Literatur*, a.a.O., S. 41; vgl. auch S. 52 und 115 in dieser Arbeit).

248 | Von Glinski: *Imaginationsprozesse*, a.a.O., S. 303f.

Tunnel schreiben, ohne daß man weiß, wie sich die Figuren entwickeln werden."[249]

Angesichts der beschriebenen Arbeitsweise Kafkas spricht etwa Manfred Engel in seiner Untersuchung des Traumhaften bei Kafka von einer „besondere[n] Form des automatischen Schreibens", einer

„intuitive[n] Produktion ohne vorgefassten Plan und auch ohne größere Korrekturen, in der sich – idealiter – eine ganze Geschichte in einem Zug ‚wohlgebildet' aus einem keimhaften Anfang bis zu dem mit innerer Notwendigkeit in diesem beschlossenen Ende entwickelt."[250]

Von Glinski betont zu Recht, dass diese Form der Textgenese sich zugleich entscheidend von automatischen Werkgenese-Verfahren wie etwa „der surrealistischen ‚écriture automatique'" unterscheidet[251]:

„Automatisch allerdings ist Kafkas Schreiben nicht. Wenn der Autor sich der Dynamik seiner Geschichte überlässt, tritt nicht das selbstschöpferische Unbewusste an seine Stelle. Die Hervorbringung eines träumenden Erzählens ist eine literarische Arbeit, nämlich eben diejenige Anstrengung, mit der der Autor dafür sorgen muss, dass die zu erzählende Geschichte zum Selbstläufer werden kann."[252]

---

249 | Zitiert nach von Glinski: *Imaginationsprozesse*, a.a.O., S. 308; ebenfalls Pasley: *Die Schrift*, a.a.O., S. 111.

250 | Engel, Manfred: *Literarische Träume und traumhaftes Schreiben bei Franz Kafka*, in: Dieterle, Bernard (Hrsg.): *Träumungen. Traumerzählungen in Film und Literatur* (St. Augustin 1998), S. 238.

251 | Auch Manfred Engel schränkt ein, „[t]raumhaftes Schreiben" führe bei Kafka „nur dann zum Erfolg, wenn auch die kohärenzstiftenden Gegentendenzen am Werk sind." (Engel: a.a.O., S. 251).

252 | Von Glinski: *Imaginationsprozesse*, a.a.O., S. 309f.

Vielmehr gelinge Kafka die Herstellung einer „sich selbst erzeugenden Schreibdynamik“[253], durch den bewussten „Aufbau von Konstruktionen [...], die unmittelbar vor dem Kippen stehen[...]“[254], durch die Verkettung von Zielen und Ablenkungen, im Rahmen einer „Serialisierung [...] in der ein Wendepunkt den nächsten“ hervortreibe:

„Ablenkungen wechseln sich mit Fortsetzungen ab [...] Einmal genau zur rechten Zeit, dann wieder just zur Unzeit, auf jeden Fall aber immer unerwartet, sorgen neue Zufälle oder Einfälle jedesmal dafür, daß es weitergeht - in dieser oder jener Richtung, nur nicht geradeaus. Aus der Abwechslung von Ausweg und Hindernis, von neuem Einsetzen der Handlung am tiefsten Punkt der Spannung und ihrer Ablenkung, wenn sie fast den Gipfelpunkt erreicht hat, ergibt sich eine synkopische Struktur, die das Geschehen immer auf der Spitze des kritischen Augenblicks weitertreibt.“[255]

Das somit erreichte Gefühl eines fortwährenden „Unmittelbar-Davor“[256]„generiert eine Narration, die Ablenkung auf Ablenkung häuft und damit nicht aufhören darf, ohne sofort zu ende zu sein.“[257], eine „alptraumhafte[n] Dynamik fortwährender Verhinderung und Verstrickung“[258]

Wie Kafka in einem Brief an Felice Bauer schreibt, hatte er *Der Verschollene* (also den Roman, dessen erstes Kapitel vorab als selbstständige Erzählung unter dem Titel *Der Heizer* veröffentlicht wurde) „ins Endlose angelegt“.[259] Wie seine anderen beiden Romane

253 | Von Glinski: *Imaginationsprozesse*, a.a.O., S. 314.

254 | Von Glinski: *Imaginationsprozesse*, a.a.O., S. 323.

255 | Von Glinski: *Imaginationsprozesse*, a.a.O., S. 321.

256 | Von Glinski: *Imaginationsprozesse*, a.a.O., S. 321.

257 | Von Glinski: *Imaginationsprozesse*, a.a.O., S. 316.

258 | Von Glinski: *Imaginationsprozesse*, a.a.O., S. 318.

259 | Aus einem Brief an Felice Bauer vom 11.11.1912, in: Heller, Erich u.a. (Hrsg.): Kafka, Franz: *Briefe an Felice und andere Korrespondenz aus*

Der Prozess und *Das Schloss* wurde auch *Der Verschollene* nie abgeschlossen, er bricht unvollendet ab.

Die hier beschriebene „Form des fortlaufenden, nicht festgelegten Schreibens“[260], die von Glinski als Verfahren und Grundlage der phantastischen Unschlüssigkeit in den Texten Kafkas ausmacht, weist deutliche Parallelen zur serialen Form auf, welche sich ebenfalls durch eine offen-endig angelegte, prozesshafte (und zugleich unwiderrufliche) Handlungsentwicklung und eine aus der Reihung von Zielen und Ablenkungen erzeugte Dynamik eines fortwährenden „Unmittelbar-Davor“[261] auszeichnet.[262]

---

der Verlobungszeit (Frankfurt am Main 1995), S. 86, zitiert nach von Glinski: *Imaginationsprozesse*, a.a.O., S. 278.

260 | Von Glinski: *Imaginationsprozesse*, a.a.O., S. 276f.

261 | Von Glinski: *Imaginationsprozesse*, a.a.O., S. 321.

262 | Insofern verwundert es wenig, dass Kafka, in einem Tagebucheintrag aus der Zeit der Entstehung von *Der Heizer* bzw. *Der Verschollene*, Charles Dickens, und dessen von einem Anfang ausgehende, sich selbst vorwärtstreibende und nicht zuletzt durch die seriale Form geprägte Schreibdynamik als Einfluss beschreibt: „Ich habe über Dickens gelesen. Ist es so schwer und kann es ein Außenstehender begreifen, daß man eine Geschichte von ihrem Anfang in sich erlebt vom fernen Punkt bis zu der heranfahrenden Lokomotive aus Stahl, Kohle und Dampf, sie aber auch jetzt noch nicht verläßt sondern von ihr gejagt sein will und Zeit dazu hat, also von ihr gejagt wird und aus eigenem Schwung vor ihr läuft wohin sie nur stößt und wohin man sie lockt.“ (Tagebucheintrag nach dem 20.8.1911, zitiert nach von Glinski: *Imaginationsprozesse*, a.a.O., S. 309). In einem späteren Tagebucheintrag nennt er *Der Heizer* und den „geplante[n] Roman“ (also *Der Verschollene*) eine „glatte Dickensnachahmung, [...] vor allem die Methode. Meine Absicht war wie ich jetzt sehe einen Dickensroman zu schreiben“ (Tagebucheintrag vom 8.10.1917, zitiert nach Kwon, Hyuck Zoon : *Der Sündenfallmythos bei Franz Kafka* (Würzburg 2006), S. 109).

Diese Eigenschaften der serialen Form und die sich hieraus ergebenden Möglichkeiten einer serialen Form des phantastischen Erzählens werde ich im folgenden Kapitel untersuchen.

3. Serialität und offene Enden

Überschaubarkeit, Ganzheit und Notwendigkeit? Die Einheit der Handlung im serialen Erzählen

Beginnen wir zunächst mit einer Tautologie: Das fortlaufend serielle Erzählen, und speziell die hier zu betrachtende offen-endig konzipierte Form, ist fort-laufend, und damit über die ihr eigene Erscheinungsweise und Rezeptionsform als Einzelepisode hinausgehend angelegt.[263] Allein schon hierdurch entzieht sie sich dem aristotelischen Ideal der Geschlossenheit und Einheit der Handlung.

Aus dieser zugleich grundlegendsten und augenfälligsten Besonderheit der serialen Form resultiert zudem eine zunehmende, mitunter kaum mehr greifbare Größe der Erzählung. Auch hierdurch unterscheidet sich die Fortsetzungsserie wesentlich vom

---

263 | Eine ausführlichere Definition des fortlaufend serialen Erzählens, der Serial, liefert Jennifer Hayward: „A serial is, by definition, an ongoing narrative released in successive parts. In addition to these defining qualities, serial naratives share elements that might be termed, after Wittgenstein, ‚family resemblances.' These include refusal of closure; intertwined subplots; large casts of characters [...]; interaction with current political, social, or cultural issues; dependence on profit; and acknowledgement of audience response (this has become increasingly explicit, even institutionalized within the form, over time)." (Hayward, Jennifer: *Consuming Pleasures. Active Audiences and Serial Fictions from Dickens to Soap Opera* (Kentucky 1997), S. 3).

klassischen, dem aristotelischen Ideal der Einheit der Handlung verpflichteten Erzählen, zu dessen Grundbedingungen neben der Notwendigkeit und Ganzheit auch die Forderung nach „einer gewissen Größe" gehört:

„Demzufolge müssen, wie bei Gegenständen und Lebewesen eine bestimmte Größe erforderlich ist, und diese übersichtlich sein soll, so auch die Handlungen eine bestimmte Ausdehnung haben, und zwar eine Ausdehnung, die sich dem Gedächtnis leicht einprägt."[264]

Es sollte dem Rezipienten also möglich sein, den Handlungsverlauf zu erfassen und in Erinnerung zu behalten. „man muß das Werk von Anfang bis Ende überblicken können."[265] Ist diese Möglichkeit nicht gegeben (wie dies bei serialen Erzählungen der Fall ist), komme „die Anschauung [...] nämlich nicht auf einmal zustande, vielmehr entweicht den Anschauenden die Einheit und die Ganzheit aus der Anschauung, wie wenn ein Lebewesen eine Größe von zehntausend Stadien hätte."[266] Bezogen auf die Gesamtheit und Größe einer serialen Erzählung (deren Anschauung gleichermaßen „nicht auf einmal" erfolgt) ist eine solche Übersichtlichkeit und Fassbarkeit kaum möglich, und auch Einzelepisoden erschließen sich insbesondere Nicht-Eingeweihten, aber nicht selten auch Kennern der jeweiligen Fortsetzungsserie nur mit Hilfe der *recaptures*, jener zusammenfassenden Rückblicke zu Beginn einer Episode (*Previously on...*).[267]

---

264 | Aristoteles: *Poetik* [um 335 v. Chr.] (Stuttgart 1982), S. 27.

265 | Aristoteles: *Poetik*, a.a.O., S. 81.

266 | Aristoteles: *Poetik*, a.a.O., S. 27.

267 | Vgl. Thompson, Kristin: *Storytelling in Film and Television* (Cambridge 2003), S. 63-73; vgl. ebenfalls: Schabacher, Gabriele: *Serienzeit. Zu Ökonomie und Ästhetik der Zeitlichkeit neuerer US-amerikanischer TV-Serien*, in: Meteling, Arno; Schabacher, Gabriele u.a. (Hrsg.): *„Previously on ..." Zur Ästhetik der Zeitlichkeit neuerer TV-Serien* (München 2010), S. 35ff.

Bereits durch diese eingeschränkte Fass- und Überschaubarkeit serialer Erzählungen besteht eine besondere Eignung zur Darstellung des Phantastischen, welches sich, insbesondere im Rahmen einer von Uwe Durst als *Unausformuliertheit* beschriebenen Ausprägung, durch die Erzählung bzw. Andeutung in Ausmaß und Bedeutung kaum (be)greifbarer Zusammenhänge auszeichnet.[268] Diese Eigenschaft besteht besonders gravierend im Falle offen-endiger, auf eine potentielle Unendlichkeit angelegter Serien. Hierzu gehören auch die hier besprochenen Serials *Twin Peaks, Mulholland Drive, Lost, Ed the Happy Clown, Riget* und *Like a Velvet Glove cast in Iron.*

Bezüglich der offen-endigen Fortsetzungsstruktur der genannten Serials stehen diese in der Tradition der Urform des ins Unendliche angelegten Erzählens, der Soap Opera. Diese beschreibt Robert C. Allen als „the only forms of narrative (with the possible exception of comic strips) predicated upon the impossibility of ultimate closure."[269]

---

268 | Dieser Aspekt des Phantastischen und die hierdurch erzeugte Unschlüssigkeit weist einige Überschneidungen mit dem Erhabenen/Sublimen etwa bei Kant, Burke oder Lyotard auf, auf die bereits Hans Holländer verwiesen hat (vgl. Holländer: *Das Bild...*, a.a.O., S. 53). Auch dieses geht hervor aus dem Widerspruch (und inneren Konflikt) angesichts einer Größe und Unermesslichkeit, die sich unserer Vorstellungskraft/unserem Verständnis entzieht, und der gegenüber uns hierdurch die Unzulänglichkeit unserer Vorstellungskraft (und im Falle der Kantschen Erhabenheit zugleich die letztliche Überlegenheit der Vernunft) bewusst wird. Insofern handelt es sich auch hier um einen aus der Inkompatibilität einer nicht fassbaren Erscheinung mit dem rationalen Erklärungs- und Anschauungsbedürfnis entstehenden Effekt.

269 | Allen, Robert C. in der Einleitung zu: Ders. (Hrsg.): *to be continued...* (London 1995), S. 18.

„Soap Operas operate according to very different narrative and dramatic principles than more closed narrative forms: they are predicated upon the impossibility of their never ending.“[270]

Die Vermeidung eines Endes stellt auch für Jason Mittell die wesentliche Eigenart der serialen Form dar:

„Finally, a successful television series typically lacks a crucial element that has long been hailed as of supreme importance for a well-told story: an ending. Unlike nearly every other narrative medium, American commercial television operates on what might be termed the ‚infinite model‘ of storytelling – a series is deemed a success only as long as it keeps going. While other national television systems might end a successful series after a year or two, American series generally keep running as long as they are generating decent ratings. This becomes a significant issue for storytellers, who must design narrative worlds that are able to sustain themselves for years rather than closed narrative plans created for a specific run [...]“[271]

Insofern sind derartige Erzählungen *ins Endlose angelegt*, und werden dementsprechend *während* ihrer weiteren Entstehung und *vor* Planung oder Verfertigung eines eventuellen Endes oder einer Auflösung der Erzählung veröffentlicht und rezipiert.

Hierdurch sind sie äußeren Einflüssen sehr viel stärker und vor allem im Endergebnis *sichtbarer* ausgesetzt.

„Additionally, the series is consumed as it is still being produced, meaning that adjustments are often made midstream due to unexpected circumstances. Such adjustments can be due to casting constraints, as in an actor's pregnancy, illness or death, or feedback from networks, sponsors or

---

270 | Allen: *to be continued...*, a.a.O., S. 7, vgl. hierzu auch: Allen, Robert C.: *Speaking of Soap Operas* (Chapel Hill 1985) S. 76f.

271 | Mittell, Jason: *Complex TV. The Poetics of Contemporary Television Storytelling*, pre-publication edition (MediaCommons Press, 2012-13, URL siehe Verzeichnis), Kapitel *Complexity in Context*, Paragraph 27.

audience in reaction to an emerging storyline. Constraints like these make television storytelling distinct from nearly every other medium [...]"[272]

Neben den hier angesprochenen – während einer bereits veröffentlichten und somit auf eine Handlung festgelegten Erzählung vorgenommenen – Nachjustierungen in Folge äußerer Einflüsse und Reaktionen, werden gleichermaßen auch sich aus der Narration ergebende Veränderungen sichtbarer, da die Möglichkeit einer *nachträglichen* Bearbeitung/Korrektur des bereits Erzählten und Veröffentlichten nicht gegeben ist.

Auf diese Eigenarten der Produktionsbedingungen in serialen Formaten, und die Unmöglichkeit einer Vorausplanung der Handlung beriefen sich z.B. auch die Autoren von *Lost*, in Reaktion auf Vorwürfe, die Serie sei *made up as it goes along*. J.J. Abrams vergleicht in diesem Zusammenhang die Produktionsbedingungen serialer Formate mit denen des „Live TV“:

„It's a leap of faith doing any serialised storytelling. We had an idea early on, but certain things we thought would work well didn't. We couldn't have told you which characters would be in which seasons. We couldn't tell you who would even survive [...] You feel that electricity. It's almost like live TV, we don't quite know what might happen."[273]

Tatsächlich bestehen hier einige grundsätzliche Parallelen zum „live TV“ sowie auch zur Improvisation, insofern als es sich auch hier um eine – wenn auch abgeschwächte – Form eines „Zusammenfallen[s] von Versuch und Ergebnis“, handelt.[274]

272 | Mittell: *Complex TV*, a.a.O., Kapitel *Complexity in Context*, Paragraph 26.
273 | J.J. Abrams im Interview mit Steve Rose, in: Rose, Steve: JJ Abrams: *‚I never got Star Trek‘*, in: *The Guardian* (London, 7. Mai 2009, URL siehe Verzeichnis).
274 | Eco, Umberto: *Zufall und Handlung. Fernseherfahrung und Ästhetik*, in: *Das offene Kunstwerk* (Frankfurt am Main 1977), S. 192.

Die Extremform eines solchen Zusammenfallens hat Umberto Eco anhand der Bedingungen einer Live-Sendung beschrieben. So finde sich der Regisseur einer solchen Sendung

„in der verwirrenden Lage [...], die logischen Phasen einer Erfahrung in dem Augenblick erkennen zu müssen, in dem sie noch chronologische Phasen sind. Er kann einen Erzählungsfaden aus dem Kontext der Ereignisse herausheben, hat aber im Unterschied selbst zum ‚realistischsten' Künstler keinerlei Raum für eine Reflexion *a posteriori* über die Ereignisse selbst, während ihm auf der anderen Seite die Möglichkeit, sie *a priori* einzurichten, fehlt. Er muß die Einheit seiner Handlung aufrechterhalten, während sie *tatsächlich* abläuft, und zwar vermengt mit anderen Handlungsfäden."[275]

Die hier beschriebene Situation unterscheide sich von Improvisationsformen wie etwa der Commedia dell'arte zwar dadurch, dass letztere „größere Möglichkeiten für schöpferische Autonomie" böten und „weniger äußeren Zwang und jedenfalls keine Beziehung zu einer sich gerade ereignenden Realität" beinhalteten; es gelte aber dennoch „das gleiche Improvisationsprinzip" und „analoge Probleme" träten auf.[276]

Dies gilt – wenn auch in abgeschwächter Form – ebenso für die Produktionsbedingungen fortlaufender Serien. Auch aus diesen ergibt sich eine mangelnde Kenntnis des weiteren Verlaufes, sowie die fehlende Möglichkeit, das Erzählte im Nachhinein zu verändern oder umzustellen bzw. Überflüssiges/Falsches zu streichen. So erscheinen die Möglichkeiten einer solchen Erzählsituation im Sinne der Aristotelischen Definition der *Dichtung* als stark eingeschränkt: Als Dichtung beschreibt Aristoteles den Vorgang der „Zusammenfügung der Geschehnisse" zu einem einheitlichen, kausal organisierten und sinnhaften Zusammenhang. Wo diese nicht erfolge oder gelinge, würden „vielerlei Handlungen" erzählt, „ohne

275 | Eco: *Zufall und Handlung*, a.a.O., S. 198.
276 | Eco: *Zufall und Handlung*, a.a.O., S. 192.

dass sich daraus eine einheitliche Handlung ergibt."[277] Hierbei gilt die bekannte (und bis heute in Dramaturgie- und Drehbuch-Lehrbüchern zentrale) Faustregel, dass „die Teile der Geschehnisse so zusammengefügt sein" müssen, „daß sich das Ganze verändert oder durcheinander gerät, wenn irgendein Teil umgestellt oder weggenommen wird." Vielmehr muss jeder einzelnen Handlung eine Bedeutung zukommen: „Denn was ohne sichtbare Folgen vorhanden sein oder fehlen kann, ist gar nicht ein Teil des Ganzen."[278] Die Dichtkunst bezeichnet nach Aristoteles also das nachträgliche *Ver-Dichten* zu einer sinnhaften und kausalen Einheit, unter Auslassung von hierfür nicht notwendigen Teilen.

Durch diese nachträgliche, und außerhalb serialer, improvisierender oder *live* stattfindender Formen *vor* einer Veröffentlichung vorgenommene Bearbeitung ist in den allermeisten fertigen Werken nur noch wenig vom Zusammenspiel improvisierender und strukturierender Praktiken/ Faktoren bei der Entstehung narrativer (oder allgemeiner: *kreativer*) Werke zu spüren. Hierdurch unterscheidet sich für Aristoteles die Dichtkunst (in Epos, Tragödie und Komödie) vor allem von ihrem evolutionären Vorgänger, der Improvisation[279], sowie auch von dem, was Aristoteles als „Geschichtsschreibung"[280] bezeichnet. In dieser werde – im Gegensatz zur zu einer Einheit verdichteten Zusammenfügung – „ein bestimmter Zeitabschnitt dargestellt", in dem „oft genug ein Ereignis auf das andere" folge, „ohne daß sich ein einheitliches Ziel daraus ergäbe."[281]

Analog hierzu ließen sich heute improvisatorische künstlerische Praktiken (etwa die surrealistische *écriture automatique*) oder innerhalb eines bestimmten Zeitabschnittes in *Echtzeit* entstehende

277 | Aristoteles: *Poetik*, a.a.O., S. 27.

278 | Aristoteles: *Poetik*, a.a.O., S. 29.

279 | Vgl. Aristoteles: *Poetik*, a.a.O., S. 13: „[...] haben die hierfür besonders Begabten von den Anfängen an allmählich Fortschritte gemacht und so aus den Improvisationen die Dichtung hervorgebracht."

280 | Aristoteles: *Poetik*, a.a.O., S. 29.

281 | Aristoteles: *Poetik*, a.a.O., S. 77.

Narrationen (etwa im Impro-Theater, in bestimmten Comedy-Spielarten oder innerhalb von Live TV Formaten) als narrative Formen, welche sich der nachträglichen Bearbeitung entziehen, anführen. Während Erstere das Aufkommen von Handlungsplänen und spätere Änderungen des bereits Erzählten durch selbstauferlegte Regeln und Zeitdruck zu unterdrücken versuchen, werden derartige Eingriffe bei Letzteren durch eine zeitgleiche Darbietung bzw. Ausstrahlung zusätzlich erschwert. Auch ist hier der Einfluss äußerer Faktoren, Zufälle oder Publikumsreaktionen weit größer.

Wenn der Aspekt der Improvisation hier auch weit weniger im Vordergrund steht, so lassen sich doch die beschriebenen Produktionsbedingungen serialer Formate als eine Kombination dieser Charakteristika beschreiben: Diese Formate folgen der selbstauferlegten Regel einer (mehr oder weniger) sofortigen Veröffentlichung und somit Festlegung der Handlung noch während der weiteren Entfaltung der Narration, was das Aufkommen von Ungereimtheiten, abweichenden Ideen und äußeren Einflüssen (etwa Reaktionen des Publikums) begünstigt und zugleich die Möglichkeiten einer späteren Veränderung, Ver-Dichtung und sinnhaften Zusammenfügung drastisch einschränkt. Daraus resultiert, dass auch hier mitunter „unendlich vieles" erzählt und stehen gelassen wird, „woraus keinerlei Einheit hervorgeht".[282]

Dies führt in der klassischen, nicht-teleologischen Form des fortlaufend-seriellen Erzählens, der Seifenoper, zu dem Eindruck und zu der bevorzugten Thematik eines Alltags-Realismus, in dem bekanntlich ebenfalls „unendlich vieles" ohne langfristigen Zusammenhang oder Auflösung bleibt. Statt einer teleologisch determinierten Geschichte werden hier in der Regel vor allem Beziehungen und deren Bedeutungen erzählt. Diese Besonderheit beschreibt Allen folgendermaßen:

„Put in semiotic terminology, US daytime soap operas trade an investment in syntagmatic determinacy (the eventual direction of the overall plot line)

282 | Aristoteles: *Poetik*, a.a.O., S. 27.

for one in paradigmatic complexity (how any particular event affects the complex network of character relationships).“[283]

Für eine „Reflexion a posteriori“ (Eco[284]), eine Zusammenfügung, Kausalisierung und Wertung im Nachhinein ergibt sich aus der Komplexität und zunehmenden Unüberschaubarkeit dieses *„networks“* aber zumindest die Möglichkeit, Irrwege und Ungereimtheiten zu vernachlässigen und jeweils nur das aufzugreifen, fortzuführen und zu erinnern, was der aktuellen Handlungsentwicklung und Interpretation der Ereignisse dienlich ist. Diese Tendenz zur selektiven Erinnerung wird zusätzlich gefördert und gelenkt durch das Element der Zusammenfassungen des bisher Geschehenen, zu/vor Beginn jeder Folge und jeder Staffel. Jene *recaptures* (oder *recaps*) bilden ein wichtiges und bislang meines Wissens nicht als solches untersuchtes Instrument zur Wahrung des Anscheins einer Folgerichtigkeit, Richtung und Einheit der Erzählung, und zugleich eine Möglichkeit des dichterischen Umgangs mit dem bereits Erzählten, um hier nahezu unbemerkt, im Rahmen einer Erinnerungsauffrischung bereits Erzähltes zu werten, zu interpretieren und einem Ziel zuzuführen, wobei zum Teil ursprünglich kaum verbundene Ereignisse verdichtet und in Zusammenhang gestellt sowie ursprünglich unbeträchtliche, fast vergessene Elemente reimportiert und umgenutzt werden können.[285]

---

283 | Allen: *to be continued...*, a.a.O., S. 7f. Hiervon unterscheidet sich die lateinamerikanische Form der *Telenovela*, welche stets teleologisch strukturiert ist (Vgl. Allen: *to be continued...*, a.a.O., S. 23). Allerdings steht hier das Ende der Erzählung jeweils von Anfang an, und auch für die Zuschauer fest, so dass auch hier eher eine „paradigmatic Complexity“, die Frage des *„Wie* werden sie zueinander finden?“ und „how any particular event affects the complex network of character relationships“ im Vordergrund steht.

284 | Eco: *Zufall und Handlung*, a.a.O., S. 198.

285 | Diese *recaps* können unterschiedliche Formen annehmen, in *Riget* etwa übernimmt ab der vierten Folge der erwähnte allwissende Chor

Formen der nicht-finalistischen Handlungskonzeption, in denen eine Geschichte sich erst während des Erzählens aus sich selbst heraus entwickelt, und im Nachhinein kausalisiert wird, sind, wie etwa Bremond vertritt, nicht auf Narrationen beschränkt, die offen dem Improvisations-Prinzip folgen. Vielmehr ist vieles, was als geschlossene, kausale und sinnhafte Einheit erscheint, zunächst improvisatorisch entstanden, und anschließend zu einer solchen bereinigt und umgestellt worden.[286] Diese Methode des nachträglichen Verbindens sowie Zusammenstreichens von „zuströmenden Ideen" lässt sich anschaulich anhand der folgenden bekannten Beschreibung Schillers verdeutlichen:

„Es scheint nicht gut, und dem Schöpfungswerke der Seele nachteilig zu sein, wenn der Verstand die zuströmenden Ideen, gleichsam an den Toren schon, zu scharf mustert. Eine Idee kann, isoliert betrachtet, sehr unbeträchtlich und sehr abenteuerlich sein, aber vielleicht wird sie durch eine, die nach ihr kommt, wichtig, vielleicht kann sie in einer gewissen Verbindung mit anderen, die vielleicht ebenso abgeschmackt scheinen, ein sehr zweckmäßiges Glied abgeben: – Alles das kann der Verstand nicht beurteilen, wenn er sie nicht so lange festhält, bis er sie in Verbindung mit diesen anderen angeschaut hat. Bei einem schöpferischen Kopfe hingegen, deucht mir, hat der Verstand seine Wache an den Toren zurückgezogen, die

---

der Tellerwäscher diese, das bisherige zusammenfassende Funktion, *Ed the Happy Clown* arbeitet mit einer Auswahl relevanter Einzelpanels der zurückliegenden Episoden am Anfang jedes Heftes, und in *Like a Velvet Glove Cast in Iron* kommt es immer wieder zu anderweitig kaum motivierten zusammenfassenden Erinnerungen des Protagonisten an das bisher Geschehene.

286 | Vgl. Bremond, Claude. : *Die Erzählnachricht*, in: Ihwe, Jens (Hrsg.): *Literaturwissenschaft und Linguistik*, Band 3 (Frankfurt am Main 1972), S. 177-217.

Ideen stürzen pêle-mêle herein, und alsdann erst übersieht und mustert er den großen Haufen.“[287]

Das Besondere an improvisierenden Erzählformen und auch an offen-endig-serialen Formen ist also, dass der beschriebene Vorgang hier *während* des Erzählens stattfinden muss, was ihn *sichtbar* werden lässt, und eine besondere Dynamik aus erfindendem Voranschreiten und der strukturierenden Reinkorporation des bereits Erzählten zur Folge hat.[288]

Der Dramaturg und Theaterpädagoge Keith Johnstone beschreibt eine solche, aus dem Wechselspiel von freier Assoziation und integrierender Reinkorporation entstehende Dynamik in seinem Text *Improvisation and the Theatre* am Beispiel einer Improvisationsübung, in der er diese beiden „separate activities“ des Storytelling auf zwei Personen verteilt: „Actor A is to provide disconnected material, and Actor B is somehow to connect it.“[289]

287 | Friedrich Schiller, Brief an Körner vom 1.12.1788, zitiert nach Freud, Sigmund: *Die Traumdeutung* [1899] (Frankfurt am Main, 2002), S. 117.

288 | Ein spezielles und besonders eindrucksvolles Beispiel hierfür, auf welches ich ab S. 162 noch ausführlicher eingehen werde, bietet David Lynchs *Mulholland Drive*, dessen Entstehung Lynch im Interview mit Chris Rodley in bemerkenswerter Ähnlichkeit zu den obigen Ausführungen Schillers folgendermaßen beschreibt: „Ideas never really come all at once for a whole feature anyway. They come in fragments. So you could stop at any moment and say: ‚These are my fragments, how will I ever get to a whole movie from these?‘ But those fragments are compelling other fragments to join them. With *Mulholland Drive* I had a whole bunch of a certain type of fragment – open-ended fragments. So they needed a certain type of idea to come in and tie them all together. That was the trick.“ (Lynch in: Rodley: *Lynch on Lynch*, a.a.O., S. 284).

289 | Johnstone, Keith: *Impro. Improvisation and the Theatre* (London 1989), S. 116.

„A knowledge of this game is very useful to a writer. First of all it encourages you to write whatever you feel like; it also means that you look *back* when you get stuck, instead of searching *forwards*. You look for things you've shelved, and then reinclude them."[290]

Hierbei betont er die Wichtigkeit, zunächst frei Assoziiertem „by remembering incidents that have been shelved and reincorporating them" zu einer Struktur zu verhelfen.[291] Diese Zusammenführung unterscheide die gelungene Improvisation vom bloßen ziellosen Aneinanderreihen von Ideen, und mache für das Publikum, wenn auch mitunter unbewusst, den wesentlichen Reiz aus:

„Very often an audience will applaud when earlier material is brought back into the story. They couldn't tell you why they applaud, but the reincorporation does give them pleasure. Sometimes they even cheer! They admire the improviser's grasp, since he not only generates new material, but remembers and makes use of earlier events that the audience itself may have temporarily forgotten."[292]

Im Rahmen eines solchen Vorgehens kommt es nicht selten zu kaum plausiblen Wendungen, Handlungsverläufen und Kombinationen. Diese machen etwa im Falle des Impro-Theaters einen wesentlichen Reiz aus, werden offen zur Schau gestellt und grade für ihre Absurdität geschätzt, während sie in der um Realismus, Nachvollziehbarkeit und Zuschaueridentifikation bemühten Soap Opera eher als narrative Unzulänglichkeiten versteckt, in Kauf genommen, und bestenfalls belächelt werden, aber nichtsdestoweniger vorhanden sind.[293] Bezeichnenderweise befinden sich diese

290 | Johnstone, a.a.O., S. 118.

291 | Johnstone, a.a.O., S. 116.

292 | Johnstone, a.a.O., S. 116.

293 | Auch derartige Wendungen zählt Hayward zu den *family resemblances* (vgl. Fußnote 263 dieser Arbeit) der verschiedenen Formen des serialen Erzählens: „Serials also share distinctive (and much derided) narrative

Wendungen mitunter in unfreiwilliger Nähe zu phantastischen Erzählelementen und Erklärungsstrategien, etwa wenn Szenen oder ganze Staffeln im Nachhinein zum Traum erklärt werden, Protagonisten ihr Gedächtnis verlieren, oder bereits gestorbene Charaktere, weil es die Handlung oder auch der Zuschauerwille fordert, wieder auftauchen.[294]

„For example, generally, when a character dies in a fictional narative (assuming we are not reading a gothic horror tale or piece of science fiction) we expect that character to stay dead. In soap operas it is not unusual to witness the resurrection of a character assumed to be but not actually dead, even after the passage of years of intervening story."[295]

Ereignisse in Seifenopern seien generell, so Allen, auch in dieser Hinsicht offener, „less determinant and irreversible than they are in other forms of narrative [...]".[296] Diese Beweglichkeit und Fähigkeit zur Integration von Ungereimtheiten hängt für ihn eng mit der Tatsache zusammen, dass derartige nicht-teleologische Serien auf kein zentrales, durch den Protagonisten angestrebtes und alles zusam-

---

tropes: sudden returns from the dead, doubles, long-lost relatives, marginal or grotesque characters, fatal illness, dramatic accidents, romantic triangles, grim secrets, dramatic character transformations." (Hayward, a.a.O., S. 4).

294 | So wurde etwa in der ersten Episode der 10. *Dallas*-Staffel das Ende der 8. und die gesamte 9. Staffel zum Traum einer Protagonistin (Pamela Ewing) erklärt, was u.a. die Rückkehr eines zum Ende der 8. Staffel verstorbenen Charakters (Bobby Ewing) ermöglichte (*Dallas* (David Jacobs, USA 1978-1991)).

295 | Allen: *to be continued...*, a.a.O., S. 19. Das Wiedererscheinen der toten Laura Palmer in Form ihrer plötzlich wie aus dem Nichts auftauchenden, von der selben Schauspielerin verkörperten Cousine Madeleine in *Twin Peaks* kann als Anspielung auf derartige Soap Opera-Traditionen gedeutet werden.

296 | Allen: *to be continued...*, a.a.O., S. 19.

menhaltendes Ziel hinarbeiten, sondern vielmehr die Verflechtungen eines „complex network of character relationships“ (Allen[297]) zum Thema haben, wodurch zu jeder Zeit etliche relevante Ziele und Gefahren für die verschiedenen Protagonisten vorhanden seien, zwischen denen das Interesse sich hin und her bewege.[298]

„Just as there is no ultimate moment of resolution, there is no central, indispensable character in open serials to whose fate the viewer interest is indissolubly linked. Instead there is a changing community of characters who move in and out of viewer attention and interest. Any one of them might die, move to another city, or lapse into an irreversible coma without affecting the overall world of the serial.“[299]

Entsprechend werden auch die für Fortsetzungsserien essentiellen, im charakteristischen *Cliffhanger*[300] mündenden Erwartungen und Spannungsmomente nicht aus den Möglichkeiten, Unmöglichkeiten und Gefahren für ein zentrales, durch den Protagonisten angestrebtes Ziel generiert, um dann in einer Auflösung und Abgeschlossenheit der Erzählung zu enden; stattdessen verweisen diese Erwartungen und Spannungsmomente auf etliche variierende Aspekte eines komplexen Beziehungs- und Ereignis-Geflechts, welche anschließend in Teilauflösungen aufgefangen werden, die aber in

297 | Allen: *to be continued...*, a.a.O., S. 7f.

298 | Vgl. zu verwandten Strukturen im Kinofilm: Tröhler, Margrit: *Offene Welten ohne Helden. Plurale Figurenkonstellationen im Film* (Marburg 2007); sowie: Treber, Karsten: *Auf Abwegen. Episodisches Erzählen im Film* (Remscheid 2005), insbesondere S. 15-44.

299 | Allen: *to be continued...*, a.a.O., S. 18.

300 | Vgl. zur Geschichte und Funktion des Cliffhangers im serialen Erzählen: Weber, Tanja/ Junklewitz, Christian: *To Be Continued... Funktion und Gestaltungsmittel des Cliffhangers in aktuellen Fernsehserien*, in: Meteling, Arno; Schabacher, Gabriele u.a. (Hrsg.): *„Previously on ...“ Zur Ästhetik der Zeitlichkeit neuerer TV-Serien* (München 2010), S. 111-131.

keiner Weise ein Ende der Erzählung bedeuten, sondern in der Regel wiederum zu neuen Fragen führen.

„The Soap Opera trades in an ultimate narrative telos - the most characteristic feature of traditional narratives - for a series of overlapping ‚mini-closures', wich resolve a particular narrative question but are in no way read as moving the overall story toward its eventual end."[301]

Vor allem hierdurch unterscheide sich die seriale Form grundlegend von „Non-serial popular narratives", welche in der Regel teleologisch (und um wenige Protagonisten herum) organisiert und motiviert sind, was Allen folgendermaßen beschreibt:

„[...] there is a single moment of narrative closure (obviously involving the protagonist) toward which their plots move and in relation to which reader satisfaction is presumed to operate."[302]

Als deren Reinform stellt Allen die geschlossene Form der *Murder Mystery* (was sich mit Kriminalgeschichte übersetzen ließe) der Soap Opera, welche er auch als „open serial" bezeichnet, gegenüber:

„The classic example of this type of narrative is the murder mystery, in wich the revelation of the murderer at the end of the story absolutely determines the movement of the plot. By contrast, the serial spreads its narrative energy among a number of plots and a community of characters, and, what is even more important, sets these plots and characters in complex, dynamic, and unpredictable relationships with each other. Because serials cut between scenes enacting separate plot lines, the viewer is prompted to ask not only ‚where is each of these plot lines going?', but also ‚What might be the relationship between different plot lines?'"[303]

301 | Allen: *Speaking of Soap Operas*, a.a.O., S. 75.

302 | Allen: *to be continued...*, a.a.O., S. 18.

303 | Allen: *to be continued...*, a.a.O., S. 18.

Betrachtet man nun die von mir untersuchten Serials, so lässt sich feststellen, dass wir es hier mit einer Kombination dieser scheinbar gegensätzlichen Formen zu tun haben, einer teleologisch organisierten, scheinbar auf ein konkretes Ziel hinlaufenden, und dabei gleichzeitig offenen, weitgehend planlos entstehenden und eher an Reaktionen, Verwicklungen und Beziehungen als an einer Auflösung interessierten Erzählweise. Dies scheint mir ein wesentlicher Punkt zu sein, um sowohl die Dynamiken als auch die Rezeption und Erscheinungsform dieser Serials zu verstehen.

David Lynch beschreibt im Interview mit Chris Rodley den in *Twin Peaks* verfolgten Ansatz wie folgt: „The project was to mix a police investigation with the ordinary lives of the characters".[304] In der deutschsprachigen Version desselben Interviews wird dies – sehr frei und interpretierend, aber durchaus treffend – übersetzt mit: „Unser Konzept bestand darin, eine polizeiliche Ermittlung mit einer Soap-opera zu mischen."[305] In jedem Fall scheinen für Lynch und Frost vor allem die Charaktere und deren Verflechtungen im Vordergrund gestanden zu haben, während der Mordfall vielmehr als Aufhänger diente:

> „The way we pitched this thing was a murder mystery, but that murder mystery was to eventually become the background story. Then there would be a middle ground of all the characters we stay with for the series. And the foreground would be the main characters that particular week: the ones we'd deal with in detail. [...] The progress towards it, but never getting there, was what made us *know* all the people in Twin Peaks: how they all surrounded Laura and intermingled. All the mysteries."[306]

---

304 | Lynch in: Rodley: *Lynch on Lynch*, a.a.O., S. 158.

305 | David Lynch im Interview mit Chris Rodley, in: Rodley, Chris (Hrsg.): *Lynch über Lynch* (Verlag der Autoren, Frankfurt am Main 2006, übersetzt von Marion Kagerer und Daniel Bickermann), S. 214.

306 | Lynch in: Rodley: *Lynch on Lynch*, a.a.O., S. 180.

Wie wir wissen, war jedoch ein Großteil der Zuschauer in erster Linie nicht am Zusammenspiel der Charaktere, sondern an einer Lösung des Mordfalles interessiert, was schließlich zu einer erzwungenen und vorzeitigen Auflösung der zentralen Frage und letztlich zum Abbruch der offen-endig und ursprünglich auf sehr viel längere Laufzeit angelegten Serie führte.[307]

„The yearning to know was too intense. But the mystery was the magical ingredient. It would've made *Twin Peaks* live a lot longer."[308]

Die Auflösung dieses Geheimnisses, die Offenbarung des Vaters als Mörder von Laura Palmer, stellte keine befriedigende Antwort auf das Mysterium von *Twin Peaks* dar, war von Lynch auch nie als solche gedacht und konnte insofern nur enttäuschen: „It's not an answer, that was the whole point."[309]

Auch *Lost* hatte neben den zielgerichteten, die Geheimnisse der Insel verfolgenden Plotlines stark seifenoper-ähnlichen Charakter, und auch hier wurden die Charaktere, deren Beziehungen und Reaktionen auf die Geschehnisse von den Autoren der Serie als sehr viel wichtiger eingeschätzt als die Mythologie der erzählten Welt und somit die zielgerichtete Suche nach Antworten. „We always view the show as a character show with a mythology frosting over the top": So beschreibt Carlton Cuse, neben Damon Lindelof einer der beiden Hauptautoren der Sendung, seine Gewichtung. „We want the characters to focus on primarily their relationships with each other."[310] Hier vermutet Cuse auch das Hauptinteresse der Zuschauer:

307 | PS: Zur nach Abschluss dieser Untersuchung bekannt gewordenen Fortsetzung von *Twin Peaks* siehe Fußnote 27.

308 | Lynch in: Rodley: *Lynch on Lynch*, a.a.O., S. 180.

309 | Lynch in: Rodley: *Lynch on Lynch*, a.a.O., S. 180.

310 | Carlton Cuse in: Ryan, Maureen: *‚Lost' producers talk about setting an end date and much more*, in: *Chicago Tribune* (Chicago, 14.1.2007, URL siehe Verzeichnis), zitiert nach: Pearson, Roberta: *Chain of Events*, in: Pearson, Roberta (Hrsg.): *Reading Lost* (London 2009), S. 139-158, hier S. 143.

„There's a genre audience that enjoys the mythology, but the broader audience wants to know more about the characters and the flashbacks and go back to the seminal events in their lives."[311]

Diese Einschätzung steht im Widerspruch zu den Ergebnissen einer von Jason Mittell und Jonathan Gray durchgeführten Online-Umfrage, in der sie die 150 teilnehmenden „Fans" nach ihrer Hauptmotivation die Serie anzusehen befragen. Hier stimmten 91% der Antwort „I want to discover the answers to the island's mysteries" zu, nur 38% gaben an, an den „relationships that exist or could form between characters" interessiert zu sein.[312] Wenn auch diese Umfrage, wenn überhaupt, dann repräsentativ nur für die Meinung im Internet aktiver, vermutlich überdurchschnittlich an einer Entschlüsselung der Mythologie interessierter *Lost*-Fans sein dürfte, so verweist sie doch auf ein sich von der Gewichtung durch die Autoren stark unterscheidendes Interesse der Zuschauer.

Dieses spiegelt sich auch in der Aufregung und Enttäuschung, die der Verdacht auslösen konnte, die Autoren wüssten womöglich selber nicht, worin die Geheimnisse und Zusammenhänge der erzählten Welt bestünden, diese seien vielmehr *made up as it goes along*.[313] Die Frage nach dem Improvisations-Charakter der Serie führte zeitweise zu einem regelrechten Skandal, angefeuert während der zweiten Staffel durch die Aussagen eines ehemaligen Autors, es habe nie einen Plan gegeben, und es existiere keine wirkli-

---

311 | Carlton Cuse in: Cotta Vaz, Mark: *The Lost Chronicles: The Official Companion Book* (London 2005), S. 55, zitiert nach: Pearson: *Chain of Events*, a.a.O., S. 143.

312 | Gray, Jonathan und Mittell, Jason: *Speculation on Spoilers: Lost Fandom, Narrative Consumption and Rethinking Textuality*, in: *Participations. Journal of Audience & Reception Studies*, Volume 4, Issue 1 (2007, URL siehe Verzeichnis).

313 | Bestens dokumentiert durch Askwith, Ivan : *‚Do you even know where this is going?': Lost's Viewers and Narrative Premeditation*, in: Pearson: *Reading Lost*, a.a.O., S. 159-180.

che Erklärung oder tiefere Bedeutung der Geschehnisse.[314] Diese Aussage hat sich für mich, wie ich noch ausführen werde, mit dem Ende der Serie bestätigt, und auch die im Rahmen dieser Arbeit zitierten Aussagen der Hauptautoren weisen in diese Richtung. Hier scheint das zentrale Geheimnis, ähnlich wie im Falle von *Twin Peaks*, nicht zuletzt eine Gelegenheit darzustellen, um im Rahmen fragwürdiger Ereignisse und einer offen-endigen und immer komplexer werdenden Suche nach Erklärungen, die Reaktionen, Interaktionen und Beziehungen der Charaktere zu erzählen.[315] Hierin besteht, auch in Hinblick auf die Beweglichkeit dieser Erzählweise, tatsächlich eine gewisse Nähe zur Soap Opera.

In dieser *Kombination*, d.h. im Verfolgen einer offenen, in erster Linie an den Charakteren und deren Reaktionen interessierten Erzählweise im Rahmen einer teleologischen, scheinbar lösungsorientiert auf ein konkretes Ziel hin ausgerichteten Mystery[316]-Struktur, lässt sich zugleich eine Grundeigenschaft des phantastischen

314 | Vgl. Edwards, G.: *The Secrets of Lost*, in: *Rolling Stone* (New York, Oktober 2005).

315 | Dies beschreibt auch Jason Mittell: „*Lost*'s ludic, enigma-driven approach to storytelling turned out to be less central than typically thought. Instead, the series was about how flawed people could establish relationships and a community to discover themselves and others. The mythology was the backdrop for this human drama, and it provided much fun for fans to puzzle out over six seasons; however, ultimately the mysteries of the island were not designed to be answered, but rather to facilitate the character arcs and maximize *Lost*'s entertainment value.“ (Mittell: *Complex TV*, a.a.O., Kapitel *Ends*, Paragraph 23).

316 | „Mystery“ benutze ich hier wie auch im gesamten Text in der ursprünglichen, englischsprachigen Bedeutung, also (das Geheimnis in) Krimi- oder Detektiv-Geschichten bezeichnend, nicht im Sinne des deutschen Scheinanglizismus *Mystery*, welcher eine kaum näher eingegrenzte populäre Spielart rätselhafter *Fantasy*-Erzählungen bezeichnet und zum Teil auch zur Bezeichnung der hier besprochenen phantastischen Strukturen Verwendung findet.

Erzählens wiedererkennen: Wie wir wissen, unterscheidet sich für Todorov die phantastische von der Kriminal/Detektiv-Geschichte (*Murder Mystery*) im Wesentlichen dadurch, dass die Betonung im Kriminalroman auf der „Lösung des Rätsels" liege, und ein solches letztlich geliefert werde, während phantastische Erzählungen vielmehr die „Reaktionen, die dieses Rätsel hervorruft"[317] thematisierten, um dann letztlich ohne Auflösung zu enden.

Auch Todorov stellt also der von ihm untersuchten Struktur die geschlossene Form der *Murder Mystery* gegenüber, welche, wie er schreibt, in gewisser Weise das „Gegenteil" der Phantastik darstelle.[318]

Jenseits dieser unterschiedlichen Gewichtung und der Existenz bzw. Nicht-Existenz einer Auflösung besteht jedoch zugleich eine grundlegende Gemeinsamkeit und Nähe beider Formen in der lösungsorientierten Ausrichtung und der dadurch zentralen Funktion der *Spannung*, durch welche sämtliche Elemente der Erzählung jeweils eine scheinbare Bedeutung erhalten und im Sinne einer Erklärungsfindung aufgeladen und gedeutet werden.

Todorov spricht diesbezüglich von einer „strukturale[n] Verwandtschaft" zwischen „Kriminalroman" und „fantastischen Texten", einer „Ähnlichkeit die es hervorzuheben" gelte[319], und verdeutlicht dies anhand der aus der teleologischen Ausrichtung beider Formen hervorgehenden „irreversiblen Temporalität" der Erzählung.[320] Auch in der Phantastik sei, „wenn man vorzeitig das Ende einer solchen Erzählung erfährt, [...] das ganze Spiel verdorben, denn der Leser" könne dann „den Identifizierungsprozess nicht mehr Schritt für Schritt vollziehen." Dies sei „jedoch erste Bedingung des Genres."[321] Von daher verstehe sich auch, dass bei einer „zweiten Lektüre die Identifizierung nicht mehr möglich" sei: „Sie

317 | Vgl. Todorov: *Fantastische Literatur*, a.a.O., S. 47f.

318 | Todorov: *Fantastische Literatur*, a.a.O., S. 47f.

319 | Todorov: *Fantastische Literatur*, a.a.O., S. 48.

320 | Todorov: *Fantastische Literatur*, a.a.O., S. 82.

321 | Todorov: *Fantastische Literatur*, a.a.O., S. 81.

wird unweigerlich zur Meta-Lektüre: man enthüllt die Mittel des Fantastischen, statt seinem Charme zu unterliegen."[322] Auf den „Detektivroman" treffe dies „in noch verstärktem Maße" zu:

> „Da es dort ja eine Wahrheit zu entdecken gilt, haben wir es mit einer strenggefügten Kette zu tun, in der nicht das geringste Glied verschoben werden kann. Aus eben diesem Grunde, und nicht etwa aufgrund einer eventuellen schwachen Schreibweise, liest man Kriminalromane nicht noch einmal."[323]

Dem ist zuzustimmen. Während der Detektivroman/die Kriminalgeschichte aufgrund der schrittweise zu entdeckenden Wahrheit nur in einer Richtung (und nur einmal) rezipiert werden kann, ist es im Falle der Phantastik, in der letztlich keine zu entdeckende gültige Wahrheit existiert, der durch die *Suche* nach dieser Wahrheit ausgelöste „Identifizierungsprozess" (mit den Protagonisten und ggf. deren Unschlüssigkeit), welcher eine stufenweise Annäherung erforderlich macht und welcher gestört und zur „Meta-Lektüre" wird, „wenn man vorzeitig das Ende einer solchen Erzählung erfährt"[324] und somit, im Falle der Phantastik, weiß dass es letztlich keine wirkliche Auflösung geben wird.[325]

Eben diese nicht erfolgende Wiederherstellung einer Kohärenz und Auflösung der zuvor aufgebauten *Spannung* macht das Skandalpotential (und die beschriebene Genre-Inkompatibilität) des Phantastischen aus; auch hier stellt die Kombination der teleologischen und der offen-endig bleibenden Form einen offen bleibenden Widerspruch dar.

---

322 | Todorov: *Fantastische Literatur*, a.a.O., S. 81.

323 | Todorov: *Fantastische Literatur*, a.a.O., S. 82.

324 | Todorov: *Fantastische Literatur*, a.a.O., S. 81.

325 | Die Notwendigkeit einer stufenweisen Annäherung und der Unkenntnis des Endes speist sich insofern aus der gleichen Quelle wie die Genre-Inkompatibilität des Phantastischen: Sobald die Nichtexistenz einer Auflösung offenbar wird, „ist das ganze Spiel verdorben".

Die Herstellung einer solchen Spannung, welche immer, auch in klassischen Erzählformen, auf der Erzeugung von Erwartungen/Befürchtungen und auf der in der Regel temporären Vorenthaltung von deren Auflösung basiert, stellt insofern eine zentrale Funktion und zugleich Grundlage des Phantastischen dar, deren Erzeugung und Struktur ich im Folgenden, speziell in Hinblick auf phantastische, seriale und phantastisch-seriale Erzählungen näher untersuchen werde.[326]

Distorsion, Spannung und Serialität

Roland Barthes beschreibt im Rahmen seines Versuches, die Struktur der klassischen[327] Erzählform aufzuschlüsseln, die Spannungserzeugung als auf einem Prozess des Verteilens und Vorenthaltens von Informationen und Sinn basierend, den er als „Distorsion und Expansion“ bezeichnet.[328]

326 | Auch Todorov bezeichnet das Schaffen und Erhalten von Spannung als eine der zentralen „Funktionen, [...] die das Fantastische im Werk hat“ (Todorov: *Fantastische Literatur*, a.a.O., S. 84). Im Rahmen seiner diesbezüglichen Ausführungen geht Todorov jedoch kaum auf die spezielle, aufschiebende Struktur des phantastischen Erzählens ein, und beschränkt sich darauf, die „Funktionen des Übernatürlichen innerhalb des Werks“ (ebd., S. 144) zu betrachten: „Das Übernatürliche bewegt, erschreckt oder hält den Leser in Spannung“ (ebd., S. 144), und stellt zudem „das narrative Material“ dar, welches „aufs beste die präzis bestimmte Funktion ausfüllt, eine Modifikation der vorhergehenden Situation herbeizuführen und das etablierte Gleichgewicht (oder Ungleichgewicht) zu durchbrechen“ (ebd., S. 147). Hierdurch erlaube es „eine besonders gedrängte Organisation der Handlung“, und erhalte somit die Spannung (ebd., S. 84).

327 | Jenseits dieser klassischen Form beginne die Kunst der „narrativen Überschreitung.“ (Barthes, Roland: *Das semiologische Abenteuer* (Frankfurt am Main 1988), S. 154).

328 | Barthes: *Das semiologische Abenteuer*, a.a.O., S. 131.

Grundsätzlich und indem er sich auf die Linguistik bezieht, unterteilt er die verschiedenen Beschreibungsebenen einer Erzählung in eine Hierarchie von aufeinander bezogenen Instanzen, wobei deren Elemente nur dann funktionieren, wenn sie sich in die jeweils nächsthöhere Ebene integrieren lassen, so wie auch ein Phonem „erst am Sinn teil" hat, „wenn es in ein Wort integriert ist; und das Wort selbst muß sich in den Satz integrieren."[329] Durch diese Integration ergibt sich der jeweilige *Sinn* der Erzähl-Elemente, hierdurch sind sämtliche Elemente miteinander verbunden, gleichermaßen hat jedes Teil einer Erzählung unweigerlich eine Funktion:

„In der Ordnung des Diskurses ist alles Erwähnte per definitionem erwähnenswert: sollte ein Detail unweigerlich bedeutungslos erscheinen und sich hartnäckig gegen jede Funktion sperren, so erhielte es letztlich dennoch die Bedeutung des Absurden oder des Nutzlosen: Entweder ist alles sinnvoll oder nichts. Anders ausgedrückt könnte man sagen, daß es in der Kunst kein Rauschen (im informationstheoretischen Sinn) gibt: sie ist ein reines System, keine Einheit geht je in ihr verloren, so lang, so locker und so zart der Faden auch sein mag, der sie mit den Ebenen der Geschichte verknüpft."[330]

Jede Erzähl-Einheit hat somit eine erzählerische Aufgabe. Diese kann einerseits darin bestehen, Personen, Handlung, Ort oder Zeit zu charakterisieren – hier spricht Barthes von *Indizien* – oder als *Funktion* eine erzählerische *Sequenz* zu eröffnen:

„Der Kauf eines Revolvers korreliert mit dem Augenblick, in dem man ihn benutzen wird (benutzt man ihn nicht, so kehrt sich die Anmerkung um und wird zum Zeichen des Zauderns usw.); das Abheben des Telefonhörers korreliert mit dem Augenblick, in dem man ihn auflegen wird; das Auftauchen des Papageis im Haus von Félicité [in Flauberts *Ein schlichtes Herz*] korreliert mit der Episode des Ausstopfens, der Anbetung usw."[331]

329 | Barthes: *Das semiologische Abenteuer*, a.a.O., S. 107.
330 | Barthes: *Das semiologische Abenteuer*, a.a.O., S. 109f.
331 | Barthes: *Das semiologische Abenteuer*, a.a.O., S. 111.

Diese, von Barthes als *Funktionen* bezeichneten, miteinander korrelierenden Elemente unterteilt er wiederum in *Kardinalfunktionen* (auch *Kerne*) und *Katalysen*. Kardinalfunktionen bilden die „Scharniere der Erzählung“, die Katalysen ‚füllen‘ nur den narrativen Raum, den Abstand zwischen den Scharnier-Funktionen“.

„Kardinal wird eine Funktion allein dadurch, daß die Handlung, auf die sie sich bezieht, eine für den Fortgang der Geschichte folgentragende Alternative eröffnet (aufrechterhält oder beschließt), kurz, daß sie eine Ungewißheit begründet oder beseitigt; wenn an einer Stelle der Erzählung ‚das Telefon klingelt‘, so ist es gleichermaßen möglich, zu antworten oder nicht zu antworten, wodurch die Geschichte unweigerlich in zwei verschiedene Richtungen vorangetrieben wird. Hingegen lassen sich zwischen zwei Kardinalfunktionen immer Zusatznotationen anbringen, die sich um den einen oder anderen Kern ballen, ohne deren alternativen Charakter zu modifizieren: Der Raum, der ‚das Telefon klingelte‘ und ‚Bond hob ab‘ voneinander trennt, kann durch eine Fülle von Kleinstgeschehen oder Kleinstbeschreibungen gesättigt werden: ‚Bond begab sich zu seinem Schreibtisch, nahm den Hörer ab, legte seine Zigarette weg‘ usw. Diese Katalysen bleiben funktionell, insofern sie in Korrelation zu einem Kern treten, aber ihre Funktionalität ist abgeschwächt, einseitig, parasitär: Es handelt sich hier um eine rein chronologische Funktionalität (man beschreibt den Raum zwischen zwei Momenten der Geschichte), während in dem Band, das zwei Kardinalfunktionen miteinander verknüpft, eine zweifache, sowohl chronologische als auch logische Funktionalität am Werk ist: die Katalysen sind bloß konsekutive Einheiten, die Kardinalfunktionen sind gleichzeitig konsekutiv und konsequentiell.“[332]

„[L]ogische Folge[n] von Kernen, die miteinander durch eine Relation der Solidarität verknüpft sind”, bezeichnet Barthes als Sequenzen. „Die Sequenz wird eröffnet, wenn eines ihrer Glieder keinerlei

332 | Barthes: *Das semiologische Abenteuer*, a.a.O., S. 112f.

solidarische Prämisse besitzt, und geschlossen, wenn ein anderes ihrer Glieder kein aus ihm folgendes mehr besitzt."[333]

Da die Kardinalfunktionen „die Risikomomente der Erzählung"[334] darstellen, bilde auch jede Sequenz „eine *bedrohte logische Einheit*"[335]:

„Es mag lächerlich erscheinen, die logische Folge der winzigen Akte beim Anbieten einer Zigarette (anbieten, annehmen, anzünden, rauchen) als Sequenz aufzufassen; doch an jedem dieser Punkte eröffnet sich eine Alternative und damit die Freiheit des Sinns: Du Pont, der Auftraggeber von James Bond, bietet ihm mit seinem Feuerzeug Feuer an, aber Bond lehnt ab; der Sinn besteht darin, daß Bond eine gefährliche technische Spielerei wittert."[336]

333 | Barthes: *Das semiologische Abenteuer*, a.a.O., S. 118.

334 | Barthes: *Das semiologische Abenteuer*, a.a.O., S. 113.

335 | Hans Zimmermann vertritt, indem er sich auf das Barthesche Modell bezieht, die Ansicht, Phantastik entstehe im Grunde stets durch (mikro-)sequentielle Lücken: „Wenn in der Kette einer Sequenz ein Glied ausgelassen wird, tritt das Unwahrscheinliche ein, denn als wahrscheinlich im Erzählablauf gilt die Abfolge der gesamten Sequenz." Dies verdeutlicht er am Beispiel der Sequenz eines Telefonanrufs, aus der jeweils eine Funktion entfernt wird: „Der Hörer wird aufgehoben und am anderen Ende ist der Partner schon am Apparat, ohne daß gewählt wurde. Oder der Hörer hebt sich hoch, ohne daß unser Held ihn in die Hand nahm." (Zimmermann, Hans Dieter: *Trivialliteratur? Schema-Literatur!* (Stuttgart 1982), S. 108, zitiert nach Durst: *Theorie...*, a.a.O., S. 242) Diesen Ansatz übernimmt Uwe Durst und wendet ihn auf etliche weitere wunderbare Erscheinungen an: So ließen sich etwa plötzliche Metamorphosen als lückenhafte Vertauschungs-Sequenzen betrachten; Sequenzen, in denen Gespenster durch verschlossene Türen schweben, wurden um das Glied „Tür öffnen" gekürzt; etc. (vgl. Durst: *Theorie...*, a.a.O., S. 242 ff. sowie S. 393f.).

336 | Barthes: *Das semiologische Abenteuer*, a.a.O., S. 119.

Jede für sich abgeschlossene Sequenz stellt wiederum eine Einheit dar, die als *Mikrosequenz* selbst wieder Teil einer größeren Sequenz sein kann, usw. (vgl. Abb. 7).

Abbildung 7: Barthes Darstellung einer Hierarchie von (Mikro-) Sequenzen am Beispiel der ersten Episode von Ian Flemings Roman Goldfinger *(London 1959)*

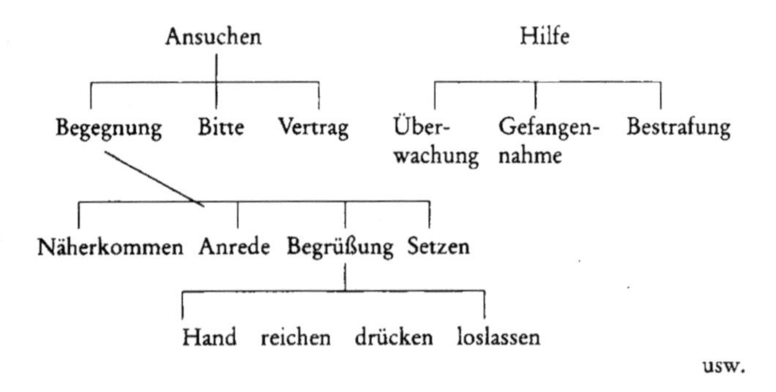

Diese Sequenzen bilden übergeordnete Handlungen, werden durch einen oder mehrere ihnen gemeinsame *Aktanten* (handelnde Personen) zusammengehalten und schließlich durch die Instanz der Narration selbst, durch einen Erzähler und eine Erzählsituation, zu einer Einheit geführt.

„Eine Funktion erhält nur insofern Sinn, als sie sich in die allgemeine Handlung eines Aktanten eingliedert; und diese Handlung erhält ihren letzten Sinn aufgrund der Tatsache, dass sie erzählt, einem Diskurs mit seinem eigenen Code anvertraut wird."[337]

337 | Barthes: *Das semiologische Abenteuer*, a.a.O., S. 108.

Durch diese Integration der Elemente in die jeweils ranghöhere Ebene ergibt sich der *Sinn* einer Erzählung. Der „Sinn" liegt hierbei also „nicht ‚am Schluss' der Erzählung; er durchströmt sie."[338]

Die Eigenschaft oder „Fähigkeit" der Erzählung, „die Zeichen", und deren Integration in eine sinnhafte Einheit „über die ganze Geschichte auszudehnen" bezeichnet Barthes als *Distorsion* (ihre Ausdehnung als *Expansion*).[339] Wiederum in Anlehnung an die Linguistik beschreibt er die Distorsion als Verteilung des Signifikats auf mehrere Signifikanten, „die getrennt liegen und jeder für sich unverständlich bleiben."[340]

Aus dieser Verteilung ergibt sich die Spannung als „Spiel mit der Struktur", als „eine privilegierte, oder wenn man lieber will, zugespitzte Form der Distorsion:"

> „Zum einen hält sie (durch emphatische Verfahren des Aufschubs und der Wiederaufnahme) eine Sequenz offen, verstärkt dadurch den Kontakt zum Leser (Zuhörer) und besitzt offenkundig eine phatische Funktion; zum anderen setzt sie ihn einer unvollendeten Sequenz aus, einem offenen Paradigma (falls, wie wir glauben, jede Sequenz zwei Pole besitzt), das heisst einer logischen Störung, und diese Störung wird mit Angst und Lust aufgenommen (zumal sie letzten Endes immer behoben wird)[...]"[341]

Hier sind wir an einem entscheidenden Punkt angelangt: Genau diese „zugespitzte Form der Distorsion" findet sich noch weiter zugespitzt im serialen Erzählen, da hier die Sequenz über die Betrachtungseinheit der Einzelepisode hinaus offen gehalten wird, und nochmals stärker zugespitzt im phantastischen Erzählen, da hier die Störung letzten Endes grade *nicht* behoben wird und als logische Störung bestehen bleibt.

338 | Barthes: *Das semiologische Abenteuer*, a.a.O., S. 108.
339 | Barthes: *Das semiologische Abenteuer*, a.a.O., S. 131.
340 | Barthes: *Das semiologische Abenteuer*, a.a.O., S. 132.
341 | Barthes: *Das semiologische Abenteuer*, a.a.O., S. 133.

Beide Formen, die des serialen und die des phantastischen Erzählens, machen sich die Distorsion gleichermaßen zunutze, bzw. vielmehr das, was dieser „Fähigkeit" (Barthes[342]) zu Grunde liegt: den Glauben an die einem Sinn zulaufende Kausalität einer jeweiligen Erzählung, „die Verwechslung von zeitlicher Folge und logischer Folgerung", welche Barthes als „die treibende Kraft der narrativen Aktivität" bezeichnet, aufgrund derer „das Nachfolgende in der Erzählung als *verursacht von* gelesen wird":

„[...] die Erzählung wäre in diesem Fall die systematische Anwendung des in der Scholastik unter der Formel *post hoc, ergo propter hoc* [etwa: ‚zeitliche Abfolge, folglich kausale Abfolge'] angeprangerten logischen Irrtums, der durchaus der Wahlspruch des Schicksals sein könnte, dessen ‚Sprache' die Erzählung im Grunde ist; besorgt wird dieses ‚Zerreiben' der Logik und der Zeitlichkeit durch das Gerüst der Kardinalfunktionen."[343]

Diese, von Uwe Durst auch als „literarischer Bedeutungswahnsinn"[344] bezeichnete, abergläubische Erwartung geht aus eben jener traditionellen Bedeutsamkeit jedes einzelnen Erzählelementes hervor, sie bedingt gleichermaßen das Funktionieren der Distorsion und bildet somit eine Grundlage des Erzählens. Hierdurch wird, wie Barthes schreibt, „alles Erwähnte per definitionem erwähnenswert"[345], und zwar auf allen Ebenen. So könne etwa ein Hinweis (Indiz) auf eine „gewittrige Sommernacht" als „Stimmungsindiz, das auf das schwüle, beklemmende Klima einer noch nicht bekannten Handlung verweist", gelesen werden, und auch jede Katalyse erwecke „ständig die semantische Spannung des Diskurses, sag[e] ständig: es gab, es wird Sinn geben".[346]

342 | Barthes: *Das semiologische Abenteuer*, a.a.O., S. 131.
343 | Barthes: *Das semiologische Abenteuer*, a.a.O., S. 113.
344 | Durst: *Theorie...*, a.a.O., S. 83, vgl. auch S. 79ff.
345 | Barthes: *Das semiologische Abenteuer*, a.a.O., S. 109.
346 | Barthes: *Das semiologische Abenteuer*, a.a.O., S. 114.

Im Rahmen der Ausformulierung einer Erzählung mit Katalysen besteht hierdurch die Möglichkeit, Ereignisse vorwegzunehmen, oder aber, „[d]a das Notierte immer notierenswert erscheint“[347], durch das Streuen irreleitender Elemente den Leser zu *verunsichern*. Besonders „der Kriminalroman“ mache „von diesen ‚verunsichernden Einheiten‘ großen Gebrauch.“[348] Somit kann durch den Einbau entsprechender Katalysen auf die Offenheit und Unsicherheit der Kardinalfunktionen, auf das *Risiko* einer jeweiligen Sequenz verwiesen werden, indem diese Katalysen die verschiedenen Möglichkeiten/Alternativen des Ausganges andeuten.

Auf diese Bedeutung der Katalysen, hier *satellites* genannt, verweist auch Seymour Chatman[349], der das Barthessche Modell anhand des folgenden Schaubilds verdeutlicht.

Die Quadrate am oberen Rand jedes Kreises (welcher eine untergeordnete Sequenz symbolisiert) stellen hier die Kardinalfunktionen/Kerne dar (bei Chatman als *kernels* übersetzt), welche mehrere Alternativen eröffnen. Während nicht verfolgte Möglichkeiten ins Abseits führen, führt die realisierte Linie zum nächsten *kernel*. Dieses Gerüst wird aufgefüllt mit *satellites* (Katalysen), durch Punkte symbolisiert. Während die sich auf der Linie befindenden *satellites* lediglich den Handlungsverlauf ausformulieren, stellen die sich nicht auf der Linie befindenden *satellites* vorausweisende oder rückblickende Elemente dar.

---

347 | Barthes: *Das semiologische Abenteuer*, a.a.O., S. 114.

348 | Barthes: *Das semiologische Abenteuer*, a.a.O., S. 140.

349 | Chatman, Seymour: *Story and Discourse. Narrative Structure in Fiction and Film* (New York 1980), insbesondere S. 43-95.

Abbildung 8: kernels *(Kardinalfunktionen) und* satellites *(Katalysen) in Chatmans Visualisierung des Barthesschen Modells*

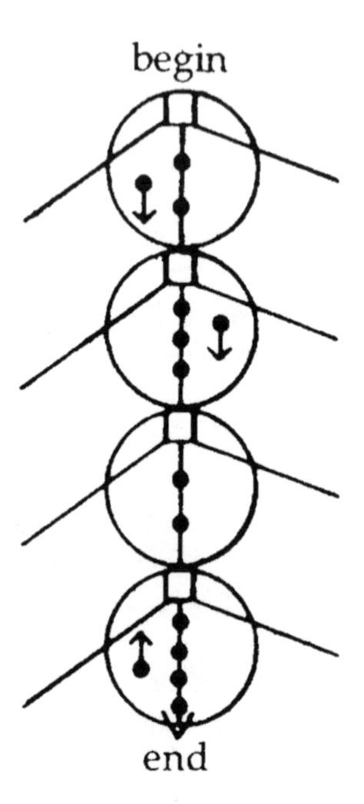

Auf Grund ihrer Fähigkeit zur Reflexion und Bezugnahme auf die Kardinalfunktionen spielen die Katalysen eine entscheidende Rolle bei der Erzeugung von Spannung, welche immer auf einer Einschätzung der Situation und der Erwartung kommender Ereignisse, Entwicklungen oder Erkenntnisse basiert.

Hierfür ist das *Risiko* dieser „Risikomomente der Erzählung"[350], als welche Barthes die Kardinalfunktionen bezeichnet hat, von essentieller Bedeutung. Wie Seymour Chatman hervorhebt, basiert

350 | Barthes: *Das semiologische Abenteuer*, a.a.O., S. 113.

insofern die Spannung einer Erzählung zwar immer auf der Vorwegnahme und Andeutung kommender Ereignisse. Umgekehrt habe jedoch nicht jede Vorwegnahme Spannung zur Folge; hierfür sei zusätzlich eine Bedrohung des/der Protagonisten erforderlich:

„[...] though suspense always entails a lesser or greater degree of foreshadowing, the reverse need not occur. Narratives may foreshadow in an unsuspenseful way. If no threat looms for the hero, the anticipatory satellite [Katalyse] may result in a more ‚normal' event, an event of ‚due course'. [...] There are, clearly, *un*suspenseful narratives."[351]

Diesen Aspekt der Gefahr hebt auch Hans J. Wulff hervor. Er betont zu Recht, dass diese hierbei nicht unbedingt in Form tatsächlicher Bedrohungen in Erscheinung treten müsse, es reiche bereits die *Möglichkeit* einer entsprechenden Entwicklung, die kurz bevorzustehen scheint:

„Dangers are brought into play as possibilities but not as actual developments. The danger is the ‚not yet' of a catastrophe or injury. The activity of anticipation reaches out to this state of ‚not yet' and tries to give it a more precise definition. What is the target for a given course of events? Which rule or law extends a given situation into other possible situations?"[352]

Es ist genau dieses *not yet*, welches im serialen Erzählen genutzt und auf die Spitze getrieben wird, um Spannung zu erzeugen und durch die Unterbrechung der Erzählung jeweils *unmittelbar davor*[353] gleichermaßen (Zeit-)Räume zu schaffen, in denen sich die evozierten Möglichkeiten und Erwartungen in der Vorstellung der Rezipienten entfalten können. Diese im Cliffhanger manifestierte Tradition des

351 | Chatman: *Story and Discourse*, a.a.O., S. 60.

352 | Wulff, Hans J.: *Suspense and the Influence of Cataphora on Viewers' Expectations*, in: Ders. u.a. (Hrsg.): *Suspense. Conceptualizations, Theoretical Analyses, and Empirical Explorations* (New Jersey 1996), S. 7.

353 | Vgl. von Glinski: *Imaginationsprozesse*, a.a.O., S. 321.

Abbrechens und Aufschiebens[354] beschreibt Wolfgang Iser anhand der Fortsetzungsromane des 19. Jahrhunderts und im Rahmen der Frage, warum diese Romane oftmals, wenn abschnittsweise bzw. in Fortsetzungen gelesen, eine größere Wirkung entfalten als am Stück, in ihrer Gesamtheit, rezipiert:

„Die Bedingung solcher Unterschiede [der Wirkung] gründet in der Schnitttechnik des Fortsetzungsromans. Er unterbricht im allgemeinen dort, wo sich eine Spannung gebildet hat, die nach einer Lösung drängt, oder wo man gerne etwas über den Ausgang des soeben Gelesenen erfahren möchte. Das Kappen bzw. das Verschleppen der Spannung bildet eine Elementarbedingung für den Schnitt. Ein solcher Suspens-Effekt aber bewirkt, daß wir uns die im Augenblick nicht verfügbare Information über den Fortgang des Geschehens vorzustellen versuchen. Wie wird es weitergehen? Indem wir diese und ähnliche Fragen stellen, erhöhen wir unsere Beteiligung am Vollzug des Geschehens. Dickens hat von diesem Sachverhalt gewußt, seine Leser wurden ihm zu ‚Mitautoren'."[355]

Neben diesem „recht schlichte[n], wenngleich sehr wirkungsvolle[n] Suspens-Effekt" beschreibt Iser weitere „Schnitttechniken". Eine „andere, häufig praktizierte Form, den Leser zu einer intensiveren Vorstellungstätigkeit zu veranlassen" bestehe etwa darin,

„mit einzelnen Schnitten unvermittelt neue Personen einzuführen, ja, ganz andere Handlungsstränge beginnen zu lassen, so daß sich die Frage nach den Beziehungen zwischen der bisher vertrauten Geschichte und den neuen, unvorhersehbaren Situationen aufdrängt. Daraus ergibt sich dann ein ganzes Geflecht möglicher Verbindungen, deren Reiz darin besteht, daß nun der Leser die unausformulierten Anschlüsse selbst herzustellen beginnt. Angesichts des temporären Informationsentzugs wird sich die Sug-

354 | Vgl. Weber/ Junklewitz: *To Be Continued...*, a.a.O., S. 111-131.

355 | Iser, Wolfgang: *Der Akt des Lesens* [1976] (München 1984), S. 297.

gestivwirkung selbst von Details steigern, die wiederum die Vorstellung von möglichen Lösungen mobilisieren."[356]

Die hier beschriebenen Verfahren und Effekte eines temporären Informationsentzuges lassen sich wiederum in Analogie zur Phantastik, und der ihr eigenen und zentralen Spannung betrachten: Auch das Phantastische „währt", wie wir wissen, „nur so lange wie die Unschlüssigkeit" (Todorov[357]). Während in der serialen Form dieser Informationsentzug in der Regel temporär ist, ein jeweiliges „Kappen bzw. [...] Verschleppen der Spannung" einer Episode darstellt (Iser[358]), endet das Phantastische bekanntlich ohne diese aufzulösen. Insofern ähnele die Phantastik, so Todorov weiter, der „Gegenwart [...] als bloße[r] Grenze zwischen Vergangenheit und Zukunft", und „die Unschlüssigkeit, die dafür charakteristisch ist", könne „ganz offensichtlich nur der Gegenwart angehören"[359], da sie ansonsten Gefahr laufe, ins Unheimliche (Erklärbare) oder Wunderbare (eigenen Gesetzmäßigkeiten folgende) umzuschlagen.

Als Möglichkeit zur Konservierung dieser gegenwärtigen Spannung plädiert Todorov bekanntlich dafür, „Teile des Werks für sich" zu betrachten und „das Ende der Erzählung provisorisch in Klammern [zu] setzen."[360] Eine Form – man könnte auch sagen die gängigste/verbreitetste Variante der hier vorgeschlagenen Handhabung und Aufrechterhaltung eines *not yet* – ist die beschriebene Schnitttechnik der serialen Form. Die Form, in der sich beide Ansätze verbinden, ist die seriale Phantastik.

---

356 | Iser: *Der Akt des Lesens*, a.a.O., S. 297.

357 | Todorov: *Fantastische Literatur*, a.a.O., S. 40, siehe auch S. 35 und 51f. in dieser Arbeit.

358 | Iser: *Der Akt des Lesens*, a.a.O., S. 297, siehe oben.

359 | Todorov: *Fantastische Literatur*, a.a.O., S. 41.

360 | Todorov: *Fantastische Literatur*, a.a.O., S. 41 (ausführliches Zitat siehe oben auf S. 52).

Suspense, Surprise und Curiosity

In Bezug auf die Spannung einer Erzählung hat sich in den Film- und Literaturwissenschaften die folgende grobe Unterteilung etabliert: Während Suspense (teilweise auch gleichbedeutend mit Spannung verwendet und so übersetzt) sich auf akute, *zukünftige* Ereignisse bezieht, bezeichnet Curiosity die Neugier in Bezug auf *vergangene*, bereits abgeschlossene Ereignisse. Surprise bezieht sich derweil auf eine überraschende, nicht mit der Einschätzung der jeweiligen Situation im Einklang stehende, *gegenwärtige* Wendung/ Erscheinung. Entsprechend basiert, vereinfacht ausgedrückt, Suspense auf der Vorwegnahme oder Andeutung von Informationen, Curiosity auf dem Vorenthalten von Informationen, und Surprise auf der Präsentation von unerwarteten, überraschenden Informationen. (Insofern entspricht der zweite von Iser beschriebene „Effekt" der Surprise- bzw. Curiosity-Struktur.) Allen drei Verfahren gemeinsam ist das Erzeugen von temporärer Unsicherheit und Erwartung im Rezipienten. In der Praxis lassen sich diese drei Typen kaum voneinander trennen. In der Regel treten sie gemeinsam auf und ergänzen, verstärken oder evozieren einander: Eine Suspense kann eine Surprise auslösen oder durch diese aufgeladen werden, diese wiederum kann eine Curiosity zur Folge haben, etc.[361] (Insbesondere Surprise und Curiosity lassen sich – wie ich finde – kaum getrennt voneinander betrachten.[362])

Besonders effektiv und dementsprechend verbreitet ist die Suspense-Struktur, innerhalb derer der Wissensvorsprung des Rezipienten dem jeweiligen Protagonisten gegenüber einen besonderen Reiz ausmacht. Diese Technik ist eng verbunden mit dem Namen Alfred Hitchcock, dessen Filme wesentlich auf diesem Prinzip

361 | Für die von mir englisch belassenen Begriffe *Curiosity*, *Surprise* und *Suspense* wähle ich den weiblichen Artikel.

362 | Vgl. Chatman: *Story and Discourse*, a.a.O., S. 59-63; vgl. ebenfalls Wulff: *Suspense*, a.a.O., S. 1-17.

basierten und der sie gegenüber der auf Curiosity und „mystification" basierenden „Whodunit"-Struktur klar bevorzugte:

„I've never used the whodunit technique, since it is concerned altogether with mystification, which diffuses and unfocuses suspense. It is possible to build up almost unbearable tension in a play or film in which the audience knows who the murderer is all the time, and from the very start they want to scream out to all the other characters in the plot, ‚Watch out for So-and-So! He's a killer!' There you have real tenseness and an irresistible desire to know what happens, instead of a group of characters deployed in a human chess problem."[363]

Die durch Suspense erzeugte „tenseness" ist nicht nur in der Regel stärker und weniger diffus, sie lässt sich auch, wie Cupchik beschreibt, im Vergleich zur Surprise-/Curiosity-Struktur sehr viel länger aufrechterhalten:

„A reader will experience surprise when an event is incongruous with expectations about what will happen in the story. The arousal in this case reflects disorientation and can be resolved when information is brought forward that resolves the uncertainty. Thus, rather than increasing over time, surprise reaches an immediate peak and diminishes over time as relevant information is adduced. [...] Suspense builds gradually over time in accordance with the author's manipulation of information and, hence, of uncertainty. Surprise is immediate and reflects a disorientation produced by the contrast between facts and expectations."[364]

---

363 | Alfred Hitchcock in: Martin, Pete: *Pete Martin Calls on Hitchcock*, in: Geduld, Harry (Hrsg.): *Film Makers on Film Making* (Bloomington 1971), zitiert nach Chatman: *Story and Discourse*, a.a.O., S. 59f.

364 | Cupchik, Gerald C.: *Suspense and Disorientation: Two Poles of Emotionally Charged Literary Uncertainty*, in: Wulff u.a. (Hrsg.): *Suspense. Conceptualizations*, a.a.O., S. 193.

In einer Gegenüberstellung beider Strukturen konkretisiert Cupchik die Wirkung der Suspense als Unsicherheit/*uncertainty*, die der Surprise dagegen als Desorientierung/*disorientation*:

„Uncertainty and disorientation would appear to be the operative constructs for suspense and surprise, respectively."[365]

Die Suspense-Struktur, welche darauf basiert „that we know what is going to happen [hier müsste es genauer heißen: was zu passieren *droht*], but we cannot comunicate that information to the characters, with whom we have come to empathize" (Chatman[366]), die also auf einem *Wissen* über bestimmte Geschehnisse und ihre Ursachen basiert, ist in den hier behandelten Serien – und allgemeiner auch im phantastischen Erzählen – äußerst selten, mehr noch: Sie steht im Widerspruch zum Phantastischen, und insbesondere der Bedingungen einer sehr eingeschränkten, sehr subjektiven Erzählperspektive, durch welche wir immer höchstens genau so viel wissen wie die handelnden Personen. Hierdurch wird stattdessen das Unwissen betont, und durch die Verbindung aus Curiosity und immer wieder neuen Surprise-Situationen, welche die bisher gesammelten Informationen und Ahnungen zunichte machen, eine Desorientierung der Rezipienten erzielt.

Dennoch wird im Phantastischen, unter Ausnutzung dieses Unwissens ein der Suspense ähnlicher Effekt erreicht, indem, wenn auch keine konkreten Vorabinformationen vorliegen, so doch eine Atmosphäre der Vorahnung erzeugt wird, durch die auch eigentlich nicht vorausdeutende Elemente als vorausweisend, als Vorzeichen einer diffusen, aber dennoch akut drohenden Gefahr gelesen werden. Ermöglicht wird diese Wirkung durch ein Zusammenspiel der – oben beschriebenen – sehr eingeschränkten, unwissenden Erzählperspektive mit jenem, dem Erzählen an sich innewohnenden, hier jedoch auf die Spitze getriebenen, alles umfassenden Pan-

365 | Cupchik, a.a.O.: S. 193.

366 | Chatman: *Story and Discourse*, a.a.O., S. 59.

determinismus und Aberglauben. Anders ausgedrückt, lässt sich das *tatsächliche* Mehrwissen um eine *reale* Bedrohung des Suspense-Modelles durch das *vermeintliche* Mehrwissen um eine *eingebildete, diffuse* Bedrohung substituieren, wodurch *sämtliche* Elemente einem bedrohlichen Determinismus anzugehören scheinen.

Entsprechend hängt das Funktionieren der serial-phantastischen Erzählweise entscheidend von der Erzeugung und Aufrechterhaltung eines plausibel erscheinenden und intensiv gefühlten (Pan)determinismus und Aberglaubens ab, dessen Bedeutung und Wirkungsweisen ich im Folgenden näher betrachten möchte.

Kausalität, Aberglaube und Phantastik

Bekanntlich besteht eine zentrale Eigenschaft der Phantastik in einer Unschlüssigkeit zwischen rationalen und wunderbaren Erklärungen. Der Widerspruch zwischen dem Glauben an eine alles bestimmende, übersinnlichen Macht (etwa die Macht des Schicksals) auf der einen, und einem wissenschaftlich rationalistischen Weltbild auf der anderen Seite stellt den klassischen thematischen Konflikt innerhalb phantastischer Erzählungen dar. Zugleich bildet der Aberglaube, die Evozierung eines Glaubens an verborgene Bedeutungen und Zusammenhänge, eine wesentliche Grundlage und Voraussetzung des funktionierenden phantastischen Erzählens selbst, sowie auch des Phantastischen als Rezeptionseffekt. Diesen Gedanken lohnt es sich zu vertiefen.

Wie wir wissen, betrachtet Barthes die Schicksalsgläubigkeit, die Tendenz, ein Nacheinander innerhalb einer Erzählung immer als ein „verursacht von“[367], als Kausalität zu lesen, als eine Grundlage der Distorsion und somit auch der Spannung sowie als eine Grundeigenschaft des Erzählens überhaupt. Diese Ansicht verdichtet Chatman zu der Aussage, „A narrative without a plot“ sei eine

---

367 | Vgl. Barthes: *Das semiologische Abenteuer*, a.a.O., S. 113.

„logical impossibility“[368], ein erzählerisches Nacheinander ohne Plot sei unmöglich, da der Leser jede Aneinanderreihung automatisch in einen Bedeutungszusammenhang überführe. Insofern unterscheide sich das Nacheinander eines „The king died and then the queen died“ von „The king died and then the queen died of grief“ nur durch

„degrees of explicitness at the surface level; at the deeper structural level the causal element is presented in both. The reader ‚understands‘ or supplies it; he infers that the king's death is the cause of the queen's. ‚Because‘ is inferred through ordinary presumptions about the world, including the purposive character of speech.“[369]

Das Gleiche stellt Balázs für den Film und die Filmrezeption fest. So könne der Zuschauer sein Sinnbedürfnis

„selbst dann nicht unterdrücken, wenn es sich zufällig einmal tatsächlich um sinnlos aneinander gereihte Bilder handelt. Die Sinngebung ist eine Urfunktion des menschlichen Bewusstseins. Nichts ist schwieriger, als an sich sinnlose Zufallserscheinungen vollkommen passiv zur Kenntnis zu nehmen, ohne dass unser Assoziationsbedürfnis, unsere Phantasie – wenn auch spielerisch – irgendeinen Sinn in jene Erscheinungen hineintragen dürfte.“[370]

Genau hieraus, bzw. aus der Unmöglichkeit einer Sinnbildung, bei gleichzeitiger Betonung der Existenz und Wichtigkeit einer Bedeutung, geht das Phantastische hervor; das zwanghafte Bestreben, Unzusammenhängendes in einen kausalen Bedeutungszusammenhang zu überführen, bildet die Grundlage des Phantastischen.

Das Phantastische entsteht also, wie auch Renate Lachmann schreibt, „aus der Sinnbindung des Zufalls, bzw. aus der Einbin-

368 | Chatman: *Story and Discourse*, a.a.O., S. 47.

369 | Chatman: *Story and Discourse*, a.a.O., S. 46.

370 | Balázs, Béla: *Der Film* [1949] (Frankfurt am Main 1980), S. 108f.

dung des Zufalls in eine Ordnung geht das Phantasma des Sinns hervor."[371] Das Phantastische basiere auf einem „Beziehungswahn", einer Art „Kausalitätsdenken, die als Manie bezeichnet werden kann, Kontingentes als geheimes Zeichen zu interpretieren und aus Wahrgenommenem und Halbwahrgenommenem Verknüpfungen herzustellen, um damit den geheimen Gründen und Verursachungen auf die Spur zu kommen."[372] Ausgelöst werde diese Tätigkeit in der Regel durch ein „unvermittelt eintretende[s], fremdartige[s] Ereignis", mit anderen Worten also durch einen Surprise-Moment. Diese „Brüskierung" des Erwartungshorizontes „führt zu einer Desautomatisierung der im Rahmen der erzählten Welt geltenden Interpretationsmechanismen. [...] Die Kunst der Phantasie usurpiert die Funktionen des Begründens und Planens, stellt künstliche (nie dagewesene) Verbindungen zwischen den Handlungen, zwischen den Ereignissen, zwischen den Erscheinungen und zwischen den Dingen her."[373]

Lachmann verweist in diesem Zusammenhang auf die Verwandtschaft dieses Beziehungswahnes und „phantasmatische[n] Detektivismus"[374] zu Verfolgungswahn und Paranoia.[375] Wie der Paranoiker lehne der Phantastiker „jeden Aspekt des Akzidentellen ab. Alles, was fremd erscheinen mag, wird, sobald die Fremdheit sich zeigt, als Teil einer hochgradig signifikanten Koinzidenz gedeutet."[376]

371 | Lachmann: *Exkurs*, a.a.O., S. 227.

372 | Lachmann: *Exkurs*, a.a.O., S. 226.

373 | Lachmann: *Exkurs*, a.a.O., S. 226; vgl. ebenfalls Lachmann: *Erzählte*, a.a.O., S. 132f.

374 | Lachmann: *Erzählte*, a.a.O., S. 138.

375 | Vgl. Lachmann: *Erzählte*, a.a.O., S. 138-144.

376 | Lachmann: *Erzählte*, a.a.O., S. 140f. Hier bezieht sie sich auf Freud, Sigmund: *Zur Psychopathologie des Alltagslebens*, in: *Gesammelte Werke*, Band 4 (London 1955). Auf selbigen Text beziehen sich ebenfalls Durst (vgl. *Theorie...*, a.a.O., S. 272f.) und Todorov (vgl. *Fantastische Literatur*, a.a.O., S. 144).

Ähnlich basiert das Phantastische auch für Todorov auf dem Pan-Determinismus, einer „verallgemeinerte[n] Kausalität, die die Existenz des Zufalls nicht gelten lässt und statt dessen behauptet, dass zwischen allen Fakten direkte Beziehungen bestehen, wenn uns diese im Allgemeinen auch entgehen."[377] Dem Aberglauben und der hier beschriebenen kausalitätsstiftenden bzw. -behauptenden Wirkung kommt insofern eine für die Phantastik – und speziell in der offen-endig angelegten Form der serialen Phantastik – besondere Wichtigkeit zu: Jeder Zufall lässt sich so als Resultat einer Kausalität/Gesetzmäßigkeit darstellen und interpretieren, die wir, aufgrund der Begrenztheit unserer Perspektive, bloß (noch) nicht verstehen.[378] Aberglaube, „der nichts anderes ist als der Glaube an den Pan-Determinismus"[379], führt dazu, dass, wie Todorov schreibt, „[a]lles, bis hin zum Zusammentreffen verschiedener Kausalreihen (sprich: ‚Zufall') [...] im vollen Sinne des Wortes seine Ursache" zu haben scheint, „selbst wenn diese nur übernatürlicher Ordnung sein kann."[380]

Diese Ansicht vertritt auch Uwe Durst, betont allerdings, dass es sich hier um kein „auf phantastische und wunderbare Texte begrenztes Kuriosum" handelt. Vielmehr werde der „literarische Pandeterminismus [...] in phantastischer Literatur besonders hervorgekehrt" und somit bloßgelegt.[381] Diesen Aspekt werde ich im nun folgenden Kapitel erörtern.

377 | Todorov: *Fantastische Literatur*, a.a.O., S. 144.

378 | Auch von Glinski attestiert etwa dem Kafkaschen Erzähler der *Beschreibung eines Kampfes* zurecht einen „Verfolgungswahn": „Wie absichtsvoll steigert der Erzähler sich in seine Befürchtungen hinein: er inszeniert seine Paranoia." (von Glinski: *Imaginationsprozesse*, a.a.O., S. 32).

379 | Todorov: *Fantastische Literatur*, a.a.O., S. 144.

380 | Todorov: *Fantastische Literatur*, a.a.O., S. 100.

381 | Durst, *Theorie...*, a.a.O., S. 233.

Das Phantastische als Thematisierung der Mechanismen des Erzählens

„Die Literatur ist abergläubisch“, schreibt Uwe Durst.

> „Aufgrund ihres Strukturcharakters ist diese Eigenschaft nicht auf einzelne Texte beschränkt, sondern als grundsätzliche Bedingung literarischer Realität zu akzeptieren, da eine Struktur definitionsgemäß nicht zufällige, sondern stets notwendige Beziehungen zwischen ihren Elementen herstellt. Kein Teil des Gefüges kann verändert werden, ohne daß dies Konsequenzen für das gesamte Geflecht nach sich zöge. Dieser Bedeutungswahnsinn wird vom Leser als sinnerfüllte Welt erlebt, in der alles eine deutende Funktion besitzt [...]“[382]

Es sei daher „ein Merkmal literarischer Realität, Kausalzusammenhänge zu schaffen, die in der naturwissenschaftlichen Welt“ nicht existierten, „wie auch die schwarze Katze in der Vorstellung des Abergläubigen auf magische Weise zugleich Vorzeichen und Ursache das Unglücks ist.“

Hierbei betont er, diese Feststellung treffe „in gleichem Maße für Texte zu, die Todorov als ‚rational‘ bezeichnen würde.“[383] Den beschriebenen (Aber)glauben an die „implizite[n] Vordeutungen, die der Text dem Leser anbietet“, bezeichnet er als „textlich angelegte Strukturen der Hellseherei“[384], und auch darüber hinaus sieht er das Wunderbare noch in etlichen weiteren, gebräuchlichen Eigenschaften der erzählenden Literatur am Werk. So seien etwa „Auslassungen und Sprünge in Zukunft und Vergangenheit der erzählten Welt“ im Grunde nichts anderes als „eine Form der Zeitreise, und H.G. Wells’ berühmte Science Fiction-Erzählung *The Time Machine*“ zeige „im Grunde nur die technische Motivierung einer grundsätzlichen Fähigkeit der Literatur, die den Leser rasch zu zeit-

382 | Durst, *Theorie...*, a.a.O., S. 83.

383 | Durst, *Theorie...*, a.a.O., S. 84.

384 | Durst, *Theorie...*, a.a.O., S. 81.

lich entfernten Punkten der Handlung führt."[385] Auch der „Typus des allwissenden Erzählers, der in die Köpfe der Figuren hineinsieht und ihre Gedanken und Gefühle ausplaudert", sei eine Form der „Gedankenleserei[en]", und „die entsprechende Figur des *Telepathen*, etwa im Bereich der Science Fiction" sei als „Motivierung eines bekannten (aber unmotivierten) literarischen Verfahrens begreifbar."[386] Diese Betrachtungen bringen ihn zu der Feststellung:

„Zeitreisen, Telepathie, Hellseherei, Magie: Es ist eine grundlegende Eigenschaft des Erzählens, sich über die Naturgesetze hinwegzusetzen. [...] Angesichts dieser Wunder ist es abwegig, zu glauben, die Literatur des Wunderbaren sei wunderbarer als die übrige Literatur. Vielmehr handelt es sich um unterschiedliche Grade der Offensichtlichkeit, d.h. der Bloßgelegtheit des Wunderbaren[...]."[387]

Für Durst besteht in dieser, die wunderbaren Strukturen und Verfahren der Literatur bloßlegenden, Eigenschaft der Phantastik ihre eigentliche Funktion und Relevanz. Vor allem durch die Zuspitzung, Hervorhebung und Thematisierung des Pandeterminismus und Bedeutungswahnsinns in der Literatur komme der Phantastik eine „evolutionäre Bedeutung [...] für das ganze Feld der erzählenden Literatur" zu.[388]

„Die Phantastik, die die Kausalität der Koinzidenz thematisiert, potenziert ein allgemeines narratives Gesetz und legt es bloß, weil sie das konventionalisierte Wunderbare, das es enthält, ausdrücklich in Worte faßt."[389]

---

385 | Durst, *Theorie...*, a.a.O., S. 79.
386 | Durst, *Theorie...*, a.a.O., S. 80.
387 | Durst, *Theorie...*, a.a.O., S. 86f.
388 | Durst, *Theorie...*, a.a.O., S. 233.
389 | Durst, *Theorie...*, a.a.O., S. 233f.

Insofern, und „im Sinne der Formalisten", sei die Phantastik daher „mit einigem Recht als Parodie der Literatur zu bezeichnen."[390] Hier bezieht sich Durst auf die Verwendung des Parodie-Begriffes etwa durch Viktor Sklovskij und Jurij N. Tynjanov als „Bloßlegung automatisierter Verfahren"[391], mit dem Ziel ihrer Entautomatisierung und Zurückgewinnung.[392] „Die Wirkung der Parodie hat dialektischen Charakter, denn sie zerbricht nicht nur die reguläre Norm, sie macht sie zugleich bewußt".[393]

Während bereits das Wunderbare in den genannten Tropen („Zeitreisen, Telepathie, Hellseherei, Magie"[394]) eine „Strategie der Entautomatisierung" darstelle, komme dem Phantastischen „eine zusätzliche, parodistische Bedeutung zu, da das [phantastische] Nichtsystem die Trope nur innerhalb seines W-Anteils gültig werden läßt, ihr aber im R-Anteil diese Gültigkeit vorenthält."[395] Insofern sei es grade die „Infragestellung pan-deterministischer Kausalität im Systemkampf"[396], durch welche die Entautomatisierung ihre intensivierende Wirkungskraft beziehe. Vor allem „die Verweigerung einer kohärenten erzählten Welt" hebe als „Provokation literarischer Traditionen" den „literarischen Bedeutungswahnsinn als notwendige, wunderbare Komponente jedes Erzählens" hervor, und mache diesen somit offensichtlich.[397] Hierdurch wird laut Durst „sich die Literatur ihrer selbst bewußt, betrachtet sich in

390 | Durst, *Theorie...*, a.a.O., S. 234.

391 | Durst, *Theorie...*, a.a.O., S. 382.

392 | Durst bezieht sich auf: Sklovskij, Viktor: *Die Auferweckung des Wortes* [1914], in: Stempel, Wolf-Dieter (Hrsg.): *Texte der russischen Formalisten*, Band 2 (München 1972), S. 3-17; sowie Tynjanov, Jurij N.: *Dostojevskij und Gogol (Zur Theorie der Parodie)* [1921], in: Striedter, Jurij (Hrsg.): *Russischer Formalismus* (München 1988), S. 301-371.

393 | Durst, *Theorie...*, a.a.O., S. 383.

394 | Durst, *Theorie...*, a.a.O., S. 86.

395 | Durst, *Theorie...*, a.a.O., S. 381. W steht hier für *wunderbar*, R für *regulär*.

396 | Durst, *Theorie...*, a.a.O., S. 387.

397 | Durst, *Theorie...*, a.a.O., S. 393.

ihrer Künstlichkeit und entdeckt das Vorhandensein der eigenen, irrationalen, rein innerliterarischen und bedeutungswahnsinnigen Gesetze."[398] Das Phantastische sei somit „introspektiv", das „eigentliche Thema der phantastischen Literatur" sei nichts anderes als „die Literatur selbst."[399]

Wenn ich auch der Meinung bin, dass Durst in seiner Überbetonung dieses Aspektes der Thematisierung und (Meta-)Reflexion literarischer Funktionsweisen und etwa der Behauptung eines generell *gleichen* Maßes an Wunderbarkeit in literarischen Werken („Konsequenterweise kann Madame Bovary kein höherer Wirklichkeitswert beigemessen werden als einem Grimmschen Märchen."[400]) etwas über das Ziel hinausschießt, so teile ich doch seine Sicht des Phantastischen als Überspitzung, Entautomatisierung und Thematisierung der Mechanismen und Bedingungen des Erzählens. Wie ich im Folgenden zeigen und an Beispielen erläutern werde, lässt sich in diesem Sinne auch die seriale Phantastik als Thematisierung, Überspitzung und Parodie sowohl des *serialen* (mit den Mitteln des Phantastischen) als auch des *phantastischen* Erzählens (mit den Mitteln des Serialen) beschreiben, wodurch die Mechanismen beider Erzählweisen bloßgelegt, entautomatisiert und somit künstlerisch nutzbar gemacht werden.

---

398 | Durst, *Theorie...*, a.a.O., S. 387.

399 | Durst, *Theorie...*, a.a.O., S. 387.

400 | Durst, *Theorie...*, a.a.O., S. 87.

4. Phantastische Serien – Ausformungen und Besonderheiten

Pandeterminismus und Indeterminismus: seriale Phantastik als Spiel mit der Kohärenzerwartung

Der Konflikt zwischen Schicksals- bzw. Aberglauben und rationaler Weltsicht ist, wie wir festgestellt haben, nicht nur das zentrale Thema der Phantastik, sondern gleichzeitig stellt der Aberglaube auch eine Grundlage des phantastischen Erzählens selbst dar, als Bedingung, von der das Funktionieren der Erzählung entscheidend abhängt. Indem es diese Bedingung auf die Spitze treibt und mitunter bloßlegt, thematisiert/parodiert das Phantastische vor allem diesen Mechanismus des Erzählens, und nicht selten auch konkreter die Frage nach zielgerichteter Schicksalhaftigkeit oder aber Zufälligkeit und letztlicher Sinnlosigkeit der jeweiligen Erzählung selbst.[401]

Derartige fiktionsinterne Thematisierungen der erzählerischen Konstruktion führen etwa in *Lost* zu einer bemerkenswerten Parallelisierung der Rezipienten mit den Protagonisten der Erzählung, welche sich gleichermaßen die Frage stellen, ob die Geschehnisse,

401 | Vgl. Lachmann: *Erzählte*, a.a.O., S. 144: „Es gibt etliche Texte der klassischen Phantastik (oder solche, die mit Phantasmen arbeiten), die den Zufall nicht nur syntaktisch, durch Diskontinuität des narrativen Verlaufs, und semantisch, durch Isotopiebruch, einsetzen, sondern ihn auch thematisieren."

denen sie *über Jahre* serial ausgesetzt waren, letztlich einen Sinn ergeben oder ob alles vergeblich gewesen sein könnte.

Die scheinbar ins Wunderbare verschobene Welt, mit der sich die Protagonisten in *Lost* nach einem Flugzeugabsturz konfrontiert sehen, stellt ein *unausformuliert wunderbares* System dar: Die unerklärlichen Ereignisse sind zunehmend eindeutig als wunderbar einzustufen, die dahinter stehenden Gesetzmäßigkeiten und Bedeutungen bleiben verborgen, und die Suche nach selbigen treibt die Protagonisten, die Erzählung und das Zuschauerinteresse gleichermaßen an. Hierbei sind die sich gegenüberstehenden Positionen, die rationale und die schicksals-/wundergläubige Weltsicht, auf die Positionen und Einstellungen der Protagonisten verteilt, insbesondere auf den ehemals querschnittsgelähmten, auf der Insel plötzlich laufenden John Locke als *man of faith* und den Arzt Jack Shephard als *man of science*. Während Jack verzweifelt versucht, das Geschehen im Rahmen einer rationalen Sichtweise zu bewältigen, wähnt sich Locke einem großartigen, offensichtlich übernatürlichen System auf der Spur. Beide Positionen verwandeln sich im Laufe der Serie in ihr jeweiliges Gegenteil. Jack und seine Entwicklung entspricht hierbei dem, was Renate Lachmann in Bezug auf die Erzählerrolle in der phantastischen Literatur folgendermaßen beschreibt:

> „Der Erzähler kann z.B. die Aufklärung repräsentieren, bzw. bestimmte aufklärerische Positionen in Bezug auf Aberglauben, nicht überprüfbare Phänomene, nicht allgemein akzeptierte neue Wissenszweige usw. beziehen, er kann aber gleichzeitig ein in geheimes Wissen skeptisch Eingeweihter sein. Oft ist der Erzähler als eine Figur entworfen, die aufklärerische Positionen allmählich aufzugeben gezwungen ist, weil die Evidenz der ungewöhnlichen Erscheinungen erdrückend ist. Damit ist der Erzähler nicht nur Repräsentant des Normalwissens, sondern unterliegt, wenn auch zögernd, der Faszination, die das durch geheimes Wissen Verheißene darstellt.“[402]

402 | Lachmann: *Exkurs*, a.a.O., S. 228.

Dem gegenüber steht Locke, der zunächst quasi erleuchtet und voller Überzeugung die Sache des wunderbaren Zusammenhanges vertritt und der dann zunehmend feststellen muss, dass auch ihm der Sinn und die Kontrolle unweigerlich entgleiten. Am Ende ist es Jack, der verzweifelt an einer Bedeutung der Geschehnisse festhält, während John resigniert vom Glauben abgefallen ist. In diesen beiden Positionen spiegeln sich zugleich die opponierenden Einstellungen der Rezipienten. Der Widerspruch zwischen *man of faith* und *man of science* verlagerte sich im Laufe der Serie zunehmend in Richtung der Frage, ob die Geschehnisse überhaupt irgendeinen Sinn haben und hatten, und zwar sowohl serienintern als auch extern, auf Seiten der Zuschauer. Genau dies, und auch die serieninterne Personifizierung dieser Positionen beschreibt Damon Lindelof, einer der beiden Hauptschreiber der Serie:

„The paradigm has shifted from that [dem Widerspruch zwischen *man of faith* und *man of science*] to, were we brought here for a very specific reason, and what is that reason? Locke is now the voice of a very large subset of the audience who believes that when *Lost* is all said and done, we will have wasted six years of our lives, that we were making it up as we went along, and that there's really no purpose. And Jack is now saying, ‚the only thing I have left to cling to is that there's got to be something really cool that's going to happen, because I have really, really fucking suffered.'"[403]

Es handelt sich hier um eine Thematisierung grundlegender Erzählmechanismen, in diesem Fall des Bedeutungswahns und des Pandeterminismus, welche zunehmend überspitzt, von den Protagonisten und Rezipienten in Frage gestellt und somit bloßgelegt werden.[404]

403 | Damon Lindelof in: Pearlstein: *The Island Paradox*, a.a.O.

404 | Vgl. hierzu den Kommentar der Journalistin Emily Nussbaum: „It was a hit series about the difficulties of finding an ending to a hit series." (Nussbaum, Emily: *A Dissappointed Fan Is Still a Fan: How the Creators*

Hierbei resultiert die Desillusionisierung vor allem aus der zunehmenden Anzahl der begonnenen, dann aber ins Leere laufenden oder nicht weiterverfolgten Stränge[405], was die Zuschauer, analog zu den Protagonisten, an der immer wieder beschworenen Kohärenz und Sinnhaftigkeit zweifeln ließ. Zu diesen Zweifeln führte etwa die offen bleibende Frage nach der Bedeutung einer immer wieder auftauchenden Nummernkombination, welche einst einem der Protagonisten (Hurley) einen unheilvollen Lottogewinn beschert hatte und die sich später etwa auf der Luke eines unterirdischen Labors wiederfand oder als Aktenzeichen des Verfahrens gegen die Protagonistin Kate in Erscheinung trat. Entsprechend enttäuscht reagierten die Zuschauer auf das frühe und erstaunlich offene Eingeständnis Lindelofs, diese scheinbar bedeutsame Frage niemals beantworten zu wollen:

> „I think that that question will never, ever be answered. I couldn't possibly imagine [how we would answer that question]. We will see more ramifications of the numbers and more usage of the numbers, but it boggles my mind when people ask me, ‚What do the numbers mean?'"[406]

Äußerungen wie diese führten zu den anfangs bereits erwähnten Reaktionen der Zuschauer, was von den Autoren mit dem Verweis auf die beschriebenen Produktionsbedingungen von Fernsehserien beantwortet wurde, insbesondere auf den Umstand, dass im ame-

---

of Lost Seduced and Betrayed Their Viewers, in: *New York Magazine*, May 28, 2010).

405 | Im Netz finden sich entsprechend etliche Auflistungen offen gebliebener Fragen, siehe etwa: http://lostpedia.wikia.com/wiki/Unanswered_questions_by_episode, sowie http://www.spiegel.de/kultur/tv/ende-der-letzten-lost-staffel-welche-raetsel-wurden-wie-geloest-a-696571.html, zuletzt abgerufen am 21.8.2013.

406 | Damon Lindelof in: Ausiello, Michael: *Ask Ausiello* (15.11.2006), zitiert nach: Askwith: *‚Do you even know where this is going?'*, a.a.O., S. 163.

rikanischen Fernsehen eine Serie in der Regel so lange am Leben gehalten wird, wie sie erfolgreiche Einschaltquoten generiert, was ein gezieltes Vorausplanen eines Serienendes unmöglich mache:

„The reality is that Carlton, myself, J.J. [Abrams], the creative brains behind the *Lost* universe, we could all band together and say, ‚We're ending the show after three seasons because thats the arc. They get off the island, and we reveal all the things we want to reveal.' And the network would say, ‚No, you won't.' They will hire somebody and do *Lost*, with or without [us]."[407]

Wie bereits beschrieben, führt diese Situation zur Bevorzugung offen-endig organisierter Erzählstrukturen oder zumindest solcher „narrative worlds that are able to sustain themselves for years rather than closed narrative plans created for a specific run" (Mittell[408]).

Als ein Mittel zur Ausdehnung einer Erzählung hat Umberto Eco in Bezug auf Comic-Serien wie *Superman* den wiederholten Wechsel der Zeitebenen beschrieben und als *Loop*-Struktur bezeichnet:

„We find a variation of the series in the structure of the flashback: we see, for example, some comic-strip stories (such as *Superman*) in which the character is not followed along in a straight line during the course of his life, but is continually rediscovered at different moments in his life, obsessively revisited in order to find there new opportunities for new narratives. [...] In topological terms, this subtype of the series may be defined as a

407 | Damon Lindelof in: O'Hare, Kate: *The Journey of ‚Lost'* (8.1.2006), zitiert nach: Askwith: *‚Do you even know where this is going?'*, a.a.O., S. 167.

408 | Mittell: *Complex TV*, a.a.O., Kapitel *Complexity in Context*, Paragraph 27 (ausführliches Zitat siehe oben auf S. 86).

> *loop*. Usually the loop series comes to be devised for commercial reasons: it is a matter of considering how to keep the series alive [...]"[409]

Auch die exzessive Nutzung des Zeitebenen-Wechsels in *Lost* kann wohl als Mittel der Expansion gesehen werden. Diese Möglichkeit wird dermaßen auf die Spitze getrieben, dass auch hier von einer *Thematisierung und Sichtbarmachung* der Mechanismen des Erzählens gesprochen werden kann, in diesem Fall u.a. des Zeitebenen-Wechsels sowie auch der (sonst üblicherweise endgültigen) Entscheidung zwischen alternativen Handlungsentwicklungen. *Lost* erzählt auf etlichen, sich gegenseitig beeinflussenden Zeitebenen, zunächst in der gewohnten Form von Rückblicken in die Vergangenheit der Protagonisten; hinzu kommt ab der dritten Staffel die Fähigkeit einzelner Protagonisten in die Zukunft zu blicken, ab der vierten die Erzählebene der Zukunft (*Flashforwards*), ab der fünften die Möglichkeit durch die Zeit zu reisen, und in der sechsten Staffel schließlich eine *Flashsideways* genannte Parallelrealität,

Abbildung 9: „Sorry about the unexpected bumps, folks!" (Jack lauscht der Durchsage des Piloten nach dem nichterfolgten Flugzeugabsturz in der Flashsideways*-Parallelrealität von* Lost*)*

409 | Eco, Umberto: *The Limits of Interpretation* (Bloomington 1994), S. 86.

welche alternative Handlungsentwicklungen verfolgt: Hier ist das Flugzeug nie abgestürzt (Abb. 9).

Nicht zuletzt diese Zeitsprünge und -reisen führen auch dazu, dass die behauptete Kohärenz im Laufe der Serie immer unwahrscheinlicher wird und vor allem immer schwerer zu überblicken ist, so dass ein Expertenwissen notwendig scheint, um sich die jeweiligen Zusammenhänge zu vergegenwärtigen. Dies verschreckte/frustrierte einen Großteil der Zuschauer zunehmend, während für andere grade das Sammeln und Austauschen von Expertenwissen und Thesen sowie die detektivische Suche nach versteckten Querverbindungen und Bedeutungen einen wesentlichen Reiz der Serie ausmachte. Letztere Zuschauergruppe organisierte sich vor allem im Internet in etlichen *Lost*-Spezialseiten, allen voran *Lostpedia*[410], auf denen bis heute auch noch dem kleinsten Hintergrund-Detail bzw. möglichen Anagrammen und Anspielungen nachgegangen wird, in der Hoffnung auf weitere Auflösungen des Puzzles. In derartigen Auswüchsen, sprich einer massiven Ausweitung des „phantasmatischen Detektivismus" (Lachmann[411]) auf Seiten der Zuschauer, zeigen sich auch hier die beschriebenen verschwörungstheoretischen Tendenzen, die das Phantastische auszulösen im Stande ist. Das Modell der Verschwörungstheorie scheint sich generell, wohl auch durch die Fähigkeit zur medienübergreifenden Zuschauermobilisierung, in jüngster Zeit zu einem beliebten Modell des serialen Erzählens entwickelt zu haben.[412] Hierfür spielte

410 | http://lostpedia.wikia.com.

411 | Lachmann: *Erzählte*, a.a.O., S. 138, siehe auch S. 121 in dieser Arbeit.

412 | Dies beschreibt etwa Thomas Weber anhand der Serien *Lost*, *24* und *Alias*, vgl. Weber, Thomas: *Verschwörungstheorien als dramaturgisches Modell neuerer Medienproduktionen*, in: Meteling, Arno u.a. (Hrsg.): *The Parallax View. Zur Mediologie der Verschwörung* (München 2011); vgl. auch Brinker, Felix: *Hidden Agendas, Endless Investigations, and the Dynamics of Complexity: The Conspiratorial Mode of Storytelling in Contemporary American Television Series*. in: *aspeers 5* (Leipzig 2012), S. 87-109.

nicht zuletzt *Twin Peaks* eine Vorreiterrolle: Auch *Twin Peaks* mobilisierte, wie kaum eine Serie zuvor, die verschwörungstheoretischen Aktivitäten der Zuschauer, welche sich dabei erstmals in einer frühen Form des Internets (*Usenet*) organisierten.

In seiner Untersuchung dieser frühen Form des „Forensic Fandom" (Mittell[413]), beschreibt Henry Jenkins gleichermaßen den Verdacht, das Ganze könne *made up as it goes along* sein, als zentrale und zunehmende Befürchtung der „Fans":

> „What they feared most was that Lynch might be simply improvising the scripts as he went along, that there was no master plan within which all the bits of data could be reassembled; that there was no answer to the puzzle they were all brainstorming to solve [...]"[414]

So wie *Lost* zunächst von einer scheinbar klassischen Abenteuer-Situation ausgeht (Überlebende auf einer einsamen Insel), beginnt auch *Twin Peaks* als klassische Whodunit/Mystery-Serie. Ziemlich bald, spätestens ab Episode drei, wird jedoch deutlich, dass es hier wohl um mehr als einen einfachen Kriminalfall geht und nicht nur die Eulen nicht das sind, was sie zu sein scheinen. In dieser phantastischen Atmosphäre der Instabilität und Unschlüssigkeit, wird vermeintlich alles zum Zeichen, und hierfür braucht es, anders als bei *Lost*, kaum spektakuläre Begebenheiten, keine Eisbären im Dschungel oder riesige Statuen mit vier Zehen. Hier entspringt das Phantastische vielmehr einer Entautomatisierung des Blickes auf eine der unsrigen nicht unähnliche Welt, und entspricht somit der Beschreibung des Phantastischen durch Jean Paul Sartre, als fremden Blick auf die vertraute Welt, welche nunmehr in einem anderen, „fremdartigen Licht" erscheint.[415] Diese Atmosphäre, diese Rezep-

413 | Vgl. Mittell: *Complex TV*, a.a.O., Kapitel *Orienting Paratexts*.

414 | Jenkins, Henry: *„Do You Enjoy Making the Rest of Us Feel Stupid?": alt.tv.twinpeaks, the Trickster Author, and Viewer Mastery*, in: Lavery, David: *Full of Secrets: critical approaches to Twin Peaks* (Detroit 1995), S. 64.

415 | Sartre, a.a.O., S. 103.

tionsweise erzeugt Lynch etwa durch immer wieder eingestreute isolierte Betrachtungen scheinbar banaler, hierdurch von ihrer ursprünglichen Bedeutung befreiter und phantastisch aufgeladener Objekte und Ansichten (Abb. 10). Wie Ralfdieter Füller schreibt, bieten diese Objekte „ein Sinnversprechen, das aber niemals eingelöst wird. Sie sind für sich genommen völlig gewöhnlich, werden aber bei Lynch zu magischen Objekten".[416]

Abbildung 10: Isolierte Betrachtung einer Ampel in Twin Peaks

Hierin erkennt Füller zu Recht eine Bloßlegung des narrativen Pandeterminismus[417]: Durch ihre „‚unproduktive' Isoliertheit" legen

416 | Füller, Ralfdieter: *Fiktion und Antifiktion. Die Filme David Lynchs und der Kulturprozeß im Amerika der 1980er und 90er Jahre* (Trier 2001), S. 160.

417 | Zugleich scheint Füller der phantastische Charakter/die phantastische Qualität der Serie zu entgehen, so etwa, wenn er an anderer Stelle kritisiert, Lynch gelinge „es nur sehr bedingt, einen konkreten Gegenentwurf" und „tragfähige Alternativen" zu entwerfen; beispielsweise sei die *Schwarze Hütte* „zwar ein wichtiges intrinsisches Strukturelement der Serie, für diese Bilder „jenes Verfahren der Herstellung von Sinn in filmischen Fiktionen offen, nach dem alles Gezeigte und speziell alles Betonte zwangsläufig auch einen Sinn haben muß."[418] Dies gelte speziell im Rahmen einer als Detektivgeschichte determinierten Erzählung:

> „Grade weil sie [die Objekte] keine festgelegte Bedeutung mehr haben, dabei aber dennoch auf etwas Ungesagtes und Ungezeigtes zu verweisen scheinen, sucht der Zuschauer - zumal in einer Detektivgeschichte - umso intensiver nach ihrem Sinn."[419]

Jedes Ergebnis dieser Suche führt jedoch nur zu weiteren Fragen, „Niemals kann der Held oder der Zuschauer sicher sein, wirklich etwas entdeckt zu haben – weder Wahrheit noch Sinn. Immer besteht die Gefahr, daß, sobald etwas Wesentliches entdeckt wurde, es nur als Verkleidung für etwas noch Wesentlicheres dient".[420]

In diesem Zusammenhang wirkte die vom Sender geforderte Auflösung der zentralen Frage (*Who killed Laura Palmer?*) lediglich als Eliminierung des Aufhängers, anhand dessen sich die eigentlich interessanten Geheimnisse und Verwicklungen entsponnen hatten, welche es aber nunmehr, ohne den Rahmen einer klassischen In-

---

sich selbst betrachtet" ergebe sie „jedoch keinesfalls ein kohärentes Konstrukt von Welt" (Füller: *Fiktion und Antifiktion*, a.a.O., S. 162). Für eine Betrachtung phantastischer Elemente in David Lynchs Filmen bis inklusive *Lost Highway* siehe Schwarz, Olaf: *„The owls are not what they seem." Zur Funktionalität ‚fantastischer' Elemente in den Filmen David Lynchs*, in: Pabst, Eckhard (Hrsg.): *„A Strange World" Das Universum des David Lynch* (Kiel 1998), S. 47-68. Für eine den Aspekt des Phantastischen allerdings kaum vertiefende Betrachtung von *Twin Peaks* als phantastische Erzählung vgl. außerdem: Stevenson, Diana: *Family Romance, Family Violence, and the Fantastic in Twin Peaks*, in: Lavery: *Full of Secrets*, a.a.O., S. 70-81.

418 | Füller: *Fiktion und Antifiktion*, a.a.O., S. 160.

419 | Füller: *Fiktion und Antifiktion*, a.a.O., S. 160.

420 | Füller: *Fiktion und Antifiktion*, a.a.O., S. 162.

vestigation, nicht vermochten, die Aufmerksamkeit des Publikums in gleichem Maße zu fesseln. Die Erzählung verstrickte sich daraufhin immer tiefer in eine nun eindeutig wunderbare, jedoch für sich inkohärent bleibende Mythologie voller verwunschener Orte und Geisterwesen und wurde schließlich, nach weiteren 15 Folgen, aufgrund fallender Einschaltquoten abgebrochen.[421]

Eine verwandte verfrühte Auflösung des zentralen Geheimnisses findet sich in Lars von Triers *Riget*. Hier ist es die Frage nach der Existenz und Geschichte der geisterhaften Erscheinung eines kleinen Mädchens, der eine mit seherischen Fähigkeiten begabte Patientin nachgeht und schließlich auf den Grund kommt. Nach der Klärung dieser Frage, welche mit einer eindeutigen Verortung im Wunderbaren einhergeht, kippt die Erzählung einerseits in eine herkömmliche, wunderbare Mythologie – hier sind es Teufel, schwarze Messen und Wiederauferstehende – und wird andererseits zunehmend klamaukig und *unsinnig* (vgl. Abb. 11), was einen erneuten Spannungsaufbau erschwert, wie auch Lars von Trier selbst feststellte:

„Wenn die Satire überhand nimmt, ist es schwierig, die Horrorelemente überzeugend zu gestalten. *Geister* [*Riget*] 3 muss deshalb weitaus bösartiger sein. Der Film muss seine Gefährlichkeit zurückgewinnen."[422]

Offensichtlich hatte von Trier in der dritten Staffel außerdem vor, die vielen, mehr noch als etwa in *Lost* oder *Twin Peaks* seifenopernhaft verwobenen Erzählstränge aufzulösen, ohne jedoch selber eine Vorstellung davon zu haben, wie dies gelingen könnte:

„Vor der dritten Staffel wartet eine Höllenarbeit auf uns. Es gibt dutzende von Strängen, die miteinander verflochten sind und irgendwie wieder auf-

421 | PS: Zur nach Abschluss dieser Untersuchung bekannt gewordenen Fortsetzung von *Twin Peaks* siehe Fußnote 27.

422 | Von Trier in: Björkman: *Trier über von Trier*, a.a.O., S. 160.

gelöst werden müssen. Das beste wäre, eine Bombe unter dem Krankenhaus zu legen und es in die Luft gehen zu lassen.“[423]

Hierzu sollte es nicht kommen. Zwar schrieb von Trier das Drehbuch für eine weitere, dritte Staffel der Serie, diese wurde jedoch, offiziell aufgrund des Todes mehrerer Darsteller, nie produziert. *Riget* bricht somit, ähnlich wie *Twin Peaks*, nach einer vorzeitigen Auflösung und einer enttäuschenden, ins Wunderbare und hier zudem Klamaukige abdriftenden zweiten Staffel unaufgelöst ab.

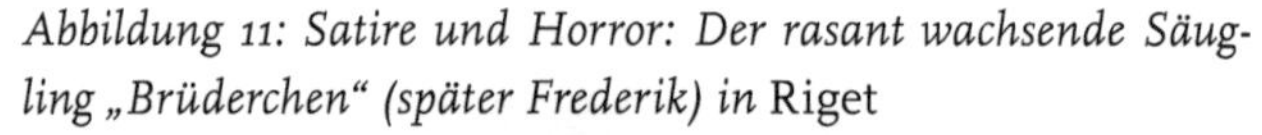

Abbildung 11: Satire und Horror: Der rasant wachsende Säugling „Brüderchen“ (später Frederik) in Riget

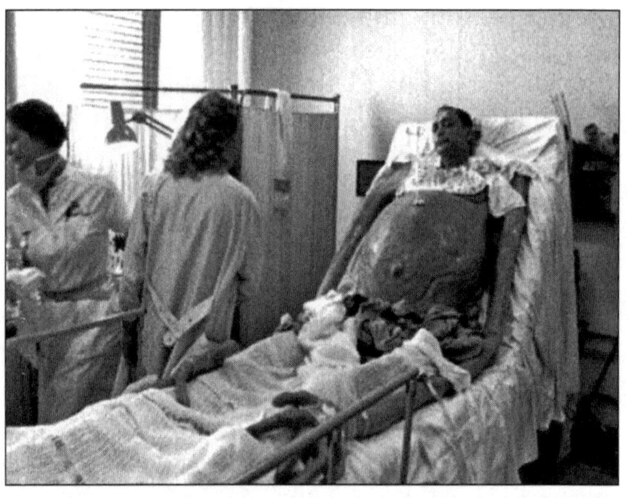

Auch wenn hier innerhalb der Erzählung keine wirklich zentrale Frage existiert bzw. diese vielmehr in der Leser-Frage: *Wie hängt das alles zusammen?* oder genauer: *Wie wird der Autor es schaffen, dies alles sinnvoll zusammenzuführen?* besteht, lässt sich auch im Falle

423 | Von Trier in: Björkman: *Trier über von Trier,* a.a.O., S. 150 (dieses Zitat ausführlicher oben auf S. 23).

von *Ed the Happy Clown* von einer vorzeitigen Auflösung sprechen. Begonnen als surrealistisch inspirierter Versuch[424], mehrere eigenständig entstandene und zum Teil bereits erschienene Einzelgeschichten zu einer zusammenzuführen, stellt *EtHC*, mehr noch als alle anderen hier angeführten Beispiele, seine offen-endig-improvisierende Entwicklung aus der Verbindung einzelner Teile offen zur Schau und macht diese Entstehungsweise selbst zum Antrieb und Reiz der Geschichte. Während jedoch der Surrealismus, etwa in der *écriture automatique*, seine Inkohärenz und völlige Freiheit zelebriert, bezieht im Gegensatz dazu Chester Brown hier seinen Antrieb aus dem Versuch, das Hervorgebrachte zu einer sinnvollen Geschichte auszugestalten. Insofern besteht in *EtHC* zwar kaum ein zentrales Geheimnis, sehr wohl aber die Frage nach den Regeln, denen das Wunderbare folgt, und – indem von Anfang an klar ist, dass wir hier einem Experiment *in Echtzeit* beiwohnen – die Frage, ob und wie der Autor es schaffen wird, in einem unzusammenhängenden narrativen Chaos derartige Regeln und Sinnzusammenhänge herzustellen.

Im Grunde war die Geschichte daher in dem Moment zu Ende geführt, als nach etlichen Rückblicken, Perspektivwechseln und multiperspektivischen Überschneidungen sämtliche Stränge – zwar völlig absurd und konstruiert, aber dennoch erstaunlich geschlossen – verbunden und motiviert worden waren, und die Narration schließlich mit dem neunten Heft (bzw. in der Graphic Novel dem siebten Kapitel) im Präsens ankommt (Abb. 12).

Insofern als hier der eigentliche Reiz von Anfang an in einer den Autor beobachtenden Meta-Lektüre lag, stellt *Ed the Happy Clown* einen Extremfall dessen dar, was Jason Mittell in Bezug auf Serien wie *Seinfeld, Curb Your Enthusiasm* oder *Arrested Development* als „operational aesthetic" beschreibt, „in wich the pleasure [is] less about ‚what will happen', and more concerning ‚how did he

424 | Vgl. Brown, Chester: *Notes*, in: *Ed the Happy Clown, a graphic-novel* (Montreal 2012), S. 205-208.

Abbildung 12: Gegen Ende des sechsten Kapitels von Ed the Happy Clown*: Alle Stränge sind zusammengeführt, und trotzdem geht es weiter*

do that'".[425] Auch innerhalb dieser Serien werden die Plotlines zunächst getrennt begonnen, und ein wesentlicher Reiz für die Zuschauer liegt in der Frage, durch welche absurden Entwicklungen

425 | Mittell: *Complex TV*, a.a.O., Kapitel *Complexity in Context*, Paragraph 40. Hier übernimmt er ein von Neil Harris geprägtes Konzept: „This es den Autoren diesmal gelingen wird, die Stränge zusammenzuführen:

„*Seinfeld* typically starts out its four plotlines seperately, leaving it to the experienced viewer's imagination as to how the stories will collide with unlikely repercussions throughout the storyworld. [...] The viewers of such complex comedies as *Seinfeld* and *Arrested Development* focus not only on the diegetic world offered by the sitcoms, but also revel in the creative mechanics involved in the producers' abilities to pull off such complex plot structures[...]“[426]

Auch hier werden die Mechanismen des Erzählens, in diesem Fall auch im engeren Sinne „parodistisch“, offengelegt und zur zentralen Attraktion der Erzählung.

„There is a degree of self-consciousness in this mode of plotting, not only in the explicit reflexivity offered by these programs (like *Seinfeld*'s show-within-a-show or *Arrested Development*'s winking acknowledgement of television techniques like product placement, stunt casting, and voice-over narration), but also in the awareness that viewers watch complex programs in part to see ‚how will they do it?'. [...] We watch these shows not just to get swept away in a realistic narrative world (although that certainly happens), but also to watch the gears at work, marveling at the craft required to pull off such narrative pyrotechnics.“[427]

---

set of pleasures evokes an influential concept offered by Neil Harris in his account of P.T. Barnum: Harris suggests that Barnum's mechanical stunts and hoaxes invited spectators to embrace an ‚operational aesthetic', in wich the pleasure was less about ‚what will happen?' and more concerning ‚how did he do that?'“

426 | Mittell: *Complex TV*, a.a.O., Kapitel *Complexity in Context*, Paragraph 39-40.

427 | Mittell: *Complex TV*, a.a.O., Kapitel *Complexity in Context*, Paragraph 40.

Diese operationale Ästhetik entfällt in *EtHC* ab der besagten Stelle, da nunmehr keine relevanten Lücken in Bezug auf die Vergangenheit und die Zusammenhänge mehr bestehen. Der Effekt dieses Wegfalls gleicht dem beschriebenen Effekt vorzeitig aufgelöster Mysterien. Die Handlung schreitet von nun an, in weiteren zehn

Abbildung 13: Familienalltag und Identitätsvertauschungen in einer später gestrichenen Szene von Ed the Happy Clown *(*Yummy Fur, *Heft 14)*

zunehmend uninspirierten Episoden, mehr oder weniger linear vorwärts in ein nun immer stärker an herkömmlichen Fantasy-Welten (Vampire, Außerirdische, Frankenstein usw.[428]) orientiertes,

428 | Diese herkömmlich-wunderbaren Wesen (sowie auch Werwölfe) waren zwar schon am Anfang von *EtHC*, in einer der Ausgangsgeschichten (*Ed and the Beanstalk*) erstmals in Erscheinung getreten, spielten dann jedoch ab dem „Ersten Kapitel" keine Rolle mehr.

später ins Seifenopern-artige kippendes Realitätssystem (Abb. 13), um schließlich relativ abrupt zu enden.[429]

Auch *Lost* wurde zu Ende geführt, und hier gelang es den Autoren sogar – durch die beschriebene temporale Verworrenheit der Erzählung, durch eine Ausweitung der zentralen Frage sowie durch die Streuung immer neuer Surprise-Momente und Hinweise – das Gefühl eines *not yet*, also die Erwartung einer kurz bevorstehenden Auflösung, bis zum Ende mehr oder weniger aufrecht zu erhalten.

Dieses Ende vermochte allerdings auch hier keine Einheit zu stiften, da sämtliche Verbindungen, Vorzeichen und Verweise letztlich im Nichts enden, bzw. lediglich auf*einander* verweisen, ohne darüber hinaus etwas daran ändern zu können, dass ein befriedigender Sinnzusammenhang, eine *Auflösung*, die diese Bezeichnung verdienen würde, bis zum Schluss ausbleibt und dass Fragen nach der Bedeutung oder etwa der Motivation der antagonistischen Kräfte unbeantwortet bleiben. So wissen wir am Ende etwa, dass der schwarze Rauch der verwandelte Bruder von Jacob ist, dass die Insel eine Quelle beheimatet, deren Wasserstand das Gute auf Erden bedingt, und dass die Eisbären scheinbar von der *Dharma Initiative* importiert wurden. Warum das so ist, und was das Ganze bedeuten soll, erfahren wir jedoch nicht. Im Rahmen des unausformuliert wunderbaren Systems *Lost* führt jede Aufdeckung scheinbar nur zu noch komplexeren Fragen und größeren Geheimnissen.

Die abschließende, lange erwartete ‚Auflösung' stellt dementsprechend kaum mehr als ein leeres narratives Ritual dar: So wie im Verlauf der Serie überall exzessiv Kausalzusammenhänge behauptet wurden, wird am Ende, nach sechs Staffeln, welche unter anderem die bezeichnenden Namen *Everything happens for a reason*

429 | Chester Brown verortet das „‚natural' end" der Erzählung im Ende der zwölften *Yummy Fur* Ausgabe, und entsprechend endet das leicht veränderte *Definitive Ed Book* etwa an dieser Stelle. „I began to realize that the story had come to its ‚natural' end in *Y-F* # 12 and that I was keeping it artificially alive in the subsequent issues." (Brown, Chester: *Notes*, in: *Ed the Happy Clown, a graphic-novel* (Montreal 2012), S. 242).

(Season 2, vgl. Abb. 6) und *Destiny calls* (Season 5) trugen, auch die Auflösung und schicksalhafte Fügung der Ereignisse lediglich behauptet und in Form einer Zusammenführung der Charaktere zu einer von Pathos triefenden *move on*-Zeremonie in einer Kirche in Hollywood inszeniert (Abb. 14).[430] Diese Auflösung besteht, wendet man das Barthessche Schema an, lediglich in einer Zusammenführung der Handlung auf der Aktanten-Ebene. Eine Integration der zahlreichen verwobenen Handlungsstränge auf der darüberliegenden Sinnebene bleibt aus, und eine Auflösung aus der Geschichte heraus scheint tatsächlich auch kaum möglich.

Abbildung 14: Das finale Zusammentreffen der Protagonisten (links im Bild: Jack und Locke) in der letzten Folge von Lost

Die Tatsache, dass, wie eingangs beschrieben, innerhalb der Erzählung die Kohärenzerwartung und Konstruktionsweise thematisiert wurden und dass die operationale Ästhetik auch hier mittlerweile einen Hauptreiz der Serie ausmachte, hatte zuvor bei einigen Zuschauern und auch bei mir die Erwartung geweckt, den Autoren schwebe ein Ende der Erzählung auf einer die eigene Konstruiert-

430 | Diese Situation stellt im Grunde nichts anderes dar als die kirchliche Auflösung einer dysfunktional gewordenen und nicht mehr zu klärenden Beziehung, eine Segnung des *move on* (Trennung und Neubeginn) aller Beteiligten.

heit thematisierenden Meta-Ebene[431] vor, was schließlich allerdings ausblieb.[432]

Wie ein solches Ende gelingen kann, werde ich im Folgenden etwas ausführlicher (und ausführlicher bebildert) am Beispiel *Like a Velvet Glove cast in Iron* betrachten.

Wie im Falle von *Twin Peaks* bildet auch hier eine recht konventionelle und greifbare Ausgangsfrage, die Suche des Protagonisten Clay nach seiner verschwundenen (Ehe)frau, die Grundlage der Erzählung. Über die Frau, die Beziehung, sowie auch über den Protagonisten selbst erfahren wir im Grunde kaum etwas, die „zentrale Frage" dient vielmehr auch hier als eine Art MacGuffin, um uns in die Geschichte hineinzuziehen, so wie auch Clay in erster Linie das fast völlig passive Medium darstellt, durch dessen Augen der Autor die erzählte Welt erkundet.[433] Mit ihm werden die Leser durch eine (alp)traumhafte Aneinanderreihung von Situationen und Erschei-

431 | Als extremstes Beispiel einer serienauflösenden Meta-Ebene kann wohl das Ende der Serie *St. Elsewhere* (Deutsch: *Chefarzt Dr. Westphall*, Joshua Brand und John Falsey, USA 1982-1988) gelten, in der sich in der letzten Szene herausstellt, dass die gesamte erzählte Welt der Phantasie des autistischen Sohnes des Protagonisten (Tommy Westphall) entspringt, welcher in eine Schneekugel starrt (vgl. Mittell: *Complex TV*, a.a.O., Kapitel *Orienting Paratexts*, Paragraph 18).

432 | Hierbei spielte stets auch die These eine Rolle, die gesamte Serie stelle einen Traum oder auch eine Art kollektive Todes-Vision (bzw. Vorhölle) der Opfer des Flugzeugabsturzes dar. Auch das Finale wurde vielfach in dieser Weise gedeutet.

433 | Vgl. von Glinski: *Imaginationsprozesse*, a.a.O., S. 300. Vgl. auch die folgende Interview-Aussage Clowes': „[...] I didnt really think of the characters as true characters; I thought of them more as these chess pieces that go through these situations. And then, by the end, they became real characters to me." (Daniel Clowes 2001 im Interview mit Rudy Lementhéour, in: PLG#37 (2002), in: Parille: *Daniel Clowes*, a.a.O., S. 115).

nungen getrieben/gezogen, vom eigentlichen Anliegen abgelenkt[434] und geraten in immer neue Anliegen und Verwicklungen. Hierbei ging Clowes, wie bereits anfangs beschrieben, bewusst planlos vor:

„You see, when I did *Lloyd Llewellyn* [Titel und Protagonist der vorherigen, kürzeren Geschichten Clowes'] I was very conscious of structure. So when I started doing the *Velvet Glove* story my idea was to try to abandon all that and do it very naturally, and sort of make it up as it went along. And that was sort of a fun exercise. It was very freeing to some extend."[435]

Diese Improvisations-Übung, welche ursprünglich lediglich drei Episoden umfassen sollte, entwickelte ihre eigene, zunächst ungeplante Dynamik, „took on a life of its own after a couple of issues"[436], und führte schließlich auch zu einem Plan des weiteren Verlaufes und Endes.[437] „Well after about the third episode" äußerte Clowes in einem Interview, „I pretty much knew where I was going."[438]

Mit zunehmender Kenntnis des weiteren Handlungsverlaufes verlässt Clowes ab der vierten Episode nach und nach die begrenz-

---

434 | So spielt etwa die Suche nach der Frau schon etwa ab S. 19 zunächst keine Rolle mehr, und wird erst 27 Seiten später, auf S. 46 (bzw. S. 6 der dritten Episode) nach einem *recap* in Form einer Erinnerung Clays wieder aufgenommen.

435 | Daniel Clowes 1996 im Interview mit Dave Howard, in: *Don't Touch Me* #6 (1996), in: Parille: *Daniel Clowes*, a.a.O., S. 61.

436 | Daniel Clowes 1999 im Interview mit Austin English, in: *Indy Magazine* (1999), in: Parille: *Daniel Clowes*, a.a.O., S. 88 (ausführliches Zitat siehe oben auf S. 14f., Fußnote 21).

437 | „It's impossible to do something like that with seven episodes without getting all these ideas for what could happen, so I mean I could take it one of many different ways, but I've got a pretty set idea of where it's going." (Daniel Clowes 1999 im Interview mit Todd Hignite, in: *Lowbrow* #1 (1991), in: Parille: *Daniel Clowes*, a.a.O., S. 29).

438 | Daniel Clowes 1996 im Interview mit Dave Howard, in: *Don't Touch Me* #6 (1996), in: Parille: *Daniel Clowes*, a.a.O., S. 62.

te, „einsinnige“[439] Erzählperspektive[440] zugunsten eines Hin- und Herschaltens zwischen mehreren parallelen Erzählsträngen, ab dem Moment also, da ihm nach eigener Aussage klar war, wie er die Geschichte zu Ende bringen würde. Während die Spannung, der begrenzten Perspektive und Unkenntnis über den weiteren Handlungsverlauf entsprechend, bis dahin ausschließlich auf einer Kombination von Curiosity- und Surprise-Struktur basiert hatte, ermöglicht der Wissensvorsprung gegenüber dem Protagonisten nun im Rahmen einer Erweiterung der Perspektive auch den Einbau von Suspense-Momenten, indem Teile dieses Mehrwissens, etwa im Falle des auf Clay angesetzten Auftragsmörders Geat, an uns Leser weitergegeben werden.

Neben der Suche des Protagonisten Clay nach seiner verschwundenen Frau verweist der Plot im Wesentlichen noch auf zwei weitere Handlungsstränge: auf eine vermeintliche Verschwörung um ein im Wasser beheimatetes, gottähnliches Wesen (Mr. Jones), sowie auf die Versuche einer sektenartigen, an die Manson-Family erinnernden Gruppe, einen Krieg der Geschlechter loszutreten. Diese drei Handlungsstränge bleiben bis zum Schluss lediglich auf der Aktanten-Ebene – dadurch, dass Clay sie erlebt – miteinander verbunden, sind im Grunde voneinander völlig unabhängig und werden letztlich erst auf einer Meta-Ebene verknüpft. Auch darüber hinaus ist die Erzählung voll von Szenen und Erscheinungen, die sich in keinen der drei Handlungsstränge integrieren lassen, sondern für sich stehende Fragen und Narrationen eröffnen, welche jedoch nicht weiterverfolgt werden.

439 | Vgl. von Glinski: *Imaginationsprozesse*, a.a.O., S. 300.

440 | Auf den ersten acht Seiten verwendet Clowes sogar zusätzlich einen Voice-over-Text als Ich-Erzähler, den er dann jedoch fallen lässt (vgl. hierzu Hignite, Todd: *In the Studio. Visits with Contemporary Cartoonists* (New Haven 2006), S. 171).

Dieses Wandern durch sich schnell abwechselnde, unzusammenhängende, aber potentiell bedeutsame Situationen erinnert mitunter an die wahllose Abfolge der Szenen beim Zappen, also beim schnellen Wechsel der Fernsehkanäle, ein Bild, welches selbst mehrmals innerhalb der Geschichte auftaucht, was als fiktionsinterne Thematisierung der eigenen Struktur gelesen werden kann (Abb. 15). Durch die vorwiegend extrem begrenzte Erzählperspektive bleibt dem Protagonisten und auch dem Leser jeweils unklar, welchem Ziel eine jeweilige Sequenz dient, und werden Kardinalfunktionen, Katalysen und Indizien zunehmend ununterscheidbar. Alles scheint gleichermaßen bedeutsam und miteinander verbunden, einem unheilvollen Sinn folgend.[441]

Abbildung 15: Vom Kontext befreite Bilder: der Protagonist Clay beim Zappen

441 | Vgl. hierzu Hartmut Winklers Text zum Thema *Zappen* (hier „Switching"), in dem er diese Praxis als „Wiederannäherung an die Kontemplation" (S. 153) beschreibt, insofern als „Assoziationen sich eher an vom Kontext befreite Bilder als an intakte Kontexte knüpfen" (S. 121). Zapping zerstöre „die ursprünglichen Einheiten", und „nivellier[e], was vorher ‚Werke' waren, zu einer Fläche unterschiedslosen Materials." (S. 125) (Winkler, Hartmut: *Switching, Zapping* (Darmstadt 1991)).

Das Alptraumhafte dieser Erzählweise zeigt sich auch darin, dass sich der wiederholte Wechsel zwischen Realität und Träumen des Protagonisten kaum merklich vollzieht, kaum merklich deshalb, weil sich beide Welten in ihrer Aneinanderreihung von scheinbar zusammenhängenden, bedeutsamen, jedoch unaufgelöst bleibenden Bildern kaum voneinander unterscheiden (Abb. 16).[442]

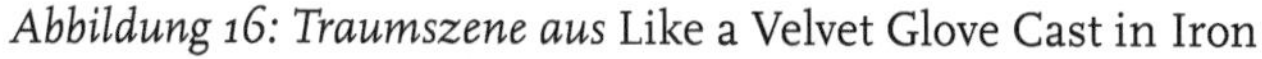

Abbildung 16: Traumszene aus Like a Velvet Glove Cast in Iron

Hier ist es, analog zu dem, was von Glinski in Bezug auf Kafka beschrieben hat[443], demnach weniger die Motivik bzw. die *Herkunft* der Elemente aus Träumen – wie wir wissen, basiert die Erzählung nach Aussage des Autors auf „two or three dreams I had had at the time, and one that my ex-wife had had recurring throughout her life"[444] (vgl. Abb. 17/18) – , als vielmehr die Art der *Zusammenfügung* dieser Elemente, die das Traumhafte der Erzählung ausmacht.

---

442 | Vgl. zu diesem Effekt sowie zum Thema Traumdarstellungen, -motive und Erklärung des Wunderbaren zum Traum in der phantastischen Literatur auch Hauser, Erik: *Der Traum in der phantastischen Literatur* (Passau 2005), S. 34ff.

443 | Siehe oben, S. 75ff. in dieser Arbeit.

444 | Daniel Clowes im Interview mit Gary Groth, a.a.O., S. 46.

Abbildung 17: „two or three dreams I had had at the time“: Einzelpanel aus der ersten Episode von Like a Velvet Glove Cast in Iron...

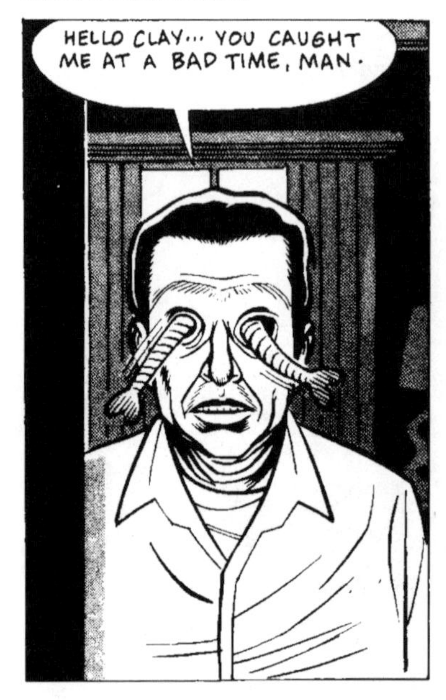

Abbildung 18: ...und die zugrunde liegende Traumnotiz

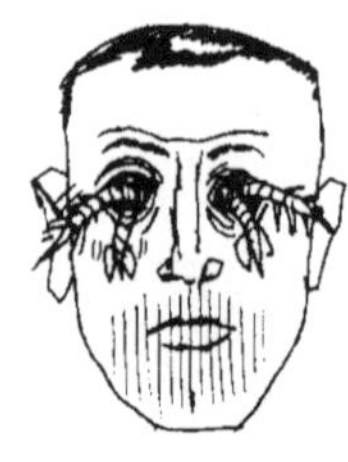

Diese Wirkung ergibt sich auch hier aus einer bewusst planlosen und assoziierenden Hervorbringung der Erzählung, mit dem Ziel, die eigene Unschlüssigkeit und somit auch die Unschlüssigkeit der Leser zu erzeugen und aufrechtzuerhalten:

„It would be really hard to mystify my audience when I knew exactly what was going to happen. So I've been trying to write it while keeping myself mystified as much as the readers ...trying to see what kind of images and ideas excite me and scare me and affect me emotionally...“[445]

445 | Daniel Clowes im Interview mit Gary Groth, a.a.O., S. 46 (ausführliches Zitat siehe oben auf S. 15).

Auch das Ende gelingt Clowes durch die Rückkopplung der Konstruktion und Entstehung der Erzählung in die Erzählung: Wie sich herausstellt, gehen das Verschwinden und der Tod der Frau auf die Fiktionen eines frei assoziierenden Mädchens und auf eine diese Fiktionen eins zu eins umsetzende Filmproduktionsfirma namens *Interesting Productions* zurück, für welche die Frau als Schauspielerin arbeitete. Den Eingaben des Mädchens entsprechend, wurde sie dort, am Set, schließlich „real", zu den Klängen des schottischen Volksliedes *Barbara Allen* erschossen (Abb. 19).

Abbildung 19: Frei assoziierende Konzeption und ‚reale' Realisierung des Filmes „Barbara Allen" (in Like a Velvet Glove Cast in Iron*)*

Die Produktionen dieser Firma stellen, ihrer Entstehung aus direkter Umsetzung von Assoziationen entsprechend, vollends unbearbeitete, rohe, in ihrer Wirkung durch keinerlei erkennbare Bedeutungszusammenhänge relativierte, Werke dar, welche folgerichtig in Sex-/Porno-Kinos (und einem zwielichtigen firmeninternen Privatkino) gezeigt werden (Abb. 20), obwohl Sex hier im Grunde keine zentrale Rolle spielt.[446]

446 | Hierdurch verweist Clowes bewusst oder unbewusst auf eine tatsächlich bestehende – und über mögliche thematische Zurückführungen des Phantastischen auf die Sexualität (vgl. etwa Todorov: *Die du-Themen* (Todorov: *Fantastische Literatur*, a.a.O., S. 112 ff.)) hinausgehende – strukturelle Gemeinsamkeit zwischen dem Phantastischen und dem Pornographischen bzw. Erotischen. Diese zeigt sich grundlegend in einer vergleichbaren, mitunter wahnhaften Überhöhung des jeweils Gezeigten bzw. nicht Gezeigten. (Indem auch hier vor allem das *nicht* Gezeigte gemeint ist, ähnelt das Phantastische allerdings mehr dem Erotischen als dem Pornographischen). Die Pornographie sei, schreibt Susan Sontag in *The Pornographic Imagination* [1967], „one of the branches of literature [...] aiming at disorientation, at psychic dislocation. In some respects, the use of sexual obsessions as a subject for literature resembles the use of a literary subject whose validity far fewer people would contest: religious obsessions." (S. 214) Im Rahmen einer Ausrichtung auf den Genuss der Übertretung werden auch hier sämtliche Elemente im Rahmen einer Form der Zwangsvorstellung miteinander verknüpft und auf *einen* Aspekt, *ein* Ziel hin organisiert. „The strictest possible criterion of relevance applies: everything must bear upon the erotic situation." (S. 228) Diese muss nicht unbedingt mit extremen Ausprägungen oder sexueller Perversion einhergehen. So wie uns die Phantastik mitunter das Gewöhnliche in einem „fremdartigen Licht" (Sartre) sehen lässt und einen kaum greifbaren Determinismus zu erzeugen vermag, macht die funktionierende Erotik im Grunde Reguläres zu Objekten der Begierde, lädt Situationen

Abbildung 20: Filme der Firma „Interesting Productions" in deren hausinternem Privatkino

---

sexuell auf und verleiht ihnen einen Determinismus. Hierdurch, durch die Existenz eines Determinismus, der sich am Ende kaum auf- bzw. einlösen lässt, besteht auch hier ein Problem des Schlusses, welches Sontag als eines der beständigen Formprobleme der Pornographie, „one perennial problem of pornographic narration" beschreibt. (S. 226) (Sontag, Susan: *The Pornographic Imagination* [1967], in: Dies.: *A Susan Sontag Reader* (New York 1983), S. 205-233).

Die Tatsache, dass diese Firma auch weitere, in anderen Zusammenhängen erschienene, planlos entstandene Geschichten von Daniel Clowes im Angebot hat (Abb. 21/22), stellt eine weitere Reflexion des Autors über die Entstehungsweise der Geschichte selbst dar.

Abbildung 21 (rechts): Plakat für The Happy Fisherman *im Foyer des „Interesting Productions"-Privat-Kinos...*

Abbildung 22 (unten): ...und das Ende der ebenfalls in Clowes' Heftreihe Eightball *erschienenen Geschichte* The Happy Fisherman *(gefolgt vom Rat des Autors, derartig abrupte Enden durch vorheriges Planen zu vermeiden)*

Auch die Verschwörung wird als Resultat einer Fiktion, als Folge eines vor langer Zeit ausgeheckten komplexen Schülerstreiches enttarnt, was jedoch gleich darauf wieder relativiert wird (Abb. 23/24). Der Zweifel an dieser scheinbar einfachen Erklärung für die wunderbaren Elemente und die vermeintliche Verschwörung bleibt vor allem auch dadurch bestehen, dass diese vor allem im Rahmen von jeweils in der ersten Person vorgetragenen und mit konkreten

Abbildung 23: Auflösung der Mr. Jones-Verschwörung...

Abbildung 24: ...und anschließende Relativierung dieser Auflösung

Bildern unterlegten Erzählungen verschiedener Haupt- und Nebenfiguren präsentiert werden. Der innerliterarische Wahrheitsgehalt dieser subjektiven Erinnerungen lässt sich nicht nachprüfen, durch ihre Präsentation in konkreten Szenen, in welchen sich die Erinnerungen zudem teilweise decken (Abb. 25/26), erhalten sie jedoch eine gewisse Glaubwürdigkeit und Autorität.[447] Da sich die Erzähler aber auch widersprechen und eine autoritative Instanz fehlt, bleibt die Gültigkeit des Erzählten letztlich ungeklärt.[448] Durch diese Verwendung zum Teil gegensätzlicher Erzählinstanzen[449] wird die Fik-

Abbildung 25: Tinas Vater in der Ich-Erzählung Kitty Muskegons

Abbildung 26: Das Wesen im Wasser in der Ich-Erzählung Billings

447 | Vgl. zu diesem Effekt in *Twin Peaks*: Schwarz, a.a.O., S. 52f.

448 | Als durch Bilder autorisierte Erzähler treten neben Clay auch Kitty Muskegon (S. 44), Billings (S. 125, 136), Haskell (S. 97) und Mr. 1000 (S. 99) in Erscheinung (vgl. Clowes, Daniel: *Like a Velvet Glove...*, a.a.O.).

449 | Vgl. Durst: *Theorie...*, a.a.O., S. 23, siehe auch S. 49 in dieser Arbeit.

tionalität und Subjektivität der gesamten Erzählung und, wenn man so will, jeder Form von Erzählung oder Weltsicht thematisiert.

In dem Moment, als auf der vorletzten Seite das Mädchen (sozusagen rückwirkend) einen Mr. Jones (das Symbol/Logo der Verschwörung) zu Papier bringt (Abb. 27), schließt sich der Kreis und findet die Erzählung, trotz aller Unklarheit und etlicher offener Fragen, ihren Abschluss, indem die Elemente der Geschichte auf einer gemeinsamen Meta-Ebene integriert werden.

Abbildung 27: Das Mr. Jones-Logo in einer Zeichnung des Mädchens auf der vorletzten Seite von Like a Velvet Glove Cast in Iron

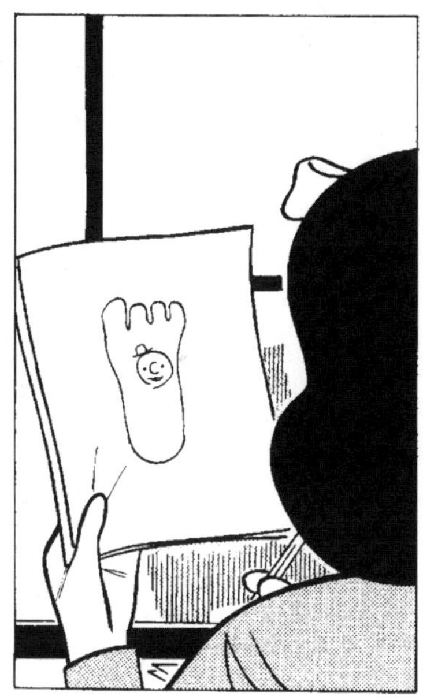

Das Funktionieren dieser Meta-Ebene gelingt Clowes auch durch eine Übertragung und Erweiterung der innerliterarischen Unschlüssigkeit auf eine Unschlüssigkeit dem Werk gegenüber, indem auch auf dieser Ebene bis zuletzt offen/unklar bleibt, wie das Ganze zu lesen ist: als mehr oder weniger sinnfreie Parodie oder

Abbildung 28: Mr. Jones erscheint erstmals ‚wahrhaftig', ohne den Umweg einer Erzählerfigur...

so tragisch, esoterisch und bedeutungsschwanger, wie es daherkommt.[450] Hier handelt es sich um einen bewussten Ansatz Clowes, den dieser wie folgt beschreibt:

---

450 | Ähnliches beschreibt Stanislaw Lem in Bezug auf Kafkas Texte: Hier entstehe eine Form der phantastischen Unschlüssigkeit aus dem „unentscheidbare[n] Dilemma", ob diese „ironisch oder todernst" gemeint seien. (Lem, Stanislaw: *Tzvetan Todorovs Theorie des Phantastischen*, in: Zondergeld, Rein. A. (Hrsg.): Phaicon: *Almanach der phantastischen Literatur,*

„I always try to make it right on the razor's edge where you can't tell if it's serious or parody. It's often very serious and it reads almost as parody because it's so serious the way I'm conceiving it. But I always think that's the most interesting area: where you aren't quite sure if it's going to veer into parody or not - when you're not sure how to read it."[451]

Ein Beispiel hierfür findet sich ganz am Schluss: Indem Clowes hier die erste Szene, in der wir das gottähnliche Wesen aus dem Wasser *wahrhaftig* – ohne den Umweg über einen erzählenden Protagonisten – sehen (wodurch das Wunderbare also gewissermaßen seine Absegnung erhält und innerliterarische Realität wird), in eine stark an Scientology erinnernde Erleuchtung münden lässt (Abb. 28/29),

Abbildung 29: ...und hinterlässt einen von nun an ‚clearer' denkenden Auserwählten

Band I (Frankfurt am Main 1974), S. 92-122, hier S. 109, zitiert nach: Durst, *Theorie...*, a.a.O., S. 296).

451 | Daniel Clowes 2001 im Interview mit Rudy Lementhéour, in: *PLG*#37 (2002), in: Parille: *Daniel Clowes*, a.a.O., S. 120.

verlagert sich die Frage nach der Existenz des Wunderbaren auf die Frage nach der Ausrichtung des Werks und nach dessen spezifischer Ironie-Ebene[452], danach, wie das alles gemeint sein könnte.[453]

Auch das tragische, hochsymbolische Enden des Protagonisten als hilfloser, einer unerwiderten Zuneigung ausgesetzter Rumpf, dessen Gliedmaßen im Grab neben seiner Ex-Frau ruhen, fällt in diese Kategorie (Abb. 30). Das ‚befreiende' Lachen, als letztes Mittel gegen Auswegslosigkeit, Absurdität und Horror wird angesteuert, will sich jedoch nicht recht einstellen. Das Lachen bleibt einem im

Abbildung 30: Der Protagonist als Rumpf am Ende der Erzählung

452 | Vgl. zur Unterscheidung etwa in *stable* und *unstable irony*: Booth, Wayne C.: *A Rhetoric of Irony* (Chicago 1974).

453 | Gleichzeitig bezieht sich die Erzählung hiermit auf fiktionsextern real existierende Elemente, um hierdurch eine realistische Lesart und reale Möglichkeit des Geschehens zu implizieren (vgl. zu diesem Verfahren Durst, *Theorie...*, a.a.O., S. 182ff.). Derartige Bezüge gibt es in *Velvet Glove* zuhauf. So bezieht sich etwa die Verwendung der Frage „What's the Frequency Kenneth?" innerhalb des Mr. Jones-Stranges auf ein ungeklärtes Ereignis im Jahre 1986, als ein offenbar geistesgestörter Mann mit diesen Worten den Fernsehmoderator Dan Rather überfiel.

Halse stecken, wodurch sich die Unschlüssigkeit und – im vollen Wortsinn – die *Spannung* hier nicht abbauen lässt, sondern im Gegenteil verstärkt. Wie Renate Lachmann richtig bemerkt, basieren Humor und Phantastik gleichermaßen auf einer „Lust an Gegenwelten, die durch die Plötzlichkeit des Einfalls in Erscheinung treten".[454] Zum Teil übernehme der Humor sogar „eine dem Phantasma analoge Funktion".[455] Der Unterschied zwischen Humor und Phantastik, welcher in *Like a Velvet Glove Cast in Iron* oft nur schwer auszumachen ist, besteht für Lachmann darin, dass „während Humor die Spannung, die er erzeugt, durch Lachen kompensieren" könne, das Phantastische „nur in seltenen Fällen die Verlachung des Unerklärlichen und Seltsamen" zulasse.[456] „Zumeist ist die Wirkungsabsicht auf Schrecken, Neugier, Verführung zum Geheimnis und Verführung ins Aporetische bestimmt."[457]

In der Verwendung eines dazwischen liegenden, nie ganz eindeutigen, vielmehr aus Uneindeutigkeit entspringenden und oft mit extremen Gewalt- und Horrorelementen einhergehenden Humors besteht eine Verwandtschaft zu *Twin Peaks* und weiteren Werken David Lynchs, welche grade auch durch diese perfide Mischung ihre Wirkung entfalten.[458]

Auch durch die (oben beschriebene) kaum mehr mögliche Unterscheidung zwischen Traum und Realität besteht eine Nähe zwischen *Like a Velvet Glove Cast in Iron* und der Erzählweise David Lynchs, welche ebenfalls oft als (alp-)traumhaft beschrieben wurde. Maurice Lahde macht diese Wirkung bestimmter Filme Lynchs ebenfalls weniger an der Motivik als an der Konstruktionsweise fest

454 | Lachmann: *Erzählte*, a.a.O., S. 14.

455 | Lachmann: *Erzählte*, a.a.O., S. 13.

456 | Dass Humor mitunter einen unfreiwilligen Abbau der phantastischen Spannung zur Folge haben kann, haben wir bereits am Beispiel *Riget* sehen können (siehe oben, S. 137).

457 | Lachmann: *Erzählte*, a.a.O., S. 14.

458 | Vgl. zum „Zusammenfallen von Horror und Humor" in den Filmen David Lynchs auch Füller: *Fiktion und Antifiktion*, a.a.O., S. 123f.

und beschreibt die Eigenschaft, die diese Filme „als ‚Traumerzählungen' funktionieren läßt", wie folgt:

„Während in gewöhnlichen (Film-)Erzählungen ein fiktives Geschehen (*histoire*) nach einem bestimmten Schema zu einer Geschichte (*discours*) organisiert wird, gibt es in diesen Filmen *nur* die Ebene des *discours*. Die Bilder sind keine Auswahl von Ausschnitten aus einer unabhängigen ‚Realität', sie entwerfen diese erst. Sie besteht *ausschließlich* aus diesen Bildern."[459]

Die hier beschriebene Nähe bestimmter Erzählweisen zur Traumform und die im Laufe dieser Arbeit schon mehrfach erwähnte Parallele der serialen Phantastik zur Erzählstruktur des Traumes werde ich im Folgenden anhand von *Mulholland Drive* exemplarisch betrachten.

Die „serielle Struktur der Träume": (Alp-)traumhaftes Erzählen und das Konstruktionsprinzip der offen-endigen Reihenbildung

Auch und vor allem im Fall von *Mulholland Drive* lässt sich über den genauen Ablauf und die vielfältigen Bedeutungen im Grunde nur spekulieren. Über folgende Grundkonstruktion besteht jedoch relative Einigkeit: Die Handlung des Kino-Filmes lässt sich in zwei Abschnitte unterteilen: den Traum der blonden Protagonistin, und anschließend die durch einige Flashbacks unterbrochene Wachrealität, welche schließlich mit dem Selbstmord eben dieser blonden Protagonistin endet.

Betrachtet man im Vergleich hierzu die *Mulholland Drive* Pilot-Episode, so wird deutlich, dass diese mit den ersten 94 Minu-

459 | Lahde, Maurice: *„We live inside a dream." David Lynchs Filme als Traumerfahrungen*, in: Pabst, a.a.O., S. 95-110, hier S. 103.

ten des Kino-Filmes nahezu deckungsgleich ist[460] und insofern (um einige Szenen, insgesamt etwa 18 Minuten verlängert[461]) den Traum-Abschnitt des Kino-Filmes repräsentiert.

Die Umwandlung des Pilot-Filmes in einen Kino-Film erfolgte also vor allem dadurch, dass die bereits bestehende, nur in Details veränderte Erzählung der Pilot-Episode zum Traum der blonden Protagonistin erklärt und mit einer 27-minütigen Rahmenhand-

460 | Der Pilot-Film beginnt mit der Autofahrt/Unfall-Szene auf dem nächtlichen Mulholland Drive, welche im Kino-Film in der dritten Minute, im Anschluss an eine Kamerafahrt auf ein Kopfkissen - dasselbe Kopfkissen, auf dem die blonde Protagonistin 110 Minuten später erwacht (vgl. Abb. 31/32) - einsetzt. Das Ende des Pilot-Filmes erfolgt kurz nach dem Haareschneiden der dunkelhaarigen Protagonistin. (In der Schnittfassung des Pilot-Filmes sehen wir anschließend noch das auf dem Bett liegende Geld sowie den blauen Schlüssel und dann die verwahrloste Gestalt im Müll; in der Drehbuchfassung des Pilot-Filmes sind zwischen dem Haareschneiden und der Ansicht des Geldes/Schlüssels noch zwei kurze Szenen vorgesehen.) Innerhalb dieses Abschnittes bestehen nur geringe Abweichungen zwischen Pilot- und Kino-Film. Ein ausführlicher, szenengenauer Vergleich beider Versionen findet sich im Netz unter http://www.mulholland-drive.net/studies/pilot.htm, zuletzt abgerufen am 14.9.2013.

461 | Hinzu kamen, im Anschluss an das Haareschneiden der Dunkelhaarigen: die Liebesszene zwischen den beiden Protagonistinnen, deren Besuch des *Club Silencio* (ebenfalls 1999 - ursprünglich als *closed ending* für den europäischen Markt - gedreht (vgl. Friend: *Creative Differences*, a.a.O.)), dann einige Szenen im Apartment (Verschwinden der Blonden, Drehen des blauen Schlüssels, Fahrt in die blaue Box, Betrachten des Apartments durch Tante Ruth) und schließlich das Erscheinen des Cowboys mit den Worten: „Hey pretty girl, time to wake up!". Zu den ersten 94 (bzw., abzüglich der ersten zwei, 92) Minuten kamen also insgesamt weitere 18 zum Traum zählende Minuten. Das Aufwachen der blonden Protagonistin findet sich im Film in der 112. Minute.

lung[462] (welche im Wesentlichen die den Traum bedingende/hervorbringende Wachrealität repräsentiert) versehen wurde.

Über diese Feststellung hinaus möchte ich mich an der exzessiv betriebenen Entschlüsselung und Deutung *Mulholland Drives* hier

Abbildung 31: Kamerafahrt auf ein Kopfkissen in der zweiten Minute des Kino-Filmes Mulholland Drive

Abbildung 32: In der 112. Minute des Filmes erwacht die Protagonistin als eine Andere

462 | Davon zwei Minuten vor Beginn des Traumes (bestehend aus den Jitterbug-Tanzenden sowie der Fahrt auf das Kopfkissen) und 25 Minuten danach.

ebensowenig wie im Falle meiner anderen Beispiele beteiligen[463] und stattdessen der Frage nachgehen, warum hier die nachträgliche Erklärung einer Pilot-/Einzelepisode zum Traum so hervorragend und elegant funktioniert. Die Antwort sehe ich in einer grundlegenden, strukturellen Verwandtschaft des serialen und speziell des phantastisch-serialen Erzählens mit der Erzählstruktur der Träume, einer Verwandtschaft, die vor allem im Konstruktionsprinzip der verknüpfenden, offen-endigen Reihenbildung sowie in einem gleichzeitig allumfassenden und unaufgelöst bleibenden Determinismus besteht.

Diese Verwandtschaft ist von Elisabeth Lenk im Rahmen ihres Versuches, „den Traum selber, den echten, geträumten, nächtlichen Traum in Analogie zu ästhetischen Phänomenen zu betrachten“[464] unter dem Begriff der „seriellen Struktur der Träume“[465] beschrieben worden. Dort betont sie dessen Abweichung vom klassischen Ideal der Geschlossenheit[466]:

---

463 | Hierfür sei etwa auf die Seite *Lost on Mulholland Drive* (http://www.mulholland-drive.net) verwiesen.

464 | Lenk, Elisabeth: *Die unbewusste Gesellschaft* (München 1983), S. 9.

465 | Lenk, a.a.O., S. 371.

466 | Auch darüber hinaus nennt Lenk noch einige weitere Eigenarten der Poetik des Traumes, welche sich auf die hier besprochenen Beispielwerke übertragen ließen, jedoch nicht direkt mit der serialen Form zusammenhängen, so etwa die Tendenz zur multiperspektivischen Einnahme wechselnder subjektiver Perspektiven („Das Ich ist aufgelöst, und an seiner Stelle bewegt sich eine mimetische Vielheit. Es gibt nicht das eine Ich, sondern allen Personen, ja sogar den Dingen wird Subjektivität geliehen.“ (Lenk, a.a.O., S. 22)), zur Passivität („Das träumend-geträumte Ich ist ein passives, zuschauendes Ich. Es handelt nicht, greift selten ein, nicht einmal in furchtbaren Situationen. Es sieht sich und anderen beim Handeln lediglich zu.“ (ebd., S. 354)) und Instabilität (Der Traum führt „solide Identitäten und eindeutige Wahrheiten ad absurdum“ (ebd., S. 15), „Eine Dimension relativiert die andere.“ (ebd., S. 359)).

„Niemals ist ein Traum oder eine Traumserie ein Ganzes, etwas, was Anfang und Ende, Hand und Fuß hätte. Er entspricht also nicht jener angeblichen, negativen Bedingung der Form eines Kunstwerkes, aller Kunstwerke, wie klassische und romantische Ästhetiken sie benannt haben: ‚Zunächst soll es ein zusammenhängendes, in sich geschlossenes, befriedigendes Ganzes sein.'"[467]

Der Traum sei im Gegensatz hierzu „nicht als Einheit konstruiert"[468], gehorche vielmehr „dem Prinzip der offen-endigen *Reihenbildung*. Lauter Traumstücke, Traumepisoden werden aneinandergehängt und irgendwie miteinander verknüpft."[469] Hierbei würden „um einer Verknüpfung willen" Details „regelrecht von einer in die andere Szene mitgeschleppt". Neben dieser „umgreifenden Reihenstruktur" schaffe der Traum auch eine „netzartige Binnenstruktur", versuche „Querverbindungen herzustellen, ein Netz und den Anschluss an das Netz".[470]

Diese scheinbaren Zusammenhänge und Bedeutungen würden durch „ein endloses Verschieben, Hinausschieben von Bestimmtheiten" zusammen- und aufrechterhalten. Der Traum scheine somit beliebig verlängerbar, „tendenziell unendlich"[471] und vermöge es hierdurch, „wie die Erzählerin in Tausend und einer Nacht", das Aufwachen und somit das Ende der Erzählung „durch Einschieben immer neuer Episoden herauszuzögern."[472] „Wie unter einem Feuilletonroman in der Zeitung könnte unter jeder der Episoden stehen: ‚wird fortgesetzt'". [473]

Dieses Prinzip, welches Lenk hier als „serielle Struktur" beschreibt, findet sich ähnlich bei Freud beschrieben, in Form der

467 | Lenk, a.a.O., S. 372.
468 | Lenk, a.a.O., S. 375.
469 | Lenk, a.a.O., S. 375.
470 | Lenk, a.a.O., S. 376.
471 | Lenk, a.a.O., S. 374.
472 | Lenk, a.a.O., S. 373.
473 | Lenk, a.a.O., S. 375.

verknüpfend und vordergründig sinnstiftend tätigen *sekundären Bearbeitung.*[474] Der sekundären Bearbeitung, welche er auch als „Kittgedanken" bezeichnet[475], kommt Freud zufolge innerhalb der Traumarbeit die Aufgabe einer „Verknüpfung zweier Stücke des Trauminhalts, zur Anbahnung eines Zusammenhangs zwischen zwei Traumpartien" zu.[476]

Die psychische Funktion der sekundären Bearbeitung identifiziert Freud auch als die im Traum aktive „Arbeit unseres wachen Denkens", welche, den obigen Beschreibungen Barthes', Chatmans und Balázs' entsprechend, aus unzusammenhängenden Einzelszenen sogleich Zusammenhänge herzustellen bemüht ist[477]:

„Unser waches (vorbewusstes) Denken benimmt sich gegen ein beliebiges Wahrnehmungsmaterial ganz ebenso wie die in Frage stehende Funktion gegen den Trauminhalt. Es ist ihm natürlich, in einem solchen Material

474 | Vgl. Freud: *Traumdeutung*, a.a.O., S. 482-500.

475 | Freud: *Traumdeutung*, a.a.O., S. 483.

476 | Freud: *Traumdeutung*, a.a.O., S. 483.

477 | Den Vorgang einer sinnstiftenden Verknüpfung beschreibt ebenfalls der Neurophysiologe und Traumforscher J. Allan Hobson im Rahmen seiner Aktivierungs-Synthese-Hypothese (vgl. Hobson, J.A. & McCarley, R.W.: *The brain as a dream-state generator: An activation-synthesis hypothesis of the dream process.* in: *American Journal of Psychiatry* #134 (Arlington 1977), S. 1335-1348). Dieser Hypothese zufolge verarbeitet das Gehirn im Traum spontane, zumeist visuelle „innere Signale wie die PGO-Wellen [im Schlaf vom Hirnstamm auf die Sehrinde wirkende Signale] als Informationsquelle und setzt aus ihnen ein Traumerlebnis zusammen, das so kohärent wie irgend möglich ist." (Hobson, J. Allan: *Schlaf. Gehirnaktivität im Ruhezustand* (Heidelberg 1990), S. 154). Hierbei dienen, so Hobson, „die konstruierten Geschichten" (ebd., S. 172) als ein Mittel, die eintreffenden Bilder und Reize zu erklären und „Ordnung in das Chaos zu bringen" (ebd., S. 173).

Ordnung zu schaffen, Relationen herzustellen, es unter die Erwartung eines intelligibeln Zusammenhangs zu bringen."[478]

Diese Verknüpfung des primären Traummaterials verfolgt laut Freud das Ziel, diesem „den Anschein der Absurdität und Zusammenhangslosigkeit" zu nehmen und es „dem Vorbilde eines verständlichen Erlebnisses" anzunähern[479], bis hin zu einer trauminternen Deutung und scheinbaren Sinngebung der Erscheinungen, um so eine Duldung und Fortsetzung des Traumes zu ermöglichen.[480]

Dieses Konstruktionsprinzip einer offen-endigen, verknüpfenden Reihenbildung, welche durch die Behauptung/Erwartung eines letztlichen Sinnzusammenhanges zusammengehalten wird, um dann jeweils ohne eine entsprechende Auflösung abzubrechen, ähnelt den beschriebenen Verfahren der serialen Phantastik. Auch diese verfolgen letztlich das Ziel, in den Zuschauern die Erwartung eines Sinnzusammenhanges zu bedienen und immer wieder zu erzeugen, um so eine Duldung und das Interesse an einer Fortsetzung zu erreichen, und ein Abwenden – hier nicht in Form eines Aufwachens sondern eines Ab- oder Umschaltens (bzw. Nicht-weiter-Lesens) – zu umgehen. Gleiches gilt – im TV-Bereich in weit

---

478 | Freud: *Traumdeutung*, a.a.O., S. 492.

479 | Freud: *Traumdeutung*, a.a.O., S. 484.

480 | „Es kommen so Träume zustande, die für die oberflächliche Betrachtung tadellos logisch und korrekt erscheinen mögen; sie gehen von einer möglichen Situation aus, führen dieselbe durch widerspruchsfreie Veränderungen fort und bringen es, wiewohl dies am seltensten, zu einem nicht befremdenden Abschluss. Diese Träume haben die tiefgehenste Bearbeitung durch die dem wachen Denken ähnliche psychische Funktion erfahren; sie scheinen einen Sinn zu haben, aber dieser Sinn ist von der wirklichen Bedeutung des Traums auch am weitesten entfernt. [...] Es sind das Träume, die sozusagen schon einmal gedeutet worden sind, ehe wir sie im Wachen der Deutung unterziehen." (Freud: *Traumdeutung*, a.a.O., S. 484).

größerem Maße als etwa im Comic-Bereich – in Bezug auf die Geldgeber/Produzenten. Genau an dieser Instanz, von deren Glauben an eine langfristige Tragfähigkeit der Erzählung die Realisierung schon im Vorhinein abhängt, scheiterte, wie wir wissen, *Mulholland Drive*: Die Produzenten des Fernsehsenders *ABC*, welcher den Piloten finanziert hatte, zweifelten an einer kohärenten Zusammenführung der verschiedenen Erzählstränge und Charaktere[481], und David Lynch gelang es nicht, sie vom Gegenteil zu überzeugen, da er selber noch keine genaue Vorstellung von der langfristigen Entwicklung der Geschichte hatte. Auf die Frage nach seinen ursprünglichen weiteren Plänen für die Charaktere antwortet er im Interview mit Chris Rodley:

„I don't know exactly, because I'd only thought about the pilot. At a certain point I think *ABC* wanted me to give them some ideas about where it might go, and so I just ran out a couple of storylines for them. But the cool thing about a continuing story - for me anyway - is that when the pilot is finished, then you can feel it. There it is, right in front of you - all the mood, all the characters, and all the things you've learnt by doing it. [...] Then you react to that, and you get ideas through the doing. It's pulling you into a mystery. You can say a lot of things up front, but some of those things may never happen and a whole new thing might happen instead. It's so beautiful not knowing where it's going at first, and to discover it through action and reaction."[482]

481 | Darüber hinaus waren es vor allem die phantastischen Elemente, die *ABC* beunruhigten, so etwa der Obdachlose im Müll, mit dessen zweitem Erscheinen die Pilot-Episode folgendermaßen endet: „We move closer and the bum's face fills the screen. Its face is black with fungus. Its eyes turn and they seem to be red. THE END" (Ausschnitt aus dem im Netz zu findenden Drehbuch des Pilot-Filmes, URL siehe Verzeichnis) Auch die als *closed ending* gedrehte Szene im *Club Silencio* ließ die Produzenten ein Abdriften in phantastische Welten befürchten (vgl. Friend: *Creative Differences*, a.a.O.).

482 | Lynch in: Rodley: *Lynch on Lynch*, a.a.O., S. 275 ff.

In dieser Hinsicht unterscheidet sich das offen-endige Konstruktionsprinzip eines Pilot-Filmes grundlegend vom auf Einheit bedachten Aufbau eines Feature-Filmes. Lynch beschreibt beide Strukturen als geradezu entgegengesetzt:

„A pilot is a particular kind of thing. It is *not* a feature film. In fact it goes *against* the rules of a feature film, because it starts things but it doesn't finish them."[483]

Meiner Meinung nach resultiert die besondere Faszination, welche von *Mulholland Drive* ausgeht, genau aus dieser Entstehung als Pilot-Film, aus der Eröffnung und emotionalen Aufladung von losen Erzählsträngen und Erwartungen, einen fernen Zusammenhang andeutend, der sich dann, auch für Lynch völlig anders als erwartet, schließlich in einer anderen, nämlich der Wach-Realität, einstellt. Die Hervorbringung sämtlicher Szenen in Erwartung und zugleich in Unkenntnis der letztlichen Kohärenz, also im Rahmen einer *Unschlüssigkeit* auch auf Seiten *des Autors*, ist genauso für die Wirkung von *Mulholland Drive* wesentlich und verleiht der Erzählung eine eigenartige, diffuse Dringlichkeit, welche den besonderen Reiz des Filmes ausmacht. Auch für Jason Mittell entsteht die einzigartige Wirkung des Filmes vor allem aus dem „spirit of seriality", in dem dieser konstruiert wurde, und den er wie folgt beschreibt:

„Although *ABC* rejected the pilot, there is no doubt that the story was designed to continue onward from the wig scene, and all evidence suggests that the ongoing story would proceed in a direction quite differently from the film's final act – the mysteries of Rita's identity and her involvement in Diane's death would slowly be revealed, Betty would become more directly involved with Adam and his film, and the threads of mobsters, detectives, and a fright-inducing dumpster-dwelling bum would all become interwoven into the enigmatic ongoing narrative. These original sequences function exactly as most dramatic television pilots do: setting up scenarios, char-

483 | Lynch in: Rodley: *Lynch on Lynch*, a.a.O., S. 284.

acter relationships, and dramatic conflicts that will continue to develop into sustained serial storytelling, and building up the overall expectation that the ongoing story will eventually come together and make sense. Of course, the *Mulholland Drive* pilot is an example of failed seriality, as the story never did get a chance to continue, at least as it was originally designed. But that design still remains mostly intact at the core of the self-contained film, and I believe the spirit of seriality haunts the completed film.“[484]

Genau diese Hervorbringung in Hinblick auf einen letztlich kohärenten Bedeutungszusammenhang unterscheidet die losen, offen bleibenden Stränge in *Mulholland Drive* von einem mitunter Lynch-typischen „confusing background noise“[485], wie Mittell anhand der relativ zusammenhanglos bleibenden Szene erläutert, in der Joe, um an dessen „Black Book“ zu gelangen, Ed erschiesst:

„[...] the reason Joe's scene works within the film is because it was not meant to be „confusing background noise“, but precisely because it was designed to actually make sense. Lynch certainly does include moments of random oddity in most of his films, but *Mulholland Drive*'s unique feature is that many of its least explicable moments were conceived as part of an ongoing sense-making narrative design. A scene like Joe's botched murder is conventional enough to encourage us to expect a narrative payoff in

484 | Mittell, Jason: *Haunted by Seriality: The Formal Uncanny of Mulholland Drive*, Vortrag im Rahmen des *Modern Language Association*-Kongresses 2013 (URL siehe Verzeichnis).

485 | Hieran ließe sich auch der Unterschied der Wirkungsweisen von *Mulholland Drive* und *Inland Empire* (USA 2006), dem seither einzigen Kinofilm Lynchs erklären: Während *Mulholland Drive*, seiner Entstehung als Pilot-Film entsprechend, etliche offen bleibende Stränge, Fragen und Charaktere einführt, um sie später weiterführen zu können, wird in *Inland Empire* ganz offensichtlich keine Kohärenz mehr versprochen, wodurch das Feuerwerk uneindeutiger und unaufgelöst bleibender Bilder und Szenen schon bald beliebig wirkt.

connecting it into the main plotlines or establish Joe as a three-dimensional character, so the film's refusal to weave together such threads in conventional ways helps create its sense of unsettling disorientation."[486]

Abbildung 33: Innerhalb des Pilot-Filmes/des Traumes: Joe lacht mit Ed über den Autounfall und das Verschwinden der Dunkelhaarigen, kurz bevor er ihn erschießt

Insofern liegt für Mittell die besondere Wirkung des Filmes darin begründet, dass er im Glauben an eine Fortsetzung und einen sich schließlich ergebenden Sinnzusammenhang entstanden ist und sich diese Erwartung auf die Zuschauer überträgt, dann aber durchkreuzt wird, was die Wirkung einer „unsettling disorientation" zur Folge hat.

„Much of the film's affective power is achieved by keeping viewers off-balance via thwarted expectations, as in Betty's surprisingly sultry audition, and thus the film as a whole uses our expectations that a serial narrative will continue and come together coherently, creating a productive dissonance between what the first part was designed to do and what the second part actually delivers."[487]

486 | Mittell: *Haunted by Seriality,* a.a.O.
487 | Mittell: *Haunted by Seriality,* a.a.O.

Das sich vermittelnde Gefühl, all das sei „designed to actually make sense“, auf dem diese Wirkung basiert, kann hier auf eine existierende, sich uns *zukünftig* erschließende Welt anspielen, unseren Glauben an die Existenz bzw. Realisierung einer solchen Welt nutzen und ähnelt auch insofern der Traumerfahrung, in der wir uns nicht selten mit komplett ausformulierten, dreidimensionalen Welten und Charakteren konfrontiert sehen, „eine fiktive Zeit, eine fiktive Vergangenheit, an die die Traumpersonen sich erinnern“ (Lenk[488]), deren tatsächliche Nicht-Existenz uns, ähnlich wie dies in *Mulholland Drive* der Fall ist, nach dem Aufwachen unglaublich erscheinen muss.

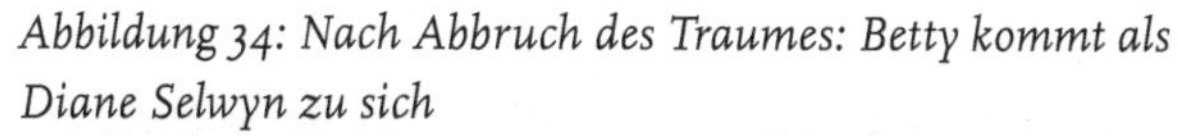

Abbildung 34: Nach Abbruch des Traumes: Betty kommt als Diane Selwyn zu sich

Die Konstruktionsprinzipien phantastisch-serialer Erzählungen, welche die von Lahde beschriebene traumartige Befreiung des *discours* von der Ebene einer dahinter stehenden *histoire* zum Prinzip erheben und nicht nur „wirken wie sich selbst generierende Bildfolgen, die, anstatt eine vorhandene Realität vorzustellen, diese erst entwerfen“ (Lahde[489]), sondern dies tatsächlich serial praktizieren,

488 | Lenk, a.a.O., S. 359.

489 | Lahde, a.a.O., S. 106.

ähneln in ihrer verknüpfenden, offen-endig auf einen fernen, unbekannten und unaufgelöst bleibenden Zusammenhang verweisenden Reihenbildung so eklatant der Traumerfahrung, dass hier die nachträgliche Erklärung zum Traum nicht nur elegant und plausibel, sondern etwa im Fall von *Mulholland Drive* nahezu als *von vornherein so angelegt* erscheint.

Auch scheint die Erzählung in dieser als Einzelepisode im Rahmen eines Feature-Filmes und Traumes aufgefangenen Manifestation ihre Idealform gefunden zu haben. Zugleich konnte *Mulholland Drive* in dieser Form nur als Teil einer serialen Erzählung entstehen und brauchte die Entstehung als Pilot-Folge, um zu dem zu werden, was es ist. Beides sieht auch Lynch selbst so: „Now, looking back, I see that [the film] always wanted to be this way. It just took this strange beginning to cause it to be what it is."[490]

Abbruch als Chance: die Einzelfolge als Betrachtungs- und Werkeinheit

Umberto Eco beschreibt, rein hypothetisch, in *The Limits of Interpretation* eine „radical or ‚postmodern' ästhetic solution" zur Interpretation serieller Erzählungen.[491] Er hebt dort zunächst vor allem den Aspekt der fortwährenden Wiederholung als wesentliche Charaktereigenschaft der Serie[492] hervor und gelangt hiervon ausgehend zu der These, Serien stellten in dieser Repetition des immer

490 | David Lynch im Interview mit Scott Macaulay, in: Macaulay, Scott: *The Dream Factory*, in: *FilmMaker Magazine* (New York 2001, URL siehe Verzeichnis). Vgl. für ähnliche Aussagen auch Lynch in: Rodley: *Lynch on Lynch*, a.a.O., S. 282.

491 | Eco: *Limits*, a.a.O., S. 96.

492 | Hier werden die Begriffe „series" und „serial" gleichbedeutend benutzt (vgl. Eco: *Limits*, a.a.O., S. 92ff.).

Gleichen „the post modern greek tradegy“ dar.[493] Dies führt ihn zu folgender Frage:

„Let us imagine a society in the year A.D. 3000, in which ninety percent of all our present cultural production had been destroyed and of all our television serials only *one* episode of *Columbo* had survived. How would we ‚read‘ this work? [...] how would we read a piece of a series if the whole of the series remained unknown to us?“[494]

Noch wesentlich interessanter wird diese Überlegung, bezieht man sie nicht auf die jeweils abgeschlossene Handlung einer *Columbo*[495]-Episode, sondern auf die Einzelfolge einer *fortlaufend* seriellen Erzählung wie *Dallas*, da sich in diesem Fall nur Fragmente einer Handlung erschließen lassen. „According to this hypothesis“, schreibt Eco, „we should think of a universe of new consumers uninterested in what really happens to J.R. and bent on grasping the neobaroque pleasure provided by the form of his adventures.“[496] Diese Form der Rezeption vergleicht er auch mit der Rezeption abstrakter Kunst:

„Of abstract works there is only a critical ‚reading‘: what is formed is of no interest; only the way it is formed is interesting. Can we expect the same for the serial products of television?“[497]

Diese bei Eco rein hypothetische Überlegung und Fragestellung stellt sich im Falle *Mulholland Drive* als konkrete Situation. Nicht nur der Pilot-Film, sondern auch der Kino-Film, welcher den Ab-

493 | Eco: *Limits*, a.a.O., S. 98.

494 | Eco: *Limits*, a.a.O., S. 100.

495 | *Columbo* (Richard Levinson und William Link, USA 1968-2003).

496 | Eco: *Limits*, a.a.O., S. 99 („J.R.“ meint hier J.R. Ewing, einen der Protagonisten von *Dallas*).

497 | Eco: *Limits*, a.a.O., S. 98.

bruch in Form eines *Aufwachens* erzählt und einbindet[498], besteht im Kern nichtsdestoweniger aus einer offen-endig über sich hinausweisenden und dann abbrechenden Erzählung.

Ecos Vermutungen über die Wirkung einer solchen Form beschreiben den hierdurch hervorgerufenen Rezeptionseffekt meines Erachtens recht treffend: Der Widerspruch einer serial und teleologisch über sich hinaus weisenden Erzählung zur gleichzeitig fragmentarisch unaufgelöst bleibenden Form und die daraus resultierende Überforderung der Sinnsuche hat hier tatsächlich eine Würdigung der „neobaroque pleasure provided by the form"[499], eine gesteigerte Aufmerksamkeit für die erzählte Gegenwart und für den *discours* an sich sowie eine Desautomatisierung des Blickes zur Folge: „what is formed is of no interest; only the way it is formed is interesting."[500]

Diese Würdigung kontextloser Szenen und Elemente im Rahmen einer dekontextualisierten Einzelfolge wird durch den phantastischen Charakter von *Mulholland Drive* noch verstärkt, und lässt sich auf die Einzel-Episoden anderer Werke der hier untersuchten Form übertragen. Wie ich beschrieben habe, besteht eine Besonderheit der Phantastik und speziell deren *unausformuliert wunderbarer* Variante in der Möglichkeit/Fähigkeit, im Rahmen einer unschlüssigen, desorientierten Sinnsuche eine temporäre Aufmerksamkeit für zunächst keinem Kontext zugehörende, unerwartete Elemente und Ereignisse zu erzeugen, ohne diese herleiten oder auflösen zu müssen. Für derartige Erzählweisen bietet die seriale Form zum einen die Möglichkeit der glaubwürdigen Behauptung und Aufrechterhaltung eines Zieles und Sinnzusammenhanges bis zum jeweiligen Abbruch und legitimiert zudem dieses, der phantastischen Struktur entsprechende, unaufgelöste Abbrechen. Darüber hinaus

---

498 | Auch diese Einbindung kann als Versetzung der Erzählung selbst auf eine Meta-Ebene betrachtet werden: Das vorausgehende Geschehen wird als Traum und somit gewissermaßen als fiktionales Konstrukt entlarvt.

499 | Eco: *Limits*, a.a.O., S. 99.

500 | Eco: *Limits*, a.a.O., S. 98.

lassen sich die Unschlüssigkeit und Desorientierung auch durch die seriale Form selber noch verstärken: So wie sich durch eine unausformulierte, allumfassende Sinn- und Bedeutungs-Behauptung letztlich, wie wir gesehen haben, der „Vorteil eines von jedem Reglement freien Spielraums der Gedanken und Bilder" (Holländer[501]) bietet, wird durch die Unüberschaubarkeit der schier endlosen serialen Abfolge (und die einhergehende Überforderung des Zuschauers) eine Befreiung des Augenblicks (der phantastischen, fragmentarischen Gegenwart) vom narrativen Zusammenhang ermöglicht.

Indem hier also das teleologische Fortlaufen und Abbrechen in erster Linie der beschriebenen Fragmentarisierung und Befreiung der phantastischen Gegenwart dient, stellt die Rezeption von „Teile[n] des Werks für sich" (Todorov[502]), die Rezeption als Einzelfolge (und somit in gewisser Weise „künstliche[s] Fragment"[503]), nicht nur eine abweichende Betrachtungsweise, sondern vielmehr eine der serial phantastischen Form und der beschriebenen Würdigung der phantastischen Gegenwart angemessene und strukturell in ihr angelegte Möglichkeit der Betrachtung dar. Trotz der fortlaufenden Erzählweise spricht sogar vieles dafür, Narrationen dieser Form nicht an ihrer Gesamterscheinung zu messen, sondern (im Sinne der Ecoschen Hypothese) die Einzelfolge als Werkeinheit zu betrachten. Etwa *Lost* mag als Gesamtserie enttäuschen, brachte aber doch – meiner Einschätzung nach wohl nicht ganz zufällig vor allem *vor der vierten Staffel*, also bevor die Autoren auf ein konkretes Ende hin planen konnten bzw. mussten – etliche großartige, eine völlige Desorientierung und Desautomatisierung der Betrachtung hervorrufende Episoden hervor. Gleiches gilt für *Twin Peaks*, *Ed the Happy Clown* und *Riget*; umgekehrt ist es nicht unwahrscheinlich, dass auch *Mulholland Drive*, realisiert als Serie, ein letztlich enttäuschendes Ende gefunden hätte.

501 | Holländer: *Das Bild...*, a.a.O., S. 70.

502 | Todorov: *Fantastische Literatur*, a.a.O., S. 41 (siehe auch S. 52 in dieser Arbeit).

503 | Holländer: *Das Bild...*, a.a.O., S. 68 (siehe auch S. 43f. dieser Arbeit).

Zugleich braucht es notwendiger Weise – auf Seiten der Autoren ebenso wie auf Seiten der Rezipienten – diese Fortführung (oder zumindest wie bei der Entstehung von *Mulholland Drive* den Rahmen eines real-offen-endigen Formates) und, damit einhergehend, den Glauben an die letztliche Auflösung innerhalb eines Sinnzusammenhanges. Die fortwährende Beschwörung eines solchen Sinnzusammenhanges, eines allumfassenden Determinismus oder auch nur einer dem *discours* zugrunde liegenden *histoire*, stellt insofern keine Täuschung der Zuschauer dar, sondern eine Form der Auto-Suggestion[504]: Die erforderliche Dringlichkeit und Intensität auch des *serialen* phantastischen Erzählens hängt direkt vom illusionären Glauben an eine Kohärenz ab, gleichermaßen dient das beschriebene fortwährende Betonen und Insistieren auf einer pandeterministischen Dringlichkeit und Teleologie der Aufrechterhaltung dieses Glaubens. Sobald diese (das Fragmentarische letztlich überwindende) Bedeutung wirklich hinterfragt, und die Nicht-Existenz einer Auflösung offenbar wird, verliert die erzählte Welt ihre Wirkung, „ist das ganze Spiel verdorben" (Todorov[505]). Einen ähnlichen Zusammenhang beschreibt Wolfram Bergande in Bezug auf den Traum und das *Traumbild*. Hier hängt die „Unmittelbarkeit der Traumbilder" nicht nur direkt „von einer Ausblendung der Unterscheidung von Traum und Realität" ab, vielmehr dient die besondere Intensität der Erfahrung genau der Ausblendung des unbewussten Wissens um deren halluzinativen Charakter.

504 | Vgl. die folgende Ausführung Stephen Kings, in der er sich auf *Lost* und die Frage nach der erwähnten Zahlenkombination bezieht: „The creators may not know why the numbers on Hurley's winning lottery ticket are replicated on the side of the hatch...but who cares? The chief attributes of creators are faith and arrogance: faith that there is a solution, and the arrogance to believe they are exactly the right people to find it." (King, Stephen: *Lost's Soul*, in: *Entertainment Weekly* (1.2.2007, URL siehe Verzeichnis).

505 | Todorov: *Fantastische Literatur*, a.a.O., S. 81 (ausführlicheres Zitat siehe oben, S. 102).

„Dass die Traumbilderfahrung eine besondere Unmittelbarkeit hat und dass das Subjekt diese Unterscheidung ausblendet sind zwei auseinanderfallende Aspekte desselben Zusammenhangs: Das unbewusste, aber wirkmächtige Wissen um die Ausblendung insistiert in der Unmittelbarkeit der Traumbilder. Es wird in diesen Bildern, als diese Bilder manifest."[506]

In ähnlicher Weise, wie also die Unmittelbarkeit der Traumbilderfahrung der Ausblendung des unbewussten Wissens um die Nichtrealität der Erfahrung dient und zugleich von dieser Ausblendung direkt abhängt und genährt wird, dient innerhalb der in dieser Arbeit beschriebenen Form die Dringlichkeit, welche durch paranoische Pan-Semiotisierung und -Determinierung erzeugt und immer wieder betont wird, der Ausblendung des Wissens um das Fehlen eines letztlichen Zieles und Sinnzusammenhanges und hängt zugleich in seiner Wirkung direkt von dieser Ausblendung, vom Glauben an einen dahinterstehenden/zugrundeliegenden Sinn ab. (Auch hier handelt es sich insofern gleichermaßen um „zwei auseinanderfallende Aspekte desselben Zusammenhangs".)

Auch die jeweils abbrechende Fortsetzungsstruktur hat in der serialen Phantastik, wie wir wissen, die Funktion, den Glauben an diese Bedeutung aufrechtzuerhalten, indem hierdurch „das Ende der Erzählung provisorisch in Klammern"[507] gesetzt werden kann. Da sich diese zentrale Behauptung jedoch nicht endlos aufrechterhalten lässt (sie durch die fortwährende Ankündigung und Verschiebung einer Auflösung zunehmend an Glaubwürdigkeit verliert) und da gleichzeitig eine wirkliche Auflösung unmöglich ist, gilt auch auf der Ebene der Gesamtserie, dass die Methode des Abbruchs und des künstlich „Fragmentarischen als mögliche[r] Darstellungsform des Phantastischen" (Holländer[508]) derartigen Serien

506 | Bergande, Wolfram: *Traumbild*, in: *Glossar der Bildphilosophie* (2012, URL siehe Verzeichnis).

507 | Todorov: *Fantastische Literatur*, a.a.O., S. 41.

508 | Holländer: *Das Bild...*, a.a.O., S. 69.

– und dem Erhalt deren phantastischen Charakters – in der Regel am ehesten gerecht wird.

Hier besteht gewissermaßen eine Homologiebeziehung zwischen Einzelfolge und Gesamtserie: So wie die Gesamtserie Einzelfolgen aneinanderreiht, so ist auch die Einzelfolge in einer den Sinnzusammenhang auf die Zukunft hin verschiebenden Reihenbildung konstruiert; so wie die Einzelfolge vor jeder Auflösung dieses Sinnzusammenhanges abbricht, entspricht es dem Wesen auch der Gesamtserie, ohne den (ohnehin aussichtslosen) Versuch einer Auflösung abzubrechen.

5. Fazit

Am Anfang dieser Arbeit stand die Vermutung einer grundlegenden Verwandtschaft der offen-endig serialen und der phantastischen Schreibweise bzw. Struktur (einer minimalistischen Definition des Phantastischen folgend). Dieser Zusammenhang hat sich im Laufe dieser Untersuchung in vielfacher Hinsicht bestätigt und als äußerst fruchtbar zum Verständnis und zur Beschreibung einer beide Formen kombinierenden Erzählweise erwiesen, welche in einigen der bedeutendsten Fortsetzungsserien der letzten Jahrzehnte ihre Umsetzung fand.

Die grundlegende Gemeinsamkeit der Phantastik und der serialen Struktur besteht in der Verweigerung einer (vollständigen) Auflösung der Geschehnisse, und somit in einer offen-endigen Struktur. Bereits hierdurch unterscheiden sich beide Formen grundlegend vom aristotelischen Ideal der Einheit der Handlung; vielmehr folgen sie dem Konstruktionsprinzip einer verknüpfenden, offen-endigen Reihenbildung.

Wie sich zeigen ließ, eröffnet diese Verwandtschaft die Möglichkeit, in einer phantastisch-serialen Form offen-endig zu erzählen, wobei die Unschlüssigkeit, die Suche nach einer Kohärenz der erzählten Welt, den Antrieb bildet.

Das Funktionieren dieser zugleich offenen wie teleologischen Dynamik basiert (wie überhaupt die phantastische Schreibweise) wesentlich auf der traditionellen Annahme der *letztlichen Sinnhaftigkeit* aller Elemente einer jeweiligen Erzählung. Diese Annahme wird in der phantastisch-serialen Form besonders betont, zu einer pandeterministischen Dringlichkeit und Zeichenhaftigkeit aller

Elemente gesteigert und in einer fortwährenden Verschiebung serial expandiert.

Hierdurch wird das seriale Erzählen zu einem offen-endigen Spiel mit der Kohärenzerwartung, und stellt somit, wie im dritten Kapitel dargelegt, eine Nutzung und Zuspitzung der von Barthes als Funktionsweise des Erzählens beschriebenen Distorsion (und Expansion) dar, der Verteilung des Sinns auf Signifikanten, „die getrennt liegen und jeder für sich unverständlich bleiben."[509]

Im Rahmen einer fortlaufend seriellen, allmählichen Verfertigung der Erzählung bei stark eingeschränkter Erzählperspektive kann sich die für das Phantastische wesentliche Unschlüssigkeit auf den Autor übertragen, welcher nunmehr, kaum weniger gebannt und desorientiert als die Protagonisten und Rezipienten, durch eine Narration gezogen wird, die es durch das Aufstellen immer neuer Ziele, Ablenkungen und Zusammenhänge aufrecht zu erhalten gilt.

Das Resultat ist eine Form, welche, wenn sie funktioniert, eine traumartige Sogwirkung entfaltet, eine Desautomatisierung des Blickes und Befreiung des *discours* von der Ebene einer dahinter stehenden *histoire* zur Folge hat und somit eine Würdigung weitgehend vom narrativen Kontext befreiter, durch keinerlei erkennbare Bedeutungszusammenhänge in ihrer Wirkung relativierter, eindringlicher Bilder und Szenen ermöglicht, die sich zwar letztlich weder rational noch auf der Ebene des Wunderbaren erklären, aber dafür umso intensiver fühlen lassen.

Insofern als die beschworene Auflösung, das Ziel, auf das alles hinauszulaufen scheint, letztlich nicht existiert und hier die seriale Form vielmehr einer Fragmentarisierung und der Erzeugung der beschriebenen Wirkung dient (und dabei vor allem als Möglichkeit bzw. Legitimation der phantastischen Struktur des Behauptens und Abbrechens genutzt wird), ist die gesonderte Rezeption der Einzelfolge hier eine angemessene und in dieser Struktur angelegte Betrachtungsweise und stellt der Abbruch (und/oder die Thema-

509 | Barthes: *Das semiologische Abenteuer*, a.a.O., S. 132 (siehe S. 109 dieser Arbeit).

tisierung der eigenen Fiktionalität und Konstruiertheit auf einer Metaebene) die dieser Form des serialen Erzählens entsprechende Form des Endens dar.

Hierin, so wie auch in der Reihen bildenden, Zusammenhänge suchenden Konstruktionsweise, bestehen Parallelen zu improvisatorischen, ungeplanten Formen der Hervorbringung ebenso wie zur Poetik des Traumes, dem die beschriebenen Werke auch in ihrer Wirkung ähneln.

Zugleich, indem hier die Phantasietätigkeit stets durch die Erwartung und Verfolgung eines Sinnzusammenhanges motiviert bleibt, besteht ein zentraler Unterschied zur grenzenlosen Phantasietätigkeit etwa des Surrealismus und eine Nähe zu paranoischen, überall versteckte Bedeutungen und Verschwörungen witternden Formen des Wahns.

Durch die Herausarbeitung der hier wirksamen, dem Phantastischen eigenen Erzählmechanismen und -verfahren, macht diese Untersuchung strukturelle Gemeinsamkeiten der verschiedenartigen hier analysierten Serien deutlich, und umreißt damit eine spezifische zeitgenössische Erzählform, die bislang als solche noch nicht betrachtet wurde.

Verzeichnisse

(Englischsprachige Quellen und Werke wurden in Originalsprache verwendet und werden hier entsprechend angeführt, alle anderen, wenn nicht anders vermerkt, in ihrer deutschen Übersetzung. Verweise auf das Erscheinungsjahr der jeweiligen Originalausgabe werden nur bei größerer Abweichung von dem der hier verwendeten Ausgabe angeführt. Filme und Fernsehserien werden hier, anders als in den Fußnoten, beginnend mit dem Namen des Autors angeführt.)

Primärliteratur, Film, TV, Comic

Abrams, J.J. (gemeinsam mit Damon Lindelof, Carlton Cuse, Jeffrey Lieber): *Lost* (USA 2004-10)

— (gemeinsam mit Alex Kurtzman und Roberto Orci): *Fringe* (USA 2008-13)

Borges: *Die kreisförmigen Ruinen* [1944], in: *Die unendliche Bibliothek* (Frankfurt am Main 2011)

— *Der Süden* [1953], in: *Die unendliche Bibliothek* (Frankfurt am Main 2011)

Brand, Joshua; Falsey, John: *St. Elsewhere* (USA 1982-88)

Brown, Chester: *Ed the Happy Clown*. Erscheinungsformen (chronologisch): *Yummy Fur.* # 1-18 (Toronto 1983-89); *Ed the Happy Clown. The definitive Ed Book* (Toronto 1992); *Ed the Happy Clown. A serialized reprinting of Chester Browns first graphic novel*

(Montreal 2005-06); *Ed the Happy Clown. A graphic novel* (Montreal 2012)
— *Underwater* (Montreal 1994-97)
Carter, Chris: *The X-Files* (USA 1993-2002, Fortsetzung in Planung)
Clowes, Daniel: *Like a Velvet Glove Cast in Iron*, in: *Eightball* # 1-10 (Seattle 1989-93), als Graphic Novel: *Like a Velvet Glove Cast in Iron* (Seattle 1993)
— *The Happy Fisherman*, in: *Eightball* # 11 (Seattle 1993)
David, Larry (gemeinsam mit *Seinfeld*, Jerry): *Seinfeld* (USA 1989-98)
— *Curb Your Enthusiasm* (USA 2000-, Fortsetzung fraglich)
Fleming, Ian: *Goldfinger* (London 1959)
Hoffmann, E.T.A.: *Der Sandmann* [1816] (München 1984)
Howard, Ron; Hurwitz, Mitchell: *Arrested Development* (USA 2003-06)
Jacobs, David: *Dallas* (USA 1978-91)
Kafka, Franz: *Beschreibung eines Kampfes* [entstanden etwa zwischen 1903 und 1907, posthum veröffentlicht], in: Ders.: *Sämtliche Erzählungen* (Frankfurt am Main 1979), S. 197-232
— *Der Heizer* [1913], in: Ders.: *Die Erzählungen* (Frankfurt am Main 1996), S. 61-95
— *Der Verschollene* [entstanden zwischen 1911 und 1914, posthum veröffentlicht] (Berlin 2008)
— *Die Verwandlung* [1915], in: Ders.: *Die Erzählungen* (Frankfurt am Main 1996), S. 96-161
— *Ein Landarzt* [1918], in: Ders.: *Die Erzählungen* (Frankfurt am Main 1996), S. 253-260
— *Das Schloss* [entstanden 1922, posthum veröffentlicht] (Frankfurt am Main 1996)
King, Stephen: *Stephen King's Kingdom Hospital* (USA 2004)
Levinson, Richard; Link, William: *Columbo* (USA 1968-2003)
Lovecraft, H. P.: *The Music of Erich Zann* [1922], in: Ders: *The Dunwich Horror and Others* (Sauk City 1984), S. 83-91
Lynch, David: (gemeinsam mit Mark Frost): *Twin Peaks* (USA 1990-91, Fortsetzung in Planung)

— *Twin Peaks- Fire walk with me* (USA 1992)
— *Mulholland Drive* (USA 2001)
Eine Version des offiziell nie veröffentlichten Pilotfilms (USA 1999) war bis zum 19.1.2012 inoffiziell im Internet verfügbar (http://www.megavideo.com/?d=1TT8N94V). Derzeit finden sich einzelne Szenen etwa unter http://www.dailymotion.com/video/xikdlq_mulholland-drive-pilot-ending_shortfilms, zuletzt abgerufen am 6.9.2013. David Lynchs Drehbuch des Pilotfilms steht im Netz unter: http://www.lynchnet.com/mdrive/md script.html, zuletzt abgerufen am 23.8.2013.
— *Inland Empire* (USA 2006)
Meyrink, Gustav: *Der Golem* [1915] (München 2004)
Nodier, Charles: *Inès de las Sierras* [1837], in: Ders.: Contes (Paris 1963) (hier zitiert durch Todorov, Tzvetan: *Einführung in die fantastische Literatur* (Frankfurt am Main 1992), S. 42. Auf deutsch erschienen als *Inès de las Sierras. Eine Erzählung aus Spanien* (München 1922), in einer Gesamtauflage von 350 Exemplaren und daher schwer erhältlich)
Poe, Edgar Allan: *The Narrative of Arthur Gordon Pym of Nantucket* [1838] (London 1980)
Topor, Roland: *Der Mieter* [1964] (Zürich 1976)
Trier, Lars von: *Riget/ Hospital der Geister* (Dänemark 1994-97)
— (gemeinsam mit Thomas Vinterberg u.a.): *DOGMA 95* (Kopenhagen 1995)
— *Die Idioten* (Dänemark 1998)
Vernes, Jules: *Die Eissphinx* [1897] (Berlin 1999)

Forschungsliteratur und journalistische Beiträge

Allen, Robert C.: *Speaking of Soap Operas* (Chapel Hill 1985)
— *Introduction*, in: Ders. (Hrsg.): *to be continued...* (London 1995), S. 1-26
Aristoteles: *Poetik* [um 335 v. Chr.] (Stuttgart 1982)

Askwith, Ivan : *‚Do you even know where this is going?': Lost's Viewers and Narrative Premeditation*, in: Pearson, Roberta (Hrsg.): *Reading Lost* (London 2009), S. 159-180.

Balázs, Béla: *Der Film* [1949] (Frankfurt am Main 1980)

Barthes, Roland: *Das semiologische Abenteuer* (Frankfurt am Main 1988)

Bergande, Wolfram: *Traumbild*, in: *Glossar der Bildphilosophie* (2012), im Netz unter: http://www.gib.uni-tuebingen.de/netzwerk/glossar/index.php?title=Traumbild , zuletzt abgerufen am 23.8.2013

Bernstein, David: *Cast Away*. in: *Chicago Magazine* (Chicago, August 2007), im Netz unter: http://www.chicagomag.com/Chicago-Magazine/August-2007/Cast-Away/index.php?cp=2&si=1#artanc, zuletzt abgerufen am 21.8.2013.

Bremond, Claude: *Die Erzählnachricht*, in: Ihwe, Jens (Hrsg.): *Literaturwissenschaft und Linguistik*, Band 3 (Frankfurt am Main 1972), S. 177-217

Bohrer, Karl Heinz: *Plötzlichkeit. Zum Augenblick des ästhetischen Scheins* (Frankfurt am Main 1981)

Booth, Wayne C.: *A Rhetoric of Irony* (Chicago 1974)

— *The Rhetoric of Fiction* (Chicago 1983)

Bordwell, David: *Narration in the Fiction Film* (Madison 1985)

Brinker, Felix: *Hidden Agendas, Endless Investigations, and the Dynamics of Complexity: The Conspiratorial Mode of Storytelling in Contemporary American Television Series*. in: *aspeers* 5 (Leipzig 2012), S. 87-109

Brooke-Rose, Christine: *A Rhetoric of the Unreal: Studies in narrative and structure, especially of the fantastic* (Cambridge 1981)

Broß, Thomas: *Literarische Phantastik und Postmoderne: Zu Funktion, Bedeutung und Entwicklung von phantastischer Unschlüssigkeit im 20. Jahrhundert* (Essen 1996)

Caillois, Roger: *Au coeur du fantastique* (Paris 1965) (meines Wissens nicht ins Deutsche übersetzt, hier zitiert nach und übersetzt durch Pinkas, Claudia: *Der phantastische Film* (Berlin 2010), S. 11, sowie Todorov, Tzvetan: *Einführung in die fantastische Literatur* (Frankfurt am Main 1992) S. 35)

Cersowsky, Peter: *Phantastische Literatur im ersten Viertel des 20. Jahrhunderts* (München 1989)

Chatman, Seymour: *Story and Discourse. Narrative Structure in Fiction and Film* (New York 1980)

Cornwell, Neil: *The Literary Fantastic* (Hertfortshire 1990)

Cupchik, Gerald C.: *Suspense and Disorientation: Two Poles of Emotionally Charged Literary Uncertainty*, in: Wulff, Hans J. u.a. (Hrsg.): *Suspense. Conceptualizations, Theoretical Analyses, and Empirical Explorations* (New Jersey 1996), S. 189-197

Duden online: Eintrag des Artikels *Fantast, Phantast, der*, im Netz unter: http://www.duden.de/node/757311/revisions/1177383/view, zuletzt abgerufen am 21.8.2013.

Durst, Uwe: *Das begrenzte Wunderbare* (Berlin 2008)

— *Theorie der phantastischen Literatur* (Berlin 2010)

— *Begrenzte und entgrenzte wunderbare Systeme. Vom Bürgerlichen zum ‚Magischen Realismus'*, in: Schmeink, Lars; Müller, Hans-Harald (Hrsg.): *Fremde Welten. Wege und Räume der Fantastik im 21. Jahrhundert* (Berlin 2012), S. 57-74

Eco, Umberto: *Die Poetik des offenen Kunstwerks*, in: *Das offene Kunstwerk* (Frankfurt am Main 1977), S. 27-59

— *Zufall und Handlung. Fernseherfahrung und Ästhetik*, in: *Das offene Kunstwerk* (Frankfurt am Main 1977), S. 186-211

— *The Limits of Interpretation* (Bloomington 1994)
(Die von mir zitierten Kapitel sind nicht Teil der deutschen Übersetzung *Die Grenzen der Interpretation* (München 2004))

Edwards, G.: *The Secrets of Lost*, in: *Rolling Stone* (New York, Oktober 2005)

Elsaesser, Thomas: *Hollywood heute* (Berlin 2009)

Engel, Manfred: *Literarische Träume und traumhaftes Schreiben bei Franz Kafka*, in: Dieterle, Bernard (Hrsg.): *Träumungen. Traumerzählungen in Film und Literatur* (St. Augustin 1998), S. 233-262

Freud, Sigmund: *Die Traumdeutung* [1899] (Frankfurt am Main 2002)

— *Das Unheimliche* [1919], in: Jahraus, Oliver (Hrsg.): Ders.: *‚Der Dichter und das Phantasieren‘* (Stuttgart 2010), S. 187-227

Friend, Tad: *Creative Differences*, in: *The New Yorker* (New York 30.8.1999), im Netz unter http://www.lynchnet.com/mdrive/newyorker.html, zuletzt abgerufen am 21.8.2013.

Füller, Ralfdieter: *Fiktion und Antifiktion. Die Filme David Lynchs und der Kulturprozeß im Amerika der 1980er und 90er Jahre* (Trier 2001)

Hauser, Erik: *Der Traum in der phantastischen Literatur* (Passau 2005)

Hayward, Jennifer: *Consuming Pleasures. Active Audiences and Serial Fictions from Dickens to Soap Opera* (Kentucky 1997)

Heller, Erich u.a. (Hrsg.): *Kafka, Franz: Briefe an Felice und andere Korrespondenz aus der Verlobungszeit* (Frankfurt am Main 1995), S. 86

Hempfer, Klaus: Artikel *Schreibweise*, in: Müller, Jan-Dirk (Hrsg.): *Reallexikon der deutschen Literaturwissenschaft*, Band 3 (Berlin 2003), S. 391-393

Hignite, Todd: *In the Studio. Visits with Contemporary Cartoonists* (New Haven 2006)

Hobson, J. A. (gemeinsam mit McCarley, R. W.): *The brain as a dream-state generator: An activation-synthesis hypothesis of the dream process.* in: *American Journal of Psychiatry* #134 (Arlington 1977), S. 1335-1348.

— *Schlaf. Gehirnaktivität im Ruhezustand* (Heidelberg 1990), S. 151-175 (Hier habe ich in Anbetracht des mir fremden Fachgebietes die deutsche Übersetzung des Buches *Sleep* (New York 1989) verwendet.)

Holländer, Hans: *Das Bild in der Theorie des Phantastischen*, in: Fischer, J.M. u.a. (Hrsg.): *Phantastik in Literatur und Kunst* (Darmstadt 1980), S. 52-78

— *Konturen einer Ikonographie des Phantastischen*, in: Fischer, J.M. u.a. (Hrsg.): *Phantastik in Literatur und Kunst* (Darmstadt 1980), S. 387-403

Iser, Wolfgang: *Der Akt des Lesens* [1976] (München 1984)

James, Montague Rhodes: *Introduction* [1924], in: Collins, V.H. (Hrsg.): *Ghosts and Marvels: A Selection of Uncanny Tales from Daniel Defoe to Algernon Blackwood* (London 1927)

Jenkins, Henry: *„Do You Enjoy Making the Rest of Us Feel Stupid?“: alt.tv.twinpeaks, the Trickster Author, and Viewer Mastery*, in: Lavery, David: *Full of Secrets: critical approaches to Twin Peaks* (Detroit 1995), S. 51-69

Johnstone, Keith: *Impro. Improvisation and the Theatre* (London 1989)

King, Stephen: *Lost's Soul*, in: *Entertainment Weekly* (1.2.2007), im Netz unter: http://www.ew.com/ew/article/0,,1100673,00.html, zuletzt abgerufen am 23.8.2013.

Kwon, Hyuck Zoon: *Der Sündenfallmythos bei Franz Kafka* (Würzburg 2006)

Lachmann, Renate: *Exkurs: Anmerkungen zur Phantastik*, in: Pechlivanos, Miltos u.a. (Hrsg.): *Einführung in die Literaturwissenschaft* (Stuttgart/Weimar 1995), S. 224-229.

— *Erzählte Phantastik* (Frankfurt am Main 2002)

Lahde, Maurice: *„We live inside a dream.“ David Lynchs Filme als Traumerfahrungen*, in: Pabst, Eckhard (Hrsg.): *„A Strange World“ Das Universum des David Lynch* (Kiel 1998), S. 95-110

Lem, Stanislaw: *Tzvetan Todorovs Theorie des Phantastischen*, in: Zondergeld, Rein A. (Hrsg.): Phaicon: *Almanach der phantastischen Literatur*, Band I (Frankfurt am Main 1974), S. 92-122

Lenk, Elisabeth: *Die unbewusste Gesellschaft* (München 1983)

Lotmann, Jurij M: *Die Struktur literarischer Texte* (München 1972)

Nussbaum, Emily: *A Dissappointed Fan Is Still a Fan: How the Creators of Lost Seduced and Betrayed Their Viewers*, in: *New York Magazine*, May 28, 2010

Martin, Pete: *Pete Martin Calls on Hitchcock*, in: Geduld, Harry (Hrsg.): *Film Makers on Film Making* (Bloomington 1971)

Maupassant, Guy de: *Le fantastique* [1883], in: Ders.: *Chroniques* (Paris 1980), S. 256-260

Mittell, Jason (gemeinsam mit Gray, Jonathan): *Speculation on Spoilers: Lost Fandom, Narrative Consumption and Rethinking Textu-*

ality, in: *Participations. Journal of Audience & Reception Studies*, Volume 4, Issue 1 (2007), im Netz unter: http://www.participations.org/Volume%204/Issue%201/4_01_graymittell.htm, zuletzt abgerufen am 22.8.2013.

— *Haunted by Seriality: The Formal Uncanny of Mulholland Drive*, Vortrag im Rahmen des *Modern Language Association*-Kongresses 2013, im Netz unter: http://justtv.wordpress.com/2013/01/03/haunted-by-seriality-the-formal-uncanny-of-mulholland-drive/, zuletzt abgerufen am 23.8.2013.

— *Complex TV. The Poetics of Contemporary Television Storytelling*, prepublication edition (*MediaCommons Press*, 2012-13), im Netz unter: http://mediacommons.futureofthebook.org/mcpress/complextelevision/, zuletzt abgerufen am 21.8.2013.

Pasley, Malcolm: *„Die Schrift ist unveränderlich…“* (Frankfurt am Main 1995)

Pearson, Roberta: *Chain of Events*, in: Pearson, Roberta (Hrsg.): *Reading Lost* (London 2009), S. 139-158

Pinkas, Claudia: *Der phantastische Film* (Berlin 2010)

Sartre, Jean Paul: *‚Aminadab‘ oder Das Phantastische als Sprache* [1943], in: Ders.: *Der Mensch und die Dinge. Aufsätze zur Literatur* (Reinbek 1986), S. 93-106

Schabacher, Gabriele: *Serienzeit. Zu Ökonomie und Ästhetik der Zeitlichkeit neuerer US-amerikanischer TV-Serien*, in: Meteling, Arno; Schabacher, Gabriele u.a. (Hrsg.): *“Previously on …” Zur Ästhetik der Zeitlichkeit neuerer TV-Serien* (München 2010), S. 19-40

Schröder, Stephan Michael: *Literarischer Spuk: Skandinavische Phantastik im Zeitalter des Nordischen Idealismus* (Berlin 1994)

Schwarz, Olaf: *„The owls are not what they seem.“ Zur Funktionalität ‚fantastischer‘ Elemente in den Filmen David Lynchs*, in: Pabst, Eckhard (Hrsg.): *„A Strange World“ Das Universum des David Lynch* (Kiel 1998), S. 47-68

Scott, Walter: *On the Supernatural in Fictious Composition; and particularly on the Works of Ernst Theodore William Hoffmann* [1827], in: Williams, Joan (Hrsg.): Ders.: *On Novelists and Fiction* (London 1968), S. 312-353

Sklovskij, Viktor: *Die Auferweckung des Wortes* [1914], in: Stempel, Wolf-Dieter (Hrsg.): *Texte der russischen Formalisten*, Band 2 (München 1972), S. 3-17

Solowjew, Wladimir: *Aus dem ,Vorwort zum ,Vampir' des Grafen A.K. Tolstoj'* [1899], In: Ders.: *Deutsche Gesamtausgabe der Werke von Wladimir Solowjew* (Freiburg 1953), S. 419-421

Sontag, Susan: *The Pornographic Imagination* [1967], in: Dies.: *A Susan Sontag Reader* (New York 1983), S. 205-233

Stevenson, Diana: *Family Romance, Family Violence, and the Fantastic in Twin Peaks*, in: Lavery, David: *Full of Secrets: critical approaches to Twin Peaks* (Detroit 1995), S. 70-81

Stevenson, Jack: *Lars von Trier* (London 2002)

Thompson, Kristin: *Storytelling in Film and Television* (Cambridge 2003)

Todorov, Tzvetan: *Einführung in die fantastische Literatur* [1970] (Frankfurt am Main 1992)

Treber, Karsten: *Auf Abwegen. Episodisches Erzählen im Film* (Remscheid 2005)

Tröhler, Margrit: *Offene Welten ohne Helden. Plurale Figurenkonstellationen im Film* (Marburg 2007)

Tynjanov, Jurij N.: *Dostojevskij und Gogol (Zur Theorie der Parodie)* [1921], in: Striedter, Jurij (Hrsg.): *Russischer Formalismus* (München 1988), S. 301-371

Von Glinski, Sophie: *Imaginationsprozesse. Verfahren phantastischen Erzählens in Franz Kafkas Frühwerk* (Berlin 2004)

Weber, Tanja/ Junklewitz, Christian: *To Be Continued... Funktion und Gestaltungsmittel des Cliffhangers in aktuellen Fernsehserien*, in: Meteling, Arno; Schabacher, Gabriele u.a. (Hrsg.): *„Previously on ..." Zur Ästhetik der Zeitlichkeit neuerer TV-Serien* (München 2010), S. 111-131

Weber, Thomas: *Verschwörungstheorien als dramaturgisches Modell neuerer Medienproduktionen*, in: Meteling, Arno u.a. (Hrsg.): *The Parallax View. Zur Mediologie der Verschwörung* (München 2011)

Winkler, Hartmut: *Switching, Zapping* (Darmstadt 1991)

Wulff, Hans J.: *Suspense and the Influence of Cataphora on Viewers' Expectations*, in: Ders. u.a. (Hrsg.): *Suspense. Conceptualizations, Theoretical Analyses, and Empirical Explorations* (New Jersey 1996)

Wünsch, Marianne: *Die Fantastische Literatur der Frühen Moderne* (München 1991)

— (gemeinsam mit Krah, Hans): Artikel *Phantastisch/Phantastik*, in: Barck, Karlheinz u.a. (Hrsg.): *Ästhetische Grundbegriffe*, Band 4 (Stuttgart 2010), S. 798-814

Zgorzelski, Andrzej: *Zum Verständnis phantastischer Literatur*, in: Zondergeld, Rein A. (Hrsg.): *Phaicon 2* (Frankfurt am Main 1975) S. 54-63

Zimmermann, Hans Dieter: *Trivialliteratur? Schema-Literatur!* (Stuttgart 1982)

Autoren-Kommentare und -Interviews

Abrams, J. J. im Interview mit Steve Rose, in: Rose, Steve: JJ Abrams: *'I never got Star Trek'*, in: *The Guardian* (London, 7.Mai 2009). Im Netz unter: http://www.theguardian.com/film/2009/may/07/jj-abrams-interview-star-trek, zuletzt abgerufen am 21.8.2013.

Brown, Chester: *Notes*, in: *Ed the Happy Clown. A serialized reprinting of Chester Browns first graphic novel* (Montreal 2005-06)

— *Notes*, in: *Ed the Happy Clown, a graphic-novel* (Montreal 2012)

— *Notes*, in: *The Little Man, short strips 1980-1995* (Montreal 1998)

— *Preface*, in: *The Little Man, short strips 1980-1995* (Montreal 1998)

Clowes, Daniel im Interview mit Gary Groth, in: *The Comics Journal 154*, (Seattle 1992), S. 46-92

— ausgewählte Interviews in: Parille, Ken und Cates, Isaac (Hrsg.): *Daniel Clowes: Conversations* (Mississippi 2010)

Carlton Cuse (und Damon Lindelof) im Gespräch mit Sean Carroll in: Pearlstein, Joanna: *Full Interview: The Island Paradox*, in: *Wired* (New York, April 2010). Im Netz unter: http://www.

wired.com/magazine/2010/04/ff_lost/8/, zuletzt abgerufen am 21.8.2013.
— in: Cotta Vaz, Mark: *The Lost Chronicles: The Official Companion Book* (London 2005), S. 55
— in: O'Hare, Kate: *Indefinite Stay*, in: *The Spokesman Review* (Spokane, Washington, 11.1.2006), im Netz unter: http://news.google.com/newspapers?nid=1314&dat=20060111&id=pWdWAAAAIBAJ&sjid=H_MDAAAAIBAJ&pg=6881,158622, zuletzt abgerufen am 21.8.2013.
— in: Ryan, Maureen: *,Lost' producers talk about setting an end date and much more*, in: *Chicago Tribune* (Chicago, 14.1.2007), im Netz unter: http://featuresblogs.chicagotribune.com/entertainment_tv/2007/01/lost_producers_.html, zuletzt abgerufen am 22.8.2013.

Frost, Mark in: Itzkoff, Dave: *,Twin Peaks' to Return to Television on Showtime*, in: *ArtsBeat.blogs.nytimes.com* (New York, 6. Oktober 2014), im Netz unter: http://artsbeat.blogs.nytimes.com/2014/10/06/twin-peaks-to-return-to-television-on-showtime/?module=BlogPost-Title&version=Blog%20Main&contentCollection=Arts&action=Click&pgtype=Blogs®ion=Body&_r=0 , zuletzt abgerufen am 6.12.2015 [Postskriptum].
— in: Littleton, Cynthia: *,Twin Peaks' Revival to Air on Showtime in 2016*, in: *Variety.com* (Los Angeles, 6. Oktober 2014), im Netz unter: http://variety.com/2014/tv/news/twin-peaks-revival-to-air-on-showtime-in-2016-1201322329/ , zuletzt abgerufen am 6.12.2015 [Postskriptum].

Lindelof, Damon in: Ausiello, Michael: *Ask Ausiello* (15.11.2006), zitiert nach: Askwith, Ivan : *,Do you even know where this is going?': Lost's Viewers and Narrative Premeditation*, in: Pearson, Roberta (Hrsg.): *Reading Lost* (London 2009), S. 163 (im Buch angegebene Netzquelle nicht abrufbar)
— in: O'Hare, Kate: *The Journey of ,Lost'* (8.1.2006), zitiert nach: Askwith, Ivan: *,Do you even know where this is going?': Lost's Viewers and Narrative Premeditation*, in: Pearson, Roberta (Hrsg.):

Reading Lost (London 2009), S. 167 (im Buch angegebene Netzquelle nicht abrufbar)

Lynch, David im Interview mit Scott Macaulay, in: Macaulay, Scott: *The Dream Factory*, in: *FilmMaker Magazine* (New York 2001), im Netz unter: http://www.lynchnet.com/mdrive/dffm.html, zuletzt abgerufen am 5.9.2013.

— im Interview mit Chris Rodley, in: Rodley, Chris (Hrsg.): *Lynch on Lynch* (London 2005), auf deutsch erschienen als *Lynch über Lynch* (Frankfurt am Main 2006)

Von Trier, Lars im Interview mit Stig Björkman, in: Björkman, Stig (Hrsg.): *Trier über von Trier* (Hamburg 2001)

Bildquellen

Abb. 1: Cover von: Brown, Chester: *Yummy Fur* No. 4 (Toronto 1987)

Abb. 2: Einzelpanel aus: Clowes, Daniel: *Like a Velvet Glove Cast in Iron* (Seattle 1993), S. 9

Abb. 3: Standbild aus: Lynch, David: *Twin Peaks* (Pilot-Episode, USA 1990)

Abb. 4: Standbilder aus: Lynch, David: *Mulholland Drive* (USA 2001)

Abb. 5: DVD-Cover (2005) von: von Trier, Lars: *Riget* (Dänemark 1994-97)

Abb. 6: Ankündigung/Plakat von: Abrams, J.J. (gemeinsam mit Damon Lindelof, Carlton Cuse, Jeffrey Lieber): *Lost* (zweite Staffel, USA 2005)

Abb. 7: Abbildung aus: Barthes, Roland: *Das semiologische Abenteuer* (Frankfurt am Main 1988), S. 120

Abb. 8: Abbildung aus: Chatman, Seymour: *Story and Discourse. Narrative Structure in Fiction and Film* (New York 1980), S. 54

Abb. 9: Standbild aus: Abrams, J.J. (gemeinsam mit Damon Lindelof, Carlton Cuse, Jeffrey Lieber): *Lost* (Season 6, Episode 1, USA 2010)

Abb. 10: Standbild aus: Lynch, David: *Twin Peaks* (Season 2, Episode 13, USA 1991)

Edition Medienwissenschaft

Anne Grüne
Formatierte Weltkultur?
Zur Theorie und Praxis globalen Unterhaltungsfernsehens
Juni 2016, ca. 490 Seiten, kart., zahlr. Abb., ca. 49,99 €,
ISBN 978-3-8376-3301-6

Gundolf S. Freyermuth, Lisa Gotto (Hg.)
Der Televisionär
Wolfgang Menges transmediales Werk. Kritische und dokumentarische Perspektiven
Mai 2016, ca. 620 Seiten, kart., ca. 49,99 €,
ISBN 978-3-8376-3178-4

Christer Petersen
Terror und Propaganda
Prolegomena zu einer Analytischen Medienwissenschaft
April 2016, ca. 290 Seiten, kart., ca. 32,99 €,
ISBN 978-3-8376-2243-0

Véronique Sina
Comic – Film – Gender
Zur (Re-)Medialisierung von Geschlecht im Comicfilm
Februar 2016, 304 Seiten, kart., zahlr. z.T. farb. Abb., 34,99 €,
ISBN 978-3-8376-3336-8

John David Seidler
Die Verschwörung der Massenmedien
Eine Kulturgeschichte vom Buchhändler-Komplott bis zur Lügenpresse
Februar 2016, 372 Seiten, kart., zahlr. z.T. farb. Abb., 39,99 €,
ISBN 978-3-8376-3406-8

Jonas Nesselhauf, Markus Schleich (Hg.)
Das andere Fernsehen?!
Eine Bestandsaufnahme des »Quality Television«
Dezember 2015, 306 Seiten, kart., 39,99 €,
ISBN 978-3-8376-3187-6

Stefan Greif, Nils Lehnert, Anna-Carina Meywirth (Hg.)
Popkultur und Fernsehen
Historische und ästhetische Berührungspunkte
Juli 2015, 322 Seiten, kart., zahlr. Abb., 34,99 €,
ISBN 978-3-8376-2903-3

Nadja Urbani
Medienkonkurrenzen um 2000
Affekte, Finanzkrisen und Geschlechtermythen in Roman, Film und Theater
Juni 2015, 528 Seiten, kart., zahlr. Abb., 49,99 €,
ISBN 978-3-8376-3047-3

Julia Zons
Casellis Pantelegraph
Geschichte eines vergessenen Mediums
Juni 2015, 242 Seiten, kart., zahlr. Abb., 34,99 €,
ISBN 978-3-8376-3116-6

Sarah Ertl
Protest als Ereignis
Zur medialen Inszenierung von Bürgerpartizipation
Juni 2015, 372 Seiten, kart., zahlr. Abb., 34,99 €,
ISBN 978-3-8376-3067-1

Vincent Fröhlich
Der Cliffhanger und die serielle Narration
Analyse einer transmedialen Erzähltechnik
April 2015, 674 Seiten, kart., zahlr. z.T. farb. Abb., 44,99 €,
ISBN 978-3-8376-2976-7